Artemis
FOWL

ARTEMIS FOWL

EL CUBO B

EOIN COLFER

Traducción de Ana Alcaina

Título original: *Artemis Fowl. The Eternity Code*

Primera edición: enero, 2004

© 2003, Eoin Colfer
© 2004, Grupo Editorial Random House Mondadori, S. L.
  Travessera de Gràcia, 47-49. 08021 Barcelona
© 2004, Ana Alcaina, por la traducción

Printed in Spain – Impreso en España

ISBN: 84-8441-224-5
Depósito legal: B. 47.427 - 2003

Compuesto en Fotoco

Impreso en A & M Gr
Santa Perpètua de Mog

Para la familia Power.
Parientes políticos y apolíticos

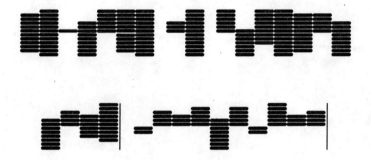

ÍNDICE

PRÓLOGO

Fragmento del diario de Artemis Fowl.
Disco 2. Codificado

En estos dos últimos años, mis empresas y mis negocios han prosperado sin intromisiones de ningún tipo por parte de mis progenitores. En todo este tiempo, le he vendido las Pirámides a un hombre de negocios occidental, he falsificado y subastado los diarios perdidos de Leonardo da Vinci y arrebatado a las Criaturas Mágicas buena parte de su precioso oro. Sin embargo, mi libertad para tramar complots tiene los días contados: mientras escribo estas líneas, mi padre yace en la cama de un hospital de Helsinki, donde se recupera tras dos largos años de cautiverio en manos de la mafiya rusa. Sigue inconsciente después de su terrible experiencia, pero estoy seguro de que se despertará muy pronto y retomará el control de los asuntos financieros de los Fowl.

Con dos padres residiendo en la mansión Fowl, me resultará imposible llevar a cabo mis distintas fechorías ilegales sin que se den cuenta. Unos años antes, esto no habría supuesto ningún problema, puesto que mi padre era aún más granuja que yo, pero mi madre está decidida a que los Fowl emprendan la senda del bien.

Sin embargo, aún tengo tiempo para un último trabajito, algo que sin duda mi madre no aprobaría. Tampoco creo que a las Criaturas Mágicas esto les haga demasiada gracia, así que no pienso decírselo.

PRIMERA PARTE
EL ATAQUE

CAPÍTULO I:
EL CUBO

En Fin, Knightsbridge, Londres

 ARTEMIS Fowl estaba casi contento, pues iban a darle el alta a su padre del Hospital Universitario de Helsinki en cualquier momento. El joven Artemis se encontraba en En Fin, un restaurante especializado en marisco de Londres, esperando ansioso a que le sirvieran un almuerzo algo tardío, y su contacto tenía que llegar de un momento a otro. Todo iba según el plan previsto.

Su guardaespaldas, Mayordomo, no estaba tan relajado, aunque lo cierto era que nunca llegaba a relajarse del todo, porque no se convierte alguien en uno de los hombres más mortíferos del mundo bajando la guardia. El gigante eurasiático se paseaba entre las mesas del restaurante de Knightsbridge colocando los instrumentos de seguridad habituales y despejando las vías de salida.

—¿Llevas puestos los tapones para los oídos? —le preguntó a su jefe.

Artemis inspiró hondo.

–Sí, Mayordomo, aunque no creo que corramos ningún peligro. Solo es una reunión de negocios completamente legal a plena luz del día, no hace falta ponerse paranoico.

Los auriculares eran en realidad esponjas de filtros sónicos extraídas de los cascos de la Policía de los Elementos del Subsuelo. Mayordomo había obtenido los cascos, junto con un auténtico tesoro en tecnología mágica, más de un año antes, cuando uno de los planes de Artemis lo había enfrentado contra un escuadrón de Operaciones Especiales de los seres mágicos. Las esponjas crecían en los laboratorios de la PES y poseían diminutas membranas porosas que se sellaban de manera automática cuando el nivel de decibelios sobrepasaba los límites de seguridad.

–Es posible, Artemis, pero lo malo de los asesinos es que les gusta pillarte desprevenido.

–Tal vez –replicó el chico, al tiempo que examinaba los entrantes de la carta–, pero ¿quién podría tener un motivo para matarnos?

Mayordomo lanzó una mirada feroz a una de la media docena de comensales que había en el restaurante, por si acaso estaba planeando algo contra ellos. La mujer debía de tener al menos ochenta años.

–Puede que no sea a nosotros a quien quieran hacer daño, Artemis. No olvides que Jon Spiro es un hombre poderoso que ha arruinado muchísimas empresas. Podríamos ser víctimas del fuego cruzado.

Artemis asintió con la cabeza. Como de costumbre, Mayordomo tenía razón, lo cual explicaba por qué ambos se-

guían aún vivos. Jon Spiro, el norteamericano con el que iba a reunirse, era precisamente la clase de hombre que atraía las balas de los asesinos. Un multimillonario que había amasado su fortuna gracias a la tecnología de la información, con un pasado turbio y supuestas conexiones con la mafia. Corría el rumor de que su empresa, Fission Chips, había llegado a ser la número uno robando información confidencial. Por supuesto, nunca se había podido probar nada, aunque no es que el fiscal del distrito no lo hubiese intentado. Varias veces, además.

Una camarera se acercó y les dedicó una sonrisa deslumbrante.

—Hola, jovencito. ¿Quieres ver el menú infantil?

A Artemis empezó a latirle una vena en la sien.

—No, *mademoiselle*, no quiero ver el «menú infantil». No tengo ninguna duda de que el «menú infantil» en sí sabe mucho mejor que los platos que contiene. Me gustaría pedir *à la carte*, si no le importa. ¿O es que no sirven marisco a los menores de edad?

La sonrisa de la camarera perdió la longitud de dos muelas; el vocabulario de Artemis solía ejercer ese efecto sobre la mayoría de la gente.

Mayordomo puso los ojos en blanco, y Artemis se preguntó quién podría tener algún motivo para matarlo. La mayoría de los camareros y los sastres de Europa, para empezar.

—S–s–sí, s–s–señor —tartamudeó la pobre camarera—. Lo que usted quiera.

—Lo que quiero es una zarzuela de tiburón y pez espada, sobre un lecho de hortalizas y patatas nuevas.

–¿Y para beber?

–Agua mineral. Irlandesa, si tiene. Y sin hielo, por favor, ya que estoy seguro de que el hielo que tienen es del agua del grifo, cosa que, en definitiva, boicotea el propósito del agua mineral.

La camarera salió disparada hacia la cocina, sintiendo un gran alivio por poder escapar del chico pálido de la mesa número seis. Había visto una película de vampiros una vez; la criatura espectral tenía la misma mirada hipnótica. Tal vez el chico hablaba como un adulto porque en realidad tenía quinientos años.

Artemis sonrió ante la perspectiva del plato que estaba a punto de saborear, ajeno a la consternación que acababa de causar.

–Vas a triunfar en los bailes del colegio –comentó Mayordomo.

–¿Cómo dices?

–Esa pobre chica estaba al borde de las lágrimas. No te haría ningún daño hacerte un poco el simpático de vez en cuando.

Artemis se quedó perplejo. Mayordomo rara vez expresaba sus opiniones sobre asuntos personales.

–No me veo en los bailes del colegio, Mayordomo.

–Bailar no es la cuestión. Se trata de comunicarse.

–¿Comunicarse? –se burló el joven Fowl–. Dudo que haya un adolescente sobre la faz de la Tierra con un vocabulario equivalente al mío.

Mayordomo estaba a punto de señalar la diferencia entre comunicarse y hablar cuando se abrió la puerta del restauran-

te. Entró un hombrecillo muy bronceado y flanqueado por un auténtico gigante. Jon Spiro y su guardaespaldas.

Mayordomo se agachó para hablarle a su jefe al oído.

—Ten cuidado, Artemis. Conozco la fama que tiene el grandullón.

Spiro avanzó entre las mesas con los brazos estirados. Era un norteamericano de mediana edad, delgado como un palillo y apenas un poco más alto que el propio Artemis. En los ochenta, se había dedicado al transporte, en los noventa, se había forrado con las acciones y los valores. Ahora, eran las comunicaciones. Vestía su característico traje de lino blanco y llevaba joyas suficientes en las muñecas y en los dedos como para forrar de láminas de oro el Taj Majal.

Artemis se levantó para saludar a su socio.

—Señor Spiro, bienvenido.

—Hola, Artemis Fowl. ¿Cómo va eso, amiguito?

Artemis estrechó la mano del hombre, y las joyas de este tintinearon como una serpiente de cascabel.

—Estoy bien. Me alegro de que haya venido.

Spiro tomó asiento.

—Cuando Artemis Fowl llama con una proposición, sería capaz de caminar por encima de cristales rotos con tal de estar aquí.

Los guardaespaldas se examinaron el uno al otro sin disimulo. Tamaño aparte, ambos eran polos opuestos. Mayordomo era la personificación de la eficiencia discreta: traje negro, cabeza afeitada y capaz de pasar lo más desapercibido posible con sus dos metros diez de estatura. El recién llegado tenía el pelo rubio teñido, una camiseta con las mangas cortadas y

aros de plata en ambas orejas. No era un hombre que quisiese ser olvidado ni dejado de lado.

—Brutus Blunt —dijo Mayordomo—. He oído hablar de ti.

Blunt tomó su posición a la espalda de Jon Spiro.

—Mayordomo. Un miembro de la famosa familia Mayordomo —repuso, con acento de Nueva Zelanda—. He oído que sois los mejores. Eso es lo que me han dicho. Esperamos no tener que averiguarlo.

Spiro se echó a reír, y su risa sonó como una caja llena de grillos.

—Brutus, por favor... Estamos entre amigos. No es día de amenazas.

Mayordomo no estaba tan seguro. Su sentido de soldado le zumbaba como si tuviera un avispero en la base del cráneo. Presentía peligro.

—Entonces, amigo mío, vayamos al grano —siguió Spiro, clavando en Artemis su mirada de ojos oscuros y juntos—. Se me hace la boca agua solo de pensar en lo que tienes preparado para mí. ¿Qué es?

Artemis arrugó la frente. Esperaba que los negocios pudiesen esperar hasta después del almuerzo.

—¿No quiere ver la carta primero?

—No, no como mucho últimamente. Solo pastillas y líquidos, sobre todo. Problemas gástricos.

—Muy bien —dijo Artemis, al tiempo que depositaba un maletín de aluminio encima de la mesa—. Entonces, hablemos de negocios.

Abrió la tapa del maletín y descubrió un cubo rojo del tamaño de un reproductor de minidisc protegido por una espuma azul.

Spiro se limpió las gafas con el extremo de la corbata.

—¿Qué llevas ahí, chico?

Artemis colocó la caja reluciente encima de la mesa.

—El futuro, señor Spiro. Antes de tiempo.

Jon Spiro se acercó un poco más y observó el objeto con atención.

—Pues a mí me parece un pisapapeles.

Brutus Blunt soltó una risita y miró a Mayordomo con ojos burlones.

—Entonces, le haré una demostración —dijo Artemis, cogiendo la caja metálica. Apretó un botón y el artilugio cobró vida de inmediato: varias secciones se desplegaron y dejaron al descubierto unos altavoces y una pantalla.

—Qué mona... —murmuró Spiro—. ¿He volado cinco mil kilómetros para ver una minitele?

Artemis asintió con la cabeza.

—Una minitele. Pero también un ordenador controlado mediante voz, un teléfono móvil, un asistente de diagnósticos... Esta cajita puede leer cualquier información sobre cualquier plataforma posible, sea eléctrica u orgánica. Puede reproducir vídeos, discos láser, DVD, conectarse a internet, recibir correo electrónico y *hackear* cualquier ordenador. Puede incluso escanearle el tórax para ver a qué ritmo le late el corazón. La batería tiene una duración de dos años y, por supuesto, es un aparato completamente inalámbrico.

Artemis hizo una pausa para dejar que su interlocutor asimilara la información.

Los ojos de Spiro parecían gigantescos detrás de las gafas.

—¿Quieres decir que esta caja...?

–Hará obsoleta el resto de la tecnología existente. Su maquinaria electrónica será inútil.

El norteamericano inspiró hondo varias veces.

–Pero ¿cómo...?, ¿cómo...?

Artemis le dio la vuelta a la caja. Un sensor de infrarrojos parpadeaba con suavidad en la parte inferior.

–Este es el secreto: un omnisensor. Puede leer cualquier cosa que le pida. Y si le programa las coordenadas de origen, puede conectar con el satélite que usted desee.

Spiro levantó un dedo admonitorio.

–Pero, eso es ilegal, ¿no?

–No –repuso Artemis, sonriendo–. No hay leyes en contra de algo así, ni las habrá hasta al cabo de dos años de su salida al mercado. No olvide todo lo que tardaron en cerrar Napster.

El norteamericano enterró la cara en sus manos. Aquello era demasiado.

–No lo entiendo, esta tecnología va años... no, décadas, por delante de cuanto tenemos ahora. Tú no eres más que un chaval de trece años, ¿cómo lo has hecho?

Artemis se quedó pensativo un instante. ¿Qué le iba a decir? ¿Que dieciséis meses atrás Mayordomo había atrapado a un escuadrón de Recuperación de la Policía de los Elementos del Subsuelo y les había confiscado sus aparatos de tecnología mágica? ¿Que luego él, Artemis, había ensamblado los componentes y construido aquella caja maravillosa? No, no podía decirle eso.

–Digamos que soy un chico muy listo, señor Spiro.

Spiro frunció el ceño.

—Tal vez no seas tan listo como nos quieres hacer creer. Quiero una demostración.

—Me parece bien —accedió Artemis—. ¿Tiene un teléfono móvil?

—Claro. —Spiro colocó su móvil encima de la mesa. Era el último modelo de Fission Chips.

—Y me imagino que será seguro...

Spiro asintió con aire arrogante.

—Quinientos bits de encriptación. El mejor de su clase. No vas a poder acceder al Fission 400 sin un código.

—Eso lo veremos.

Artemis apuntó con el sensor hacia el teléfono y la pantalla mostró una imagen del funcionamiento del móvil.

—¿Descargar? —preguntó una voz metálica a través del altavoz.

—Afirmativo.

En menos de un segundo, la tarea estuvo realizada.

—Descarga completada —dijo la caja con un leve tono de suficiencia.

Spiro estaba horrorizado.

—Increíble. Ese sistema costó veinte millones de dólares.

—Inútil —repuso Artemis, enseñándole la pantalla—. ¿Quiere llamar a casa? ¿O tal vez trasladar algunos fondos? La verdad, no debería guardar los números de sus cuentas bancarias en una tarjeta sim.

El norteamericano se quedó pensativo unos minutos.

—Es un truco —concluyó al fin—. Conocías el código de mi teléfono. De alguna manera, no me preguntes cómo, ya habías accedido a él con anterioridad.

—Es lógico —admitió Artemis—. Yo también habría sospechado lo mismo. Diga usted qué prueba quiere que haga.

Spiro recorrió el restaurante con la mirada y empezó a tamborilear con los dedos sobre la mesa.

—Allí —dijo, señalando a un estante de vídeos que había encima de la barra—. Que reproduzca una de esas cintas.

—¿Eso es todo?

—Servirá, para empezar.

Brutus Blunt rebuscó entre las cintas con grandes aspavientos y al final seleccionó una sin etiqueta. La soltó encima de la mesa con fuerza e hizo que los cubiertos grabados salieran volando por los aires.

Artemis venció la tentación de poner los ojos en blanco y colocó la caja roja directamente encima de la superficie de la cinta.

Una imagen de las entrañas de la cinta apareció en la diminuta pantalla de plasma.

—¿Descargar? —preguntó la caja.

Artemis asintió.

—Descargar, compensar y reproducir.

Una vez más, la operación se completó en menos de un segundo. Un capítulo antiguo de una teleserie inglesa cobró vida en la pantalla.

—Calidad de DVD —comentó Artemis—. Da lo mismo cuáles sean los datos de entrada, el Cubo B los compensa.

—¿El qué?

—El Cubo B —repitió Artemis—. Es el nombre con que he bautizado a mi cajita. Un pelín demasiado obvio quizá, lo reconozco, pero apropiado: el cubo que todo lo «ve».

Spiro cogió la cinta de vídeo.

–Compruébala –ordenó a Brutus Blunt, arrojándole la cinta.

El guardaespaldas teñido de rubio encendió el televisor del bar y metió la cinta en la ranura del aparato de vídeo. *Coronation Street* apareció parpadeando en la pantalla. El mismo capítulo, pero la calidad no tenía nada que ver.

–¿Convencido? –le preguntó Artemis.

El norteamericano se puso a juguetear con una de sus numerosas pulseras.

–Casi. Una última prueba. Tengo la sensación de que el gobierno me vigila. ¿Podrías verificarlo?

Artemis lo pensó un momento y luego se dirigió a la caja roja de nuevo.

–Cubo, ¿lees algún rayo de vigilancia concentrado en este edificio?

–El rayo de iones más potente está a ochenta kilómetros en dirección oeste, procedente del satélite estadounidense con número de código ST1132P. Registrado a nombre de la Agencia Central de Inteligencia o CIA. Tiempo previsto de llegada, ocho minutos. También hay varias sondas espaciales de la PES conectadas a...

Artemis pulsó el botón que bloqueaba el sonido antes de que el Cubo pudiese continuar. Evidentemente, los componentes mágicos del ordenador también podían captar la tecnología de los Elementos del Subsuelo. Tendría que solucionar eso. En malas manos, semejante información podía tener consecuencias catastróficas para la seguridad de las Criaturas Mágicas.

–¿Qué pasa, chico? La caja seguía hablando. ¿Quién es la PES?

Artemis se encogió de hombros.

–Aquí si no se paga, no se canta, tal como dicen ustedes los americanos. Con un ejemplo es suficiente. La CIA nada menos.

–La CIA –repitió Spiro–. Sospechan que estoy vendiendo secretos militares. Y han puesto uno de sus pajaritos en órbita solo para localizarme.

–O tal vez estén tratando de localizarme a mí –señaló Artemis.

–Sí, tal vez te busquen a ti –convino Spiro–. Cada segundo que pasa pareces más peligroso.

Brutus Blunt soltó una risa desdeñosa.

Mayordomo hizo caso omiso de él. Al fin y al cabo, uno de los dos tenía que ser profesional.

Spiro se hizo crujir los nudillos, un hábito que Artemis detestaba.

–Tenemos ocho minutos, así que vayamos al grano, chavalín. ¿Cuánto quieres por la caja?

Artemis no le estaba prestando atención, distraído por la información sobre la PES que el Cubo había estado a punto de revelar. En un momento de descuido, había estado a punto de exponer a sus amigos subterráneos a la clase de hombre que sería muy capaz de explotarlos.

–Perdón, ¿qué ha dicho?

–He dicho que cuánto quieres por la caja.

–En primer lugar, es un Cubo –lo corrigió Artemis–, y en segundo lugar, no está en venta.

Jon Spiro inspiró hondo y de manera escalofriante.

—¿Qué es eso de que no está en venta? ¿Me haces atravesar el Atlántico para enseñarme algo que no piensas venderme? ¿Qué pasa aquí?

Mayordomo cerró los dedos en torno a la culata de una pistola que llevaba colgada al cinto. La mano de Brutus Blunt desapareció detrás de su espalda. La tensión hacía que se pudiese cortar el aire con un cuchillo.

Artemis meneó los dedos.

—Señor Spiro. Jon. No soy ningún idiota. Sé el valor que tiene mi Cubo y no hay dinero suficiente en el mundo para comprar este objeto tan particular. Me diera lo que me diese usted ahora por él, dentro de una semana valdría un mil por ciento más.

—Entonces, ¿cuál es el trato, Fowl? —preguntó Spiro, haciendo rechinar los dientes—. ¿Qué me ofreces?

—Le ofrezco doce meses. Por un buen precio, estoy dispuesto a mantener mi Cubo fuera del mercado durante un año.

Jon Spiro juagueteó con su nomeolvides, un regalo de cumpleaños que se había hecho a sí mismo.

—¿Renunciarás a utilizar esa tecnología durante un año?

—Correcto. Eso debería darle margen suficiente para vender sus acciones antes de que se vayan a pique y a utilizar los beneficios para invertir en Industrias Fowl.

—Pero Industrias Fowl no existe.

Artemis sonrió.

—Pero existirá.

Mayordomo apretó el hombro de su jefe; no era buena idea exasperar a un hombre como Jon Spiro.

Sin embargo, Spiro ni siquiera se había percatado de la pulla, estaba demasiado concentrado calculando y retorciendo su pulsera como si fuera una sarta de cuentas antiestrés.

—¿Cuál es tu precio? —preguntó al fin.

—Oro. Una tonelada métrica de oro —contestó el heredero del patrimonio Fowl.

—Eso es mucho oro.

Artemis se encogió de hombros.

—Me gusta el oro, siempre conserva su valor. Además, es una miseria comparado con lo que va ahorrarse con esta operación.

Spiro sopesó la oferta. A sus espaldas, Brutus Blunt siguió mirando a Mayordomo. El guardaespaldas de Fowl empezó a parpadear frenéticamente: en caso de confrontación, el tener los ojos secos solo conseguiría disminuir su ventaja. Eso de sostener la mirada era cosa de aficionados.

—Supongamos que no me gustan tus condiciones —repuso Jon Spiro—. Supongamos que decido llevarme tu aparatito ahora mismo.

Brutus Blunt sacó otro centímetro de pecho.

—Aunque pudiese llevarse el Cubo —dijo Artemis, sonriendo—, le serviría de muy poco. Esta clase de tecnología es muy superior a cualquier cosa que hayan podido ver sus ingenieros.

Spiro esbozó una sonrisa leve y amarga.

—Bah, estoy seguro de que conseguirían desentrañarla. Aunque tarden dos años, eso a ti te dará igual, sobre todo estando en el lugar adonde vas a ir.

—Si me «voy» a alguna parte, entonces los secretos del

Cubo B se vendrán conmigo. Todas sus funciones están codificadas según mi patrón de voz. Es un código bastante inteligente.

Mayordomo dobló ligeramente las rodillas, listo para saltar.

—Estoy seguro de que podremos hacernos con ese código. Tengo un equipo de primerísima reunido en Fission Chips.

—Perdóneme si no me impresiona su «equipo de primerísima» —se mofó Artemis—. De momento van ustedes varios años por detrás de Phonetix.

Spiro se levantó de golpe. No le gustaba oír ese nombre: Phonetix era la única compañía de comunicaciones cuyas acciones cotizaban más alto que las de Fission Chips.

—Muy bien, chaval, ya te has divertido bastante, ahora me toca a mí. Tengo que irme antes de que el rayo del satélite nos alcance, pero voy a dejar aquí al señor Blunt. —Le dio una palmadita en el hombro a su guardaespaldas—. Ya sabes lo que tienes que hacer.

Blunt asintió con la cabeza. Lo sabía y se moría de ganas de hacerlo.

Por primera vez desde que había comenzado la reunión, Artemis se olvidó de su almuerzo y se concentró por completo en la situación que tenía entre manos. Aquello no estaba saliendo según el plan.

—Señor Spiro, por favor, no puede hablar en serio. Estamos en un lugar público rodeados de civiles. Su hombre no puede esperar competir con Mayordomo. Si persiste en sus ridículas amenazas, me veré obligado a retirar mi oferta y lanzaré el Cubo B de inmediato.

Spiro colocó las palmas de la mano encima de la mesa.

—Mira, chaval —susurró—. Me caes bien, en un par de años podrías haber sido igual que yo, pero ¿le has puesto alguna vez a alguien una pistola en la cabeza y has apretado el gatillo?

Artemis no respondió.

—¿No? —masculló Spiro—. Eso me parecía a mí. A veces eso es lo único que hace falta, agallas, y tú no las tienes.

Artemis se quedó sin habla, algo que solo le había pasado en dos ocasiones desde que cumplió los cinco años. Mayordomo entró en escena para llenar el silencio. Las amenazas directas eran más bien su estilo.

—Señor Spiro, no intente marcarse un farol con nosotros. Puede que el señor Blunt sea grande, pero podría partirle el cuello con solo chasquear los dedos y entonces no habría nadie que se interpusiese entre nosotros, y créame, usted no quiere que eso suceda.

Spiro desplegó una sonrisa sobre sus dientes manchados de nicotina como una cucharada de melaza.

—Bueno, yo no diría que no habría nadie entre nosotros.

Y entonces Mayordomo tuvo esa espantosa sensación, la sensación que experimentas cuando una docena de miras de pistolas láser te apuntan al pecho. Les habían tendido una trampa. De algún modo, Spiro había conseguido ser más hábil que Artemis.

—Oye, Fowl —dijo el americano—, ¿cómo es que tarda tanto tu almuerzo?

Fue en ese momento cuando Artemis se dio cuenta del lío en el que se habían metido.

Todo sucedió en una fracción de segundo. Spiro chasqueó los dedos y todos los clientes del restaurante En Fin sacaron un arma del interior de sus abrigos. La anciana de ochenta años adquirió de pronto un aspecto mucho más amenazador con un revólver en su puño huesudo. Dos camareros armados surgieron de la cocina blandiendo sendas ametralladoras. A Mayordomo ni siquiera le dio tiempo a tomar aliento.

Spiro le dio la vuelta al salero.

—Jaque mate. He ganado la partida, chavalín.

Artemis intentó concentrarse. Tenía que haber una salida, siempre la había, pero no se le ocurría ninguna. Lo habían engañado, tal vez mortalmente. Ningún humano había logrado nunca burlar a Artemis Fowl, aunque lo cierto era que solo hacía falta que ocurriera una vez.

—Ahora me iré —anunció Spiro, al tiempo que se metía el Cubo B en el bolsillo—, antes de que aparezca ese satélite y también esos otros, la PES. Mmm... nunca había oído hablar de esa agencia, y en cuanto ponga este chisme en funcionamiento, van a desear no haber oído hablar nunca de mí. Ha sido un placer hacer negocios contigo.

De camino a la puerta, Spiro guiñó un ojo a su guardaespaldas.

—Tienes seis minutos, Brutus. Un sueño hecho realidad, ¿eh? Tú serás el tipo que se cargó al gran Mayordomo. —A continuación se volvió hacia Artemis, incapaz de resistirse a lanzarle una última pulla—. Ah, por cierto, Artemis... ¿no es ese nombre de chica? —Y desapareció entre la muchedumbre multicultural de turistas de la calle principal.

La anciana cerró la puerta tras él y el sonido resonó en todo el restaurante.

Artemis decidió tomar la iniciativa.

—Y ahora, señoras y caballeros —empezó a decir, tratando de evitar mirar a los cañones de aquellas armas—, estoy seguro de que podemos llegar a un acuerdo...

—¡Silencio, Artemis!

El cerebro de Artemis tardó varios segundos en procesar el hecho de que Mayordomo le había ordenado a él, Artemis, que guardase silencio. Y además, de una forma bastante impertinente.

—¿Cómo dices?

Mayordomo tapó la boca de su jefe con la mano.

—Silencio, Artemis. Esta gente son profesionales, no se negocia con ellos.

Blunt giró la cabeza e hizo crujir los tendones del cuello.

—Tienes razón, Mayordomo. Estamos aquí para mataros. En cuanto el señor Spiro recibió la llamada, empezamos a enviar gente aquí. No me puedo creer que cayeras en la trampa, tío. Debes de estar haciéndote viejo.

Mayordomo tampoco podía creerlo. Había habido una época en la que habría estado vigilando cualquier posible lugar para un encuentro durante una semana como mínimo antes de darle su aprobación. Tal vez sí se estaba haciendo viejo, pero había una posibilidad nada remota de que no fuese a hacerse ya más viejo.

—Vale, Blunt —dijo Mayordomo, extendiendo las palmas de sus manos vacías ante sí—. Tú y yo. Uno contra uno.

—Muy noble —repuso Blunt—. Debe de ser tu código asiá-

tico del honor, supongo. Pero yo no tengo ningún código. Si crees que voy a arriesgarme a que consigáis, de algún modo, salir de aquí con vida, estás loco. Es un trato muy sencillo: yo te disparo y tú mueres. Ningún cara a cara, ningún duelo.

Blunt echó mano perezosamente de su cinturón. ¿Para qué ir con prisas? Un movimiento de Mayordomo y una lluvia de balas caería sobre él.

El cerebro de Artemis parecía estar bloqueado; el torrente habitual de ideas se había secado. Voy a morir, pensó. No me lo puedo creer.

Mayordomo estaba diciendo algo. Artemis decidió que lo escucharía.

—Tres tristes tigres —dijo el guardaespaldas, articulando cada palabra con claridad.

Blunt estaba enroscando un silenciador en el cañón de su pistola.

—¿Se puede saber qué dices? ¿Qué clase de tontería es esa? No me digas que el gran Mayordomo está perdiendo la chaveta... ¡Espera que se lo cuente a los chicos!

Sin embargo, la anciana parecía pensativa.

—Tres tristes tigres... Eso me suena.

A Artemis también le sonaba, y mucho. Era prácticamente el código completo de detonación verbal de la granada mágica sónica colocada mediante un dispositivo magnético a la parte inferior de la mesa, uno de los aparatitos de seguridad de Mayordomo. Lo único que necesitaban era una palabra clave más y la granada explotaría y lanzaría una barrera sólida de sonido por todo el edificio que destrozaría todas las ventanas y todos los tímpanos. No habría humo ni llamas, pero cualquier persona en un radio de diez metros que no llevase tapones para los oídos experimentaría al cabo de cinco segundos exactos un dolor insoportable. Solo la palabra clave.

La anciana se rascó la cabeza con la culata del revólver.

—¿Tres tristes tigres? Sí, me acuerdo, es ese trabalenguas tan famoso que las monjas nos enseñaban en el colegio. Tres tristes tigres... comen trigo en un trigal.

Trigal. La última palabra. Artemis se acordó, justo a tiempo, de abrir la mandíbula: si apretaba los dientes, las ondas de sonido los harían añicos como si fueran trocitos de cristal.

La granada hizo explosión con una descarga de sonido comprimido y arrojó de forma instantánea a once personas en todas direcciones hasta que se estrellaron contra las paredes. Los más afortunados chocaron contra los tabiques y los atravesaron directamente, mientras que los que corrieron peor suerte golpearon las paredes de ladrillo con cámara de aire. Varias cosas se rompieron, pero no los ladrillos.

Artemis estaba a salvo en brazos de Mayordomo, quien se había sujetado al marco sólido de una puerta y había agarrado al chico, que había salido volando. Además, tenían otras ventajas con respecto a los matones de Spiro: conservaban los dientes intactos, no padecían ninguna fractura múltiple y las esponjas de filtros sónicos se habían sellado, evitando así la perforación de sus tímpanos.

Mayordomo examinó la habitación. Los asesinos estaban todos fuera de combate, tapándose los oídos. Tardarían varios días en dejar de bizquear. El sirviente extrajo su Sig Sauer de una sobaquera.

—Quédate aquí —le ordenó—. Voy a inspeccionar la cocina.

Artemis se sentó de nuevo en su silla y tomó aliento varias veces sin dejar de temblar. A su alrededor, todo era un caos de polvo y gemidos de dolor pero, una vez más, Mayordomo les había salvado la vida. No todo estaba perdido. Incluso era posible que lograsen atrapar a Spiro antes de que este saliese del país. Mayordomo tenía un contacto en el departamento de seguridad del aeropuerto de Heathrow: Sid Commons, un ex boina verde del que había sido compañero como guardaespaldas en Montecarlo.

Una figura de grandes dimensiones apareció por la puerta de la cocina y bloqueó la luz del sol. Era Mayordomo, que volvía de su reconocimiento del terreno. Artemis inspiró hondo, sintiéndose inusitadamente emotivo.

—Mayordomo —empezó a decir—, creo que tenemos que hablar en serio de tu revisión salarial...

Pero no era Mayordomo, era Brutus Blunt. Tenía algo en cada mano: en la izquierda, dos conos diminutos de espuma amarilla.

—Tapones para los oídos —soltó, escupiendo a través de varios dientes rotos—. Siempre me los pongo antes de un tiroteo. Son muy útiles, ¿no?

En su mano derecha, Blunt sostenía una pistola con silenciador.

—Tú primero —dijo—. Luego el grandullón.

Brutus Blunt levantó el arma, apuntó con ella y disparó.

CAPÍTULO II:
BLINDAJE ABSOLUTO

CiUDAD REFUGIO, ELEMENTOS DEL SUBSUELO

 A pesar de que no era esa la intención de Artemis, el análisis del Cubo para localizar ondas de vigilancia iba a tener repercusiones muy graves. Los parámetros de búsqueda eran tan poco precisos que el Cubo envió sondas al espacio exterior y, por supuesto, también al interior de la Tierra.

Bajo la superficie, la Policía de los Elementos del Subsuelo no daba más de sí tras la reciente rebelión de los goblins: a pesar de que habían pasado tres meses desde el intento de toma del poder por parte de los goblins y de que la mayor parte de los protagonistas estaban encerrados, seguía habiendo focos aislados de la organización secreta B'wa Kell sueltos por los túneles de Refugio con láseres Softnose ilegales.

Todos los agentes disponibles de la PES habían sido llamados a colaborar en la Operación Limpieza antes de que comenzase la temporada turística, pues lo último que quería el Consejo de la ciudad era que los turistas se gastasen el oro

que reservaban para el ocio en Atlantis porque la plaza central peatonal de Refugio no era lo bastante segura para pasear. A fin de cuentas, el turismo representaba el dieciocho por ciento de los ingresos de la capital.

La capitana Holly Canija participaba en la operación desde el escuadrón de Reconocimiento. Por lo general, su tarea consistía en volar a la superficie siguiendo el rastro de Criaturas Mágicas que se hubiesen atrevido a salir sin un visado. Bastaba que solo un ser mágico renegado cayese en manos de los Fangosos para que Refugio dejase de hacer honor a su nombre. Así, hasta que todos y cada uno de los goblins de la banda estuviesen chupándose los globos oculares en el correccional del Peñón del Mono, las obligaciones de Holly eran las mismas que las de cualquier otro agente de la PES: una respuesta rápida a cualquier alerta relacionada con los B'wa Kell.

Ese día estaba transportando a cuatro matones goblin particularmente pendencieros a la Jefatura Central de Policía para su procesamiento. Los habían encontrado dormidos en una tienda de insectos para *gourmets*, con las barrigas hinchadas tras una noche de glotonería salvaje. Tuvieron suerte de que Holly llegase cuando lo hizo, porque el propietario de la tienda, un enano, estaba a punto de sumergir al escamoso cuarteto en la freidora de freír grasas.

El compañero de Holly en la Operación Limpieza era el cabo Grub Kelp, el hermano pequeño del famoso capitán Camorra Kelp, uno de los agentes con mayor número de condecoraciones de la PES. Sin embargo, Grub no compartía la personalidad estoica de su hermano.

–Me ha salido un padrastro cuando esposaba a ese último goblin –dijo el agente de rango inferior mientras se chupaba el pulgar.

–Eso duele –respondió Holly, tratando de aparentar interés.

Conducían por una magnapista en dirección a la Jefatura Central, con los criminales esposados en la parte de atrás de su camioneta de la PES. En realidad no se trataba de una camioneta reglamentaria; los B'wa Kell habían conseguido destrozar tantos vehículos de policía durante su breve sublevación que la PES se había visto obligada a requisar cualquier cosa con motor y espacio suficiente en la parte de atrás para unos cuantos prisioneros. En realidad, Holly estaba conduciendo una furgoneta de venta de platos al curry con el símbolo de la bellota de la PES pintado con aerosol en un costado. Los gnomos del parque de vehículos se habían limitado a cerrar con tornillos la ventanilla y a quitar los hornos. Era una pena que no hubiesen podido quitar también el olor.

Grub examinó su pulgar herido.

–Esas esposas tienen los bordes muy afilados. Debería presentar una queja.

Holly se concentró en la carretera, aunque la magnapista se encargaba de la dirección del vehículo en lugar de tener que conducirlo ella. Si Grub presentaba una queja, no iba a ser la primera, ni siquiera la número veinte: el hermanito pequeño de Camorra le encontraba pegas a todo salvo a sí mismo. En aquel caso estaba completamente equivocado, las esposas de acrílico selladas al vacío no tenían los bordes afilados, de lo contrario, a un goblin podía ocurrírsele hacer un agujero en la otra esposa y permitir que el oxígeno le llegase a la

mano, y nadie quería que los goblins se pusiesen a disparar bolas de fuego en la parte de atrás de sus vehículos.

—Sé que parece muy tiquismiquis presentar una queja por unos padrastros, pero desde luego, nadie puede acusarme de ser un tiquismiquis, a mí precisamente.

—¡Tú! ¡Tiquismiquis! ¡Eso es ridículo!

Grub sacó pecho.

—Al fin y al cabo, soy el único miembro del equipo Uno de Recuperación de la PES en haberle plantado cara al humano Mayordomo.

Holly lanzó un sonoro quejido con el que esperaba fervientemente disuadir a Grub de que contase su batallita de Artemis Fowl por enésima vez. Cada vez se hacía más larga y más fantasiosa, cuando en realidad Mayordomo lo había dejado escapar, lo había soltado como un pescador soltaría a un pececillo demasiado pequeño.

Sin embargo, Grub no tenía ninguna intención de captar la indirecta.

—Lo recuerdo muy bien —empezó a contar en tono melodramático—. Era una noche oscura...

Y como si sus mismísimas palabras tuviesen un poder mágico ilimitado, todas las luces de la ciudad se apagaron. Además, por si fuera poco, la energía de la magnapista sufrió un corte y los dejó tirados en el carril central de una autopista congelada.

—Eso no lo he hecho yo, ¿verdad que no? —susurró Grub.

Holly no respondió, pues ya tenía medio cuerpo fuera de la camioneta. Arriba, los rayos de sol que reproducían la luz de la superficie se estaban fundiendo en negro. En los últimos

momentos a media luz, Holly entornó los ojos, miró hacia el Túnel Norte y, cómo no, vio que la puerta se estaba cerrando mientras las luces de emergencia giraban en su parte inferior. Sesenta metros de acero sólido que separaban a Refugio del mundo exterior. Unas puertas similares se estaban cerrando en arcos estratégicos de toda la ciudad. Blindaje absoluto. Solo había tres razones por las que el Consejo podía decretar un blindaje absoluto de toda la ciudad: inundación, cuarentena o descubrimiento por parte de los humanos.

Holly miró a su alrededor; no se estaba ahogando nadie y nadie estaba enfermo. Así que venían los Fangosos. Al final, la peor pesadilla de cualquier ser mágico se estaba haciendo realidad.

Las luces de emergencia empezaron a parpadear en la parte superior, mientras el suave brillo blanco de los rayos de sol artificial se veía sustituido por un naranja espeluznante. Los vehículos oficiales recibirían una descarga de energía de la magnapista, la suficiente para llegar hasta la terminal más próxima.

Los ciudadanos de a pie no tenían tanta suerte: tendrían que andar. Cientos de ellos se bajaron tambaleándose de sus automóviles, demasiado asustados para protestar. Eso vendría después.

—¡Capitana Canija! ¡Holly!

Era Grub. Estaba segura de que quería formular una queja contra alguien.

—Cabo —le contestó, regresando junto al vehículo—, no es momento de caer presa del pánico. Tenemos que dar ejemplo...

El sermón se le quedó atascado en la garganta al ver lo que

le estaba ocurriendo a la camioneta. Para entonces, todos los vehículos de la PES ya habrían recibido la descarga de energía reglamentaria de diez minutos de duración a través de la magnapista para llevarlos a ellos y a sus convictos a un destino seguro. Aquella descarga también mantendría las esposas de acrílico selladas al vacío. Por supuesto, como no estaban utilizando ningún vehículo oficial de la PES, no les habían suministrado la descarga de emergencia, algo de lo que los goblins se habían percatado enseguida... porque estaban intentando salir de la camioneta lanzando llamaradas de fuego.

Grub se bajó de la cabina, con el casco ennegrecido por el hollín.

—Las esposas se han abierto, así que ahora han empezado a destrozar las puertas —explicó, jadeando, mientras retrocedía a una distancia segura.

Goblins. La bromita de la evolución. Solo hay que escoger a las criaturas más estúpidas del planeta y dotarlas de la habilidad de hacer fuego. Si los goblins no dejaban de incendiar el interior reforzado de la camioneta, pronto se quedarían encerrados en un montón de metal fundido. No era una bonita manera de desaparecer, aunque se fuese incombustible.

Holly activó el amplificador de su casco de la PES.

—Eh, vosotros, los de la camioneta. Dejad de prenderle fuego. El vehículo se derrumbará y os quedaréis atrapados.

Durante unos minutos, el humo siguió saliendo por los conductos de ventilación. A continuación, el vehículo se aposentó sobre sus ejes y una cara apareció por la rejilla del radiador, deslizando la lengua bífida a través de la tela metálica.

—Crees que somos estúpidos, ¿eh? Vamos a salir quemando esta pila de basura.

Holly se acercó y encendió los altavoces.

—Escúchame, goblin. Eres estúpido, hay que aceptarlo y no se hable más. Si continúas quemando ese vehículo con bolas de fuego, el techo se fundirá y caerá encima de vosotros como proyectiles de un arma humana. Puede que estéis hechos a prueba de fuego, pero ¿estáis hechos a prueba de balas?

El goblin se lamió los ojos carentes de pestañas, pensando en lo que le acababa de decir.

—¡Estás mintiendo, elfa! Abriremos un boquete para salir de esta prisión. Tú serás la próxima.

Las paredes de la camioneta empezaron a dar sacudidas y a doblarse cuando los goblins reanudaron su ataque.

—No te preocupes —dijo Grub, desde una distancia segura—. Los extintores de incendios se encargarán de ellos.

—Se encargarían de ellos —lo corrigió Holly— si los extintores de incendios no estuviesen conectados a la red principal de suministro de energía, que no funciona.

Una camioneta móvil de productos alimentarios como aquella tendría que cumplir las normas de prevención de incendios más estrictas antes de poner una magnarueda sobre la pista. En aquel caso, contaba con varios extintores de espuma capaces de inundar la totalidad del interior con una nube de espuma de acción retardante contra el fuego en cuestión de segundos. Lo bueno de la espuma era que se solidificaba al entrar en contacto con el aire, pero lo no tan bueno de la espuma era que el interruptor de activación estaba conectado a la magnapista: si no había energía, no había espuma.

Holly extrajo su Neutrino 2000 de la sobaquera.

—Tendré que encargarme yo misma de activar este interruptor.

La capitana Canija se cerró el casco y se subió a la cabina de la camioneta. Evitó rozar el metal en la medida de lo posible, porque aunque los microfilamentos de su mono de la PES estaban diseñados para absorber el exceso de calor, los microfilamentos no siempre hacían aquello para lo que estaban diseñados.

Los goblins estaban tumbados de espaldas, disparando una bola de fuego tras otra al techo de la camioneta.

—¡Alto! —ordenó la elfa, apuntando con su láser a través de la malla metálica.

Tres de los goblins no le hicieron ningún caso. Uno de ellos, posiblemente el líder, volvió su escamosa cabeza hacia la rejilla. Holly vio que llevaba tatuajes en los globos oculares. Aquel acto de estupidez suprema seguramente le habría garantizado un ascenso si la B'wa Kell no se hubiese disuelto definitivamente.

—No nos vas a poder disparar a todos, elfa —dijo, soltando humo por la boca y por las hendiduras de los orificios nasales—. Y entonces uno de nosotros te pillará.

El goblin tenía razón, aunque ni él mismo supiese por qué. De pronto, Holly recordó que no podía disparar durante un blindaje absoluto. Las normas decían que no podía haber subidas de tensión sin hacer uso de escudos por si alguien estaba tratando de localizar Refugio mediante sondas.

Su vacilación era la única prueba que necesitaba el goblin.

—¡Lo sabía! —soltó con un graznido, al tiempo que arroja-

ba una bola de fuego a la rejilla. La malla se tiñó de rojo y unas chispas cayeron en cascada sobre la visera de Holly. Sobre las cabezas de los goblins, el techo se estaba combando peligrosamente. Unos segundos más y se vendría abajo.

Holly se arrancó un dardo pitón del cinturón y lo enroscó en el lanzamisiles que había encima del cañón principal de la Neutrino. El lanzamisiles funcionaba con muelles, como un arpón submarino anticuado, y no produciría una descarga energética, nada capaz de alarmar a ningún sensor.

Al goblin la situación le divertía muchísimo, tal como les ocurría a muchos goblins antes de su encarcelamiento, cosa que explica por qué hay tantos encarcelados.

—¿Un dardo? ¿Piensas matarnos con esos dardos, elfilla?

Holly apuntó a un gancho que sobresalía de la boquilla del extintor de espuma en la parte de atrás de la camioneta.

—¿Te quieres callar? —exclamó ella, y lanzó el dardo. Pasó por encima de la cabeza del goblin y se insertó en el aro del gancho de la boquilla; la cuerda pitón se desplegó por la totalidad de la longitud de camioneta.

—No me has dado —se mofó el goblin, sacándole la lengua bífida. Una prueba más de la estupidez del goblin: que estuviera atrapado en un vehículo a punto de derretirse durante un blindaje absoluto con una agente de la PES disparándole y que todavía creyese que llevaba las de ganar.

—¡Te he dicho que te calles! —se enfureció Holly, al tiempo que tiraba con brusquedad de la cuerda pitón y soltaba el gancho.

Ochocientos kilos de espuma de extinción de incendios salieron disparados por la boquilla del extintor a más de tres-

cientos kilómetros por hora. No hace falta decir que todas las bolas de fuego se apagaron de inmediato. Los goblins quedaron inmovilizados por la potencia de la espuma, que ya estaba solidificándose. El líder había quedado aplastado contra la rejilla con tanta fuerza que los tatuajes de sus ojos podían leerse sin problemas: uno de ellos decía «mami», mientras que en el otro aparecía «pupi», una falta de ortografía sin duda, aunque lo más seguro era que el goblin ni siquiera lo supiese.

—¡Ay! —exclamó, más de incredulidad que de dolor. No añadió nada más, porque tenía la boca llena de espuma solidificada.

—No os preocupéis —los tranquilizó Holly—, la espuma es porosa, de modo que podréis respirar, pero también es del todo ignífuga, así que os deseo buena suerte si lo que queréis es intentar escapar lanzando vuestras bolitas de fuego.

Grub seguía examinándose su padrastro cuando Holly salió de la camioneta. La elfa se quitó el casco, limpiando el hollín de la visera con la manga de su mono. Se suponía que tenía que ser antiadherente; a lo mejor tenía que enviarlo a que lo recubrieran de nuevo.

—¿Todo bien? —le preguntó Grub.

—Sí, cabo. Todo ha salido bien, pero no gracias a ti.

Grub aún tuvo el descaro de hacerse el ofendido.

—Estaba protegiendo la zona, capitana. No todos podemos ser héroes de acción.

Era muy típico de Grub, una excusa para cada ocasión. Ya se ocuparía de él más tarde, ahora era de vital importancia llegar hasta la Jefatura y averiguar por qué el Consejo había blindado la ciudad.

–Pues yo creo que deberíamos volver al cuartel general –sugirió Grub–. Es posible que los chicos de inteligencia quieran interrogarme si nos están invadiendo los humanos.

–Creo que soy yo quien debería volver al cuartel general –puntualizó Holly–. Tú te quedarás aquí y vigilarás a los sospechosos hasta que se restablezca el suministro de energía. ¿Crees que podrás hacerlo? ¿O estás demasiado incapacitado por culpa de ese padrastro?

El pelo castaño rojizo de Holly se le puso de punta y sus ojos redondos de color avellana retaron a Grub a que le llevase la contraria.

–No, Holly... Capitana. Ya me encargo yo. Todo está bajo control.

Lo dudo, pensó Holly, saliendo como un cohete en dirección a la Jefatura de la PES.

La ciudad estaba sumida en un caos absoluto. Todos los ciudadanos estaban en la calle contemplando con incredulidad sus aparatos sin vida. Para algunos de los seres mágicos más jóvenes, la pérdida de sus teléfonos móviles era demasiado terrible y deambulaban por las calles llorando a moco tendido.

La Jefatura de Policía estaba rodeada de curiosos, atraídos como mariposas a la luz, en este caso, una de las pocas luces de la ciudad. Los hospitales y los vehículos de emergencia todavía tendrían energía, pero por lo demás, el cuartel general de la PES era el único edificio gubernamental que seguía en funcionamiento.

Holly se abrió paso entre la muchedumbre hasta acceder

al vestíbulo. Las colas del servicio público recorrían las escaleras y salían por la puerta. Ese día, todo el mundo hacía la misma pregunta: ¿qué ha pasado con la corriente?

La misma pregunta afloró a los labios de Holly cuando entró en la cabina de Situaciones de Emergencia, pero se la guardó para sí. La sala ya estaba abarrotada con todos los capitanes del cuerpo al completo, además de los tres comandantes regionales y los siete miembros del Consejo.

—Ah —exclamó el presidente Cahartez—, la última capitana.

—No me han suministrado mi energía de emergencia —explicó Holly—. No iba en uno de los vehículos reglamentarios.

Cahartez se recolocó su sombrero cónico oficial.

—No hay tiempo para excusas, capitana, el señor Potrillo ha estado esperando a presentar su informe hasta que llegara usted.

Holly se sentó en la mesa de los capitanes, junto a Camorra Kelp.

—¿Grub está bien? —le susurró este.

—Le ha salido un padrastro en el dedo.

Camorra puso los ojos en blanco.

—Seguro que presentará una de sus quejas.

El centauro Potrillo apareció trotando por la puerta, cargado con montones de discos. Potrillo era el genio técnico de la PES y sus innovaciones en seguridad eran la razón principal por la que los humanos no habían descubierto todavía el escondite subterráneo de las Criaturas Mágicas. Tal vez eso estuviese a punto de cambiar.

El centauro cargó los discos en el sistema operativo con movimiento experto y abrió varias ventanas en una pantalla

de plasma que ocupaba toda la pared. Varios algoritmos de aspecto complejo y patrones de ondas aparecieron en la pantalla.

Se aclaró la garganta sonoramente.

—He aconsejado al presidente Cahartez que activase el blindaje absoluto basándome en estas lecturas.

El comandante Remo de Reconocimiento dio una chupada a un habano de setas que no había encendido todavía.

—Creo que hablo en nombre de toda la sala aquí reunida, Potrillo, si digo que lo único que veo aquí son rayas y garabatos. Sin duda tiene sentido para un poni inteligente como tú, pero el resto vamos a necesitar que nos hables en gnómico bien sencillito.

Potrillo lanzó un suspiro.

—Sencillito. Dicho en términos sencillos, lo que se dice sencillos... Bien, pues nos han pingoneado. ¿Es lo bastante sencillo?

Lo era. En la sala se hizo un silencio sepulcral. «Pingonear» era un viejo término naval de la época en que el sonar todavía era el método más utilizado de detección; ser «pingoneado» era la forma coloquial de decir que los habían detectado. Alguien sabía que las Criaturas Mágicas vivían allí abajo.

Remo fue el primero en recobrar la voz.

—Pingoneados. ¿Y quién nos ha pingoneado?

Potrillo se encogió de hombros.

—No lo sé. Solo duró unos segundos. No hubo procedencia reconocible y fue imposible rastrearla.

—¿Qué obtuvieron?

–Bastante. Todo el norte de Europa. Los Alcance, los Centinelas... Todas nuestras cam-cams. Descargaron información de todos y cada uno de ellos.

Eran unas noticias catastróficas. Alguien o algo lo sabía todo acerca de la vigilancia de las Criaturas Mágicas en el norte de Europa, tras apenas unos segundos.

–¿Era humano o extraterrestre? –preguntó Holly.

Potrillo señaló una representación digital del rayo.

–No puedo decirlo con seguridad. Si es humano, es algo completamente nuevo. Ha salido de la nada, de repente. Que yo sepa, nadie ha estado fabricando un tipo de tecnología como este. Sea lo que sea, nos leyó como si fuésemos un libro abierto. Mis códigos cifrados de seguridad se comportaron como si no estuvieran.

Cahartez se quitó su sombrero oficial, sin que le importase ya el protocolo.

–¿Qué significa esto para las Criaturas?

–Resulta difícil de decir. Pueden plantearse situaciones hipotéticas mejores y peores. Nuestro misterioso observador podría descubrirlo todo sobre nosotros cuando quisiese y hacer con nuestra civilización lo que se le antoje.

–¿Y en el mejor de los casos? –preguntó Camorra.

Potrillo inspiró hondo.

–Ese era el mejor de los casos.

El comandante Remo llamó a Holly a su despacho. La habitación apestaba a humo de habano a pesar del purificador de aire incorporado en el escritorio. Potrillo ya estaba allí, moviendo los dedos a toda velocidad sobre el teclado del comandante.

–La señal se originó en algún lugar de Londres –explicó el centauro–. Solo lo sabemos porque dio la casualidad de que estaba mirando el monitor en ese momento. –Se apartó del teclado y meneó la cabeza–. Esto es increíble. Es una especie de tecnología híbrida. Casi como nuestros sistemas de iones pero no exactamente... a apenas un paso.

–El cómo no es lo importante ahora –dijo Remo–, es el quién lo que me preocupa.

–¿Qué puedo hacer yo, señor? –preguntó Holly.

Remo se levantó y se acercó a un mapa de Londres que había en la pantalla de plasma de la pared.

–Necesito que te equipes con un paquete de vigilancia, que subas a la superficie y que esperes. Si nos pingonean de nuevo, quiero a alguien *in situ*, listo para entrar en acción. No podemos grabar esa cosa, pero desde luego podemos obtener un dato visual de la señal. En cuanto aparezca en la pantalla, te daremos las coordenadas y podrás investigar.

Holly asintió con la cabeza.

–¿Cuándo es el siguiente chorro?

«Chorro» era la jerga de la PES para designar las erupciones de magma que los agentes de Reconocimiento aprovechaban para salir a la superficie a bordo de cápsulas de titanio. Los pilotos profesionales se referían a aquel procedimiento básicamente intuitivo como a «remontar los chorros».

–No tendrás esa suerte –respondió Potrillo–. No hay ningún movimiento previsto en los canales para los próximos dos días. Tendrás que usar una lanzadera.

—¿Y el blindaje absoluto?

—He restablecido el suministro a Stonehenge y nuestros grupos de satélites. Tendremos que arriesgarnos: tú necesitas subir a la superficie y nosotros necesitamos mantenernos en contacto. El futuro de nuestra civilización podría depender de ello.

Holly sintió cómo el peso de la responsabilidad caía sobre sus hombros. Aquello del «futuro de nuestra civilización» estaba sucediendo cada vez más últimamente.

CAPÍTULO III:
ENTERRADO EN EL HIELO

En Fin, Knightsbridge

 LA explosión sónica de la granada de Mayordomo había atravesado la puerta de la cocina y había barrido todos los utensilios de cocina de acero inoxidable como si de tallos de hierba se tratara. El acuario se había hecho añicos y había dejado las losas del suelo llenas de agua, plexiglás y langostas estupefactas que avanzaban por los escombros levantando las patas.

El personal del restaurante estaba en el suelo, atado y empapado, pero vivo. Mayordomo no los desató, pues lo último que necesitaba eran ataques de histeria en ese momento. Ya habría tiempo para atenderlos cuando hubiese neutralizado todas las amenazas.

Una de las asesinas se movió, suspendida en mitad de un tabique separador. El sirviente comprobó sus ojos: los tenía bizcos y desenfocados. No suponía ninguna amenaza, pero Mayordomo se metió en el bolsillo el arma de la anciana de todos modos. Toda precaución siempre es poca, algo que no

dejaba de aprender una y otra vez. Si Madame Ko hubiese presenciado su actuación de esa tarde, seguro que le habría borrado con láser su tatuaje de graduación.

La habitación estaba despejada, pero, aun así, había algo que seguía molestando al guardaespaldas. Su sentido de soldado le enviaba señales como si fueran tambores. Una vez más, Mayordomo evocó el recuerdo de Madame Ko, su *sensei* de la Academia: «La función primordial del guardaespaldas es proteger a su cliente. No pueden disparar al cliente si el guardaespaldas se coloca delante de él». Madame Ko siempre llamaba a sus jefes «clientes», pues nunca se llegaba a una relación demasiado profunda con un cliente.

Mayordomo se preguntó por qué se había acordado de esa máxima en concreto. De los cientos de reglas que Madame Ko le había grabado en el cerebro, ¿por qué aquella precisamente? Lo cierto es que era evidente: había quebrantado la primera regla de la protección personal dejando a su cliente sin protección. La segunda regla, «No desarrollar un apego emocional por el cliente», también había estallado en pedazos: Mayordomo sentía tanto apego por Artemis que era evidente que empezaba a afectar su buen juicio.

Se imaginó a Madame Ko ante sí, vestida de forma anodina con su traje color caqui, un ama de casa japonesa normal y corriente para todo el mundo. Y, sin embargo, ¿cuántas amas de casa normales y corrientes de cualquier nacionalidad podían golpear con tanta rapidez como para que silbase el aire? «Eres una deshonra, Mayordomo. Una deshonra para tu nombre. Se te daría mejor encontrar trabajo remendando zapatos. Ya han neutralizado a tu cliente.»

Mayordomo se movió como en un sueño. El propio aire parecía retenerlo cuando echó a correr en dirección a la puerta de la cocina. Sabía lo que habría sucedido. Brutus Blunt era un profesional, vanidoso, tal vez (un pecado capital entre los guardaespaldas), pero un profesional pese a todo. Los profesionales siempre se colocaban tapones en los oídos si había peligro de tiroteo.

Las losas resbalaban bajo sus pies, pero Mayordomo compensó el efecto inclinando el cuerpo hacia delante e hincando los dedos de sus suelas de goma en la superficie. Sus tímpanos intactos percibieron vibraciones irregulares procedentes del restaurante: el rumor de una conversación. Artemis estaba hablando con alguien. Brutus Blunt, seguro. Ya era demasiado tarde.

Mayordomo apareció por la puerta de servicio a una velocidad que habría dejado en evidencia a un campeón olímpico. Su cerebro empezó a calibrar las posibilidades en cuanto le llegaron las imágenes procedentes de las retinas: Blunt estaba disparando. Ahora ya no se podía hacer nada al respecto. Solo había una opción y, sin dudarlo un instante, Mayordomo la tomó.

Blunt sostenía en la mano derecha una pistola con silenciador.

–Tú primero –dijo–. Luego el grandullón.

Brutus Blunt levantó el arma, apuntó con ella y disparó.

Mayordomo surgió de la nada. Pareció inundar con su presencia la habitación entera, interponiéndose en el trayec-

to de la bala. A una mayor distancia, es posible que el Kevlar de su chaleco antibalas hubiese resistido, pero a quemarropa, la bala recubierta de teflón perforó el chaleco como si fuera un hierro candente atravesando la nieve. Penetró en el pecho de Mayordomo un centímetro por debajo del corazón. Era una herida mortal, y esta vez la capitana Canija no estaba allí para salvarlo con su magia.

El propio impulso del guardaespaldas, combinado con la fuerza de la bala, lo hizo estrellarse contra Artemis, que acabó enterrado en el carrito de los postres. No se veía ninguna parte del cuerpo del chico, salvo un mocasín Armani.

Mayordomo respiraba con mucha dificultad y había perdido la capacidad de ver, pero no estaba muerto todavía. La electricidad de su cerebro se iba extinguiendo poco a poco, pero el guardaespaldas se aferró a un único pensamiento: proteger al cliente.

Brutus Blunt exhaló un aliento de sorpresa y Mayordomo descerrajó seis disparos a aquel ruido. La dispersión de las balas le habría decepcionado mucho de haber podido verla, pero una de ellas alcanzó su objetivo y horadó la sien de Blunt, quien cayó inconsciente de inmediato, con una conmoción cerebral inevitable. Brutus Blunt se reunió con el resto de su equipo en el suelo.

Mayordomo hizo caso omiso del dolor que le retorcía el torso como un puño gigante y en vez de eso, aguzó el oído para tratar de percibir algún movimiento. No oyó nada cerca, solo el avance de las langostas sobre las baldosas, y si una de las langostas decidía atacar, Artemis estaba solo ante el peligro.

No se podía hacer nada más. O Artemis estaba a salvo o no lo estaba, y si no lo estaba, Mayordomo no estaba en condiciones de cumplir los términos de su contrato. El ser consciente de aquello le hizo sentir una enorme calma. No más responsabilidades, solo su propia vida de la que preocuparse, aunque solo fuese por escasos segundos. Y de todos modos, Artemis no era solo un cliente: formaba parte de la vida del guardaespaldas. Su único amigo verdadero. Puede que a Madame Ko no le gustase su actitud, pero ahora no podía hacer mucho al respecto. Nadie podía hacer mucho al respecto.

A Artemis nunca le habían gustado los postres y, pese a ello, se sorprendió sumergido en un mar de pasteles de crema, tartas de queso y merengues. Su traje debía de estar hecho una porquería. Por supuesto, el cerebro de Artemis estaba reparando en aquellos detalles para no tener que pensar en lo ocurrido, pero es difícil hacer caso omiso durante mucho rato de un peso muerto de noventa kilos.

Por fortuna para Artemis, el impacto de Mayordomo lo había estrellado en realidad contra el segundo piso del carrito, mientras que el guardaespaldas seguía en la rejilla de los helados del piso superior. Por lo que Artemis pudo apreciar, el pastel de la Selva Negra había amortiguado suficientemente su impacto para evitar heridas internas de consideración. Aun así, no tenía dudas de que sería necesaria una visita al fisioterapeuta; posiblemente también para Mayordomo, a pesar de que el hombre tenía la constitución de un trol.

No sin esfuerzo, Artemis consiguió salir de debajo de su

sirviente. Con cada movimiento, unas malignas caracolas de crema explotaban en su dirección.

—Lo digo en serio, Mayordomo —masculló el adolescente—, tengo que empezar a elegir con más cuidado con quién hago negocios. No pasa un día sin que seamos víctimas de algún complot.

Artemis sintió gran alivio al ver a Brutus Blunt inconsciente sobre el suelo del restaurante.

—Otro villano menos. Buen disparo, Mayordomo, como de costumbre. Y una cosa más: he decidido llevar chaleco antibalas en todas las futuras reuniones. Eso te facilitaría bastante el trabajo, ¿eh?

Fue en ese preciso instante cuando Artemis se fijó en la camisa de Mayordomo. Lo que vio le cortó de golpe la respiración como si le hubieran dado un mazazo, no el orificio en la tela, sino la sangre que manaba de él.

—Mayordomo, estás herido. Un disparo. Pero ¿y el Kevlar?

El guardaespaldas no contestó, pero tampoco hizo falta que lo hiciese. Artemis sabía mucho más de ciencia que la mayoría de los físicos nucleares. A decir verdad, muchas veces colgaba artículos en Internet bajo el pseudónimo de Hein Stein. Era evidente que el impacto de la bala había sido demasiado potente para que el chaleco lo resistiera. Seguramente debía de estar recubierta con teflón para asegurar una mayor penetración.

Una parte importante de Artemis sintió deseos de abrazar el cuerpo del guardaespaldas y llorar como lo haría por un hermano, pero Artemis reprimió ese instinto. Había llegado la hora de pensar con rapidez.

Mayordomo interrumpió sus pensamientos.

—Artemis... ¿eres tú? —exclamó, pronunciando las palabras entre jadeos.

—Sí, soy yo —respondió Artemis con voz temblorosa.

—No te preocupes. Juliet te protegerá. Estarás bien.

—No hables, Mayordomo. No te muevas tampoco. La herida no es grave.

Mayordomo lanzó un resoplido, que era lo más parecido a una risotada que pudo soltar.

—Vale, sí es grave, pero ya se me ocurrirá algo. Tú quédate quietecito.

Con su último vestigio de fuerza, Mayordomo alzó una mano.

—Adiós, Artemis —dijo—. Amigo mío.

Artemis le cogió la mano. Ahora las lágrimas le resbalaban por las mejillas sin que pudiera contenerlas.

—Adiós, Mayordomo.

Los ojos ciegos del eurasiático tenían una expresión serena.

—Artemis, llámame... Domovoi.

El nombre le dijo a Artemis dos cosas: en primer lugar, su compañero de toda la vida llevaba el nombre de un espíritu guardián eslavo. En segundo lugar, los graduados de la Academia de Madame Ko tenían órdenes de no revelar sus nombres de pila a sus clientes para que resultase más fácil mantener un trato más bien frío. Mayordomo nunca habría quebrantado aquella norma... a menos que ya no importase.

—Adiós, Domovoi —exclamó el chico entre sollozos—. Adiós, amigo mío.

La mano quedó inerte. Mayordomo ya no podía oírle.

–¡No! –gritó Artemis, tambaleándose hacia atrás.

Aquello no estaba bien, no era así como las cosas debían acabar. Por alguna razón, siempre había imaginado que morirían juntos, enfrentándose a obstáculos insuperables, en algún lugar exótico, en la falda del Vesubio, activo de nuevo; o en las orillas del poderoso Ganges, pero juntos, como amigos. Después de todo lo que habían vivido juntos, Mayordomo no podía caer vencido a manos de un musculitos fanfarrón de segunda fila.

Mayordomo ya había estado a punto de morir antes. Dos años atrás, había sido atacado por un trol de las profundidades de los túneles que había debajo de Ciudad Refugio. Holly Canija lo había salvado entonces, utilizando sus poderes mágicos. Sin embargo, ahora no había ningún ser mágico por allí para salvar al guardaespaldas. El tiempo era el principal enemigo. Si Artemis tuviese más tiempo, sabría cómo ponerse en contacto con la PES y persuadir a Holly para que utilizase su magia una vez más. Sin embargo, se le acababa el tiempo; a Mayordomo le quedaban tal vez cuatro minutos antes de que se le apagase el cerebro. No era suficiente, ni siquiera para un intelecto como el de Artemis, necesitaba comprar más tiempo, o robar un poco.

Piensa, chico, piensa, se dijo. Aprovecha lo que te ofrezca la situación. Artemis detuvo el torrente de lágrimas. Estaba en un restaurante, un restaurante de pescado. ¡Era inútil! ¡No podía hacer nada! Tal vez en un centro médico podría hacer algo, pero ¿allí? ¿Qué había allí? Un horno, fregaderos, utensilios de cocina... Aun disponiendo de los instrumentos adecuados, todavía no había completado sus estudios médicos.

Era demasiado tarde para la cirugía convencional de todos modos, a menos que hubiese un método de trasplante de corazón para el que se tardasen menos de cuatro minutos.

El minutero seguía su avance inexorable y Artemis se iba poniendo cada vez más furioso consigo mismo. El tiempo estaba en contra de ellos, el tiempo era su enemigo: era necesario detener el tiempo. La idea chisporroteó en el cerebro de Artemis en un fogonazo de neuronas. Tal vez no pudiese detener el tiempo, pero sí podía detener el paso de Mayordomo por él. El proceso era sin duda arriesgado, pero era su única oportunidad.

Artemis desactivó el freno del carrito de los postres con el pie y empezó a empujar el trasto hacia la cocina. Tuvo que detenerse varias veces para apartar a los quejumbrosos asesinos del camino del vehículo.

Los vehículos de emergencia se estaban aproximando, abriéndose paso por Knightsbridge. Era evidente que la explosión de la granada sónica habría llamado la atención. Apenas disponía de unos minutos antes de tener que inventarse alguna historia plausible para las autoridades... Era mejor no estar allí... Las huellas dactilares no supondrían ningún problema ya que por el restaurante habrían pasado montones de clientes. Lo único que tenía que hacer era salir de allí antes de que llegasen los efectivos policiales de Londres.

La cocina estaba hecha de acero inoxidable. Los hornillos, las campanas y las superficies de trabajo estaban repletas de restos de la granada sónica. El pescado daba coletazos en el fregadero, los crustáceos se arrastraban por las baldosas del suelo y el beluga goteaba del techo.

¡Allí estaban! Al fondo, una hilera de cámaras frigoríficas,

esenciales en cualquier restaurante de marisco. Artemis apoyó el hombro en el carrito y lo empujó hacia el fondo de la cocina.

La mayor de las cámaras frigoríficas era del tipo independiente y hecha a medida que suele haber en los restaurantes grandes. Artemis abrió el cajón y desalojó rápidamente el salmón, la lubina y la merluza que estaban incrustados en los estantes de hielo.

La crionización. Era su única oportunidad. La ciencia de congelar un cuerpo hasta que la medicina hubiese evolucionado lo suficiente para revivirlo. A pesar de que la práctica totalidad de la comunidad médica la rechazaba, cada año recaudaba millones de las arcas de excéntricos millonarios que necesitaban más de una vida para gastarse su dinero. Por lo general, las cámaras de crionización estaban construidas según especificaciones muy exactas, pero en ese momento no había tiempo para las exigencias habituales de Artemis. Aquel congelador tendría que servir como solución temporal. Era imprescindible enfriar la cabeza de Mayordomo para conservar las células cerebrales. Siempre y cuando tuviese las funciones cerebrales intactas, en teoría sería posible revivirlo, aunque no hubiese latido del corazón.

Artemis hizo maniobras con el carrito hasta que sobresaliese por el congelador abierto; a continuación, con la ayuda de una fuente de plata, hizo palanca sobre el cuerpo de Mayordomo para depositarlo sobre el hielo humeante. El espacio era muy justo, pero solo hizo falta doblarle las piernas al guardaespaldas para que cupiese. Artemis amontonó el hielo suelto sobre la cabeza de su compañero caído, y acto seguido

ajustó el termostato a cuatro bajo cero para evitar lesiones en los tejidos. El rostro inexpresivo de Mayordomo era visible a través de una capa de hielo.

—Volveré —dijo el chico—. Que duermas bien.

Las sirenas se estaban aproximando, y Artemis oyó el chirrido de los neumáticos.

—Aguanta, Domovoi —susurró Artemis, al tiempo que cerraba la puerta de la cámara.

Artemis salió por la puerta de atrás, confundiéndose con la multitud de curiosos y vecinos. La policía estaría sacando fotos de la muchedumbre, de modo que no permaneció junto al cordón policial y ni siquiera volvió a mirar al restaurante. En vez de eso, se dirigió a Harrods y encontró una mesa en la cafetería de la galería.

Una vez que le hubo asegurado a la camarera que no estaba buscando a su mamá y que hubo sacado dinero suelto suficiente para pagar su taza de té Earl Grey, Artemis extrajo su móvil y seleccionó un número de la memoria.

Un hombre respondió al segundo tono.

—Hola. Hable rápido, sea quien sea. Tengo mucho trabajo.

El hombre era el detective inspector Justin Barre de New Scotland Yard, y el tono áspero de su voz se debía a un cuchillo de caza en la garganta en el transcurso de una pelea en un bar en los años noventa. Si Mayordomo no hubiese estado por allí para detener la hemorragia, Justin Barre nunca habría ascendido más allá de sargento. Había llegado la hora de reclamar la deuda.

—Detective inspector Barre, soy Artemis Fowl.

—Artemis, ¿cómo estás? ¿Y cómo está mi viejo amigo, Mayordomo?

Artemis se masajeó la frente.

—Pues siento decirle que no muy bien. Necesita un favor.

—Cualquier cosa por el grandullón. ¿Qué puedo hacer?

—¿Ha oído algo de un alboroto en Knightsbridge?

Se hizo una pausa. Artemis oyó el sonido del papel al rasgarse mientras alguien arrancaba un fax de la máquina.

—Sí, acaba de llegar. Un par de ventanas se han hecho añicos en un restaurante. Nada demasiado importante. Algunos turistas han sufrido daños en los oídos. Los informes preliminares apuntan que se trata de un terremoto localizado, ¿no es increíble? Ahora mismo tenemos dos coches patrulla allí. ¿No me digas que Mayordomo está detrás de eso?

Artemis inspiró hondo.

—Necesito que mantenga a sus hombres alejados de las cámaras frigoríficas.

—Vaya, esa es una petición muy curiosa, Artemis. ¿Qué hay en esas cámaras que no deba ver yo?

—Nada ilegal —le prometió Artemis—. Créame si le digo que se trata de un asunto de vida o muerte para Mayordomo.

Barre no vaciló.

—No está exactamente bajo mi jurisdicción, pero considéralo hecho. ¿Necesitas sacar lo que sea que yo no puedo ver de los frigoríficos?

El inspector le había leído el pensamiento.

—Lo antes posible. Solo necesito dos minutos.

Barre lo meditó unos instantes.

–De acuerdo. Sincronicemos nuestros relojes. La brigada forense estará ahí dentro un par de horas, no puedo hacer nada al respecto, pero a las seis y media en punto puedo garantizarte que no habrá nadie de servicio. Tienes cinco minutos.

–Eso será más que suficiente.

–Bien. Y dile al grandullón que estamos en paz.

Artemis trató de disimular el temblor de su voz.

–Sí, detective inspector, se lo diré.

Si tengo ocasión, pensó.

Instituto de Criogenia Edad de Hielo, calle Harley, Londres

En realidad, el Instituto de Criogenia Edad de Hielo no estaba en la calle Harley. Técnicamente, estaba escondido en Dickens Lane, un callejón en el extremo sur del famoso paseo médico. Sin embargo, aquello no impidió al médico responsable del instituto, la doctora Constance Lane, incluir la calle Harley en el membrete de todos los papeles y sobres del Edad de Hielo. No se podía comprar la credibilidad de ese modo. Cuando la gente rica veía aquellas palabras mágicas en una tarjeta de visita, se daba de tortas por conseguir que les congelasen sus cuerpos.

Artemis Fowl no se dejaba impresionar tan fácilmente, pero lo cierto es que no tenía mucho donde elegir; el Edad de Hielo era uno de los tres centros de criogenia de la ciudad y el único con unidades libres, aunque a decir verdad, el car-

tel de neón con la frase «Se alquilan espacios», le pareció demasiado. En fin.

El edificio en sí bastó para que a Artemis se le pusieran los pelos de punta: la fachada estaba cubierta de aluminio bruñido (obviamente, había sido diseñada para que pareciese una nave espacial) y las puertas eran del más puro estilo *Star Trek*. ¿Dónde estaba la cultura? ¿Dónde estaba el arte? ¿Cómo había logrado aquella monstruosidad un permiso de urbanismo en el centro histórico de Londres?

Una enfermera vestida con un uniforme blanco y una cofia de tres picos se encargaba de la recepción. Artemis dudaba que fuese una enfermera de verdad, más que nada, por el cigarrillo que sostenía entre las uñas postizas.

—Perdone, ¿señorita?

La enfermera apenas levantó los ojos de su revista del corazón.

—¿Sí? ¿Buscas a alguien?

Artemis cerró los puños a sus espaldas.

—Sí, me gustaría ver a la doctora Lane. Es la cirujana, ¿verdad?

La enfermera aplastó su cigarrillo en un cenicero atestado hasta los topes de colillas.

—No será otro de esos trabajos escolares, ¿no? La doctora Lane ha dicho que nada de trabajos de fin de curso.

—No, no se trata de ningún trabajo de fin de curso.

—No serás abogado, ¿no? —preguntó la enfermera con recelo—. Uno de esos genios que se sacan la carrera cuando aún llevan pañales, ¿eh?

Artemis lanzó un suspiro.

–Un genio, sí. Un abogado, en absoluto. Soy, *mademoiselle*, un cliente.

Y, visto y no visto, la enfermera era un derroche de amabilidad y encanto.

–¡Ah, un cliente! ¿Por qué no lo ha dicho antes, señor? Le haré pasar enseguida. ¿Le apetece al señor un té, un café o acaso algo más fuerte?

–Tengo trece años, *mademoiselle*.

–¿Un zumo?

–Preferiría un té. Earl Grey, si tiene. Sin azúcar, evidentemente; eso podría ponerme hiperactivo.

La enfermera estaba dispuesta a aceptar cualquier sarcasmo de un cliente de pago, y condujo a Artemis a una sala donde el estilo era, una vez más, propio de la era espacial: mucho velvetón brillante y espejos de la eternidad.

Artemis se había medio terminado una taza de algo que, decididamente, no era Earl Grey cuando la puerta de la doctora Lane se abrió.

–Entre –lo invitó una mujer alta en tono vacilante.

–¿Voy andando? –preguntó Artemis–. ¿O me va a mover con un haz luminoso?

Las paredes del despacho estaban repletas de marcos. A un lado estaban los títulos y los certificados de la doctora; Artemis sospechaba que la mayoría de aquellos certificados podían obtenerse durante un fin de semana. En la pared había varios retratos fotográficos, encima de los cuales podía leerse la inscripción: «El amor yace durmiente». Artemis estuvo a punto de marcharse en ese momento, pero estaba desesperado.

La doctora Lane se sentó tras su mesa. Era una mujer muy glamourosa, con una larga melena de pelo rojizo y los afilados dedos de una artista. Llevaba un vestido de Dior. Incluso la sonrisa de Constance era perfecta... demasiado perfecta. Artemis la examinó con más detenimiento y vio que toda su cara era el resultado de la obra de un cirujano plástico. Era evidente que todo en la vida de aquella mujer giraba en torno a cómo engañar al tiempo. Había ido a parar al lugar adecuado.

—Bien, jovencito, Tracy me ha dicho que tiene intención de convertirse en cliente nuestro. —La doctora intentó sonreír, pero el esfuerzo de su cara al estirarse hizo que le brillara como la superficie de un globo de goma.

—No personalmente, no —repuso Artemis—. Pero sí quiero alquilar una de sus unidades de crionización. A corto plazo.

Constance Lane extrajo del cajón un folleto de la empresa y rodeó en rojo algunas cifras.

—Nuestras tarifas son bastante elevadas.

Artemis ni siquiera echó un vistazo a los números.

—El dinero no es ningún problema. Podemos ordenar una transferencia ahora mismo desde mi banco en Suiza. En cinco minutos puedo hacer un depósito de cien mil libras en su cuenta personal. Solo necesito una unidad para una noche.

La cifra era impresionante. Constance pensó en todos los caprichitos que podría comprar. Sin embargo, seguía teniendo sus reservas.

—Por norma general, no se permite a los menores de edad asignar a sus parientes a nuestras cámaras. De hecho, es la ley.

Artemis inclinó el cuerpo hacia delante.

–Doctora Lane. Constance. Lo que hago aquí no es exactamente legal, pero nadie va a sufrir tampoco ningún perjuicio. Una noche y será usted una mujer rica. Mañana a estas horas yo no habré estado nunca aquí. Si no hay cuerpo, no hay quejas.

La doctora se acarició la barbilla con la mano.

–¿Una noche?

–Solo una. Ni siquiera se enterará de que estamos aquí.

Constance extrajo un espejo de mano del cajón de su mesa y examinó su reflejo con atención.

–Llame al banco –dijo.

STONEHENGE, WILTSHIRE

En el sur de Inglaterra había dos posibilidades para que un agente de la PES saliera a la superficie, una de ellas era hacerlo en la propia Londres, pero la terminal estaba cerrada al público porque el Chelsea Fútbol Club había edificado sus instalaciones quinientos metros por encima de la terminal de lanzaderas.

La otra terminal se hallaba en Wiltshire, junto a lo que los humanos se referían con el nombre de Stonehenge. Los Fangosos tenían diversas teorías respecto al origen de la estructura, teorías que iban desde que se trataba de una antigua pista de aterrizaje para naves espaciales hasta un centro de adoración pagano. La verdad era mucho menos glamourosa: en realidad, Stonehenge había sido una sucursal de comida a base de pan plano o, en términos humanos, una pizzería.

Un gnomo llamado Bog se había dado cuenta de los muchos turistas que se olvidaban sus bocadillos en las excursiones a la superficie, y por eso había decidido abrir una pizzería junto a la terminal. Era un negocio redondo: te acercabas a una de las ventanillas, escogías los ingredientes y al cabo de diez minutos te estabas poniendo las botas. Por supuesto, Bog tuvo que trasladar el negocio bajo tierra una vez que los humanos empezaron a hablar con frases completas en lugar de hacerlo con gruñidos. Además, todo aquel queso estaba poniendo el suelo perdido. Un par de las ventanillas habían llegado incluso a atascarse.

A los seres mágicos civiles les resultaba difícil obtener un visado para visitar Stonehenge a causa de la actividad constante en la superficie, aunque, a decir verdad, los hippies veían criaturas mágicas todos los días y eso nunca acaparaba las portadas de los periódicos. Como agente de policía, Holly no tuvo problemas con el visado: solo tenía que enseñar la placa de Reconocimiento para que inmediatamente le abriesen un agujero directo a la superficie.

Sin embargo, el hecho de ser una agente de Reconocimiento no era demasiado útil si no había ningún estallido de magma programado, y el conducto de Stonehenge llevaba inactivo más de tres siglos. Ni siquiera una chispa. Sin chorro que remontar, Holly no tuvo más remedio que subir a bordo de una lanzadera comercial.

La primera lanzadera disponible estaba reservada casi al completo, pero por suerte hubo una cancelación de última hora, así que Holly no tuvo que echar a ningún pasajero.

La lanzadera era una nave de lujo de cincuenta asientos y

había entrado en servicio especialmente por orden de la Hermandad de Bog para visitar el santuario de su patrón. Aquellos seres mágicos, la mayoría gnomos, dedicaban sus vidas a la pizza y cada año, en el aniversario del primer día de Bog en el negocio, fletaban una lanzadera y hacían un picnic en la superficie. El picnic consistía en una pizza, cerveza de tubérculo y helado con sabor a pizza. Ni que decir tiene que no se quitaban los sombreros de goma en forma de pizza en todo el día.

Y así, durante sesenta y siete minutos, Holly permaneció apretujada en su asiento entre dos gnomos que no dejaban de beber cerveza y de cantar la canción de la pizza:

Pizza, pizza,
ponte las botas,
cuanto más gruesa la masa,
¡mejor está la costra!

Tenía ciento catorce estrofas, y cada vez eran peores. Holly nunca se había alegrado tanto de ver las luces de aterrizaje de Stonehenge.

La terminal en sí era bastante amplia, con una cabina de inspección de visados de tres colas, complejo de entretenimiento y tiendas *duty-free*. La moda en cuanto a souvenirs que estaba causando furor en aquellos momentos era un muñequito hippy Fangoso que decía «Paz, tío» cuando le apretabas la barriga.

Holly se abrió paso mostrando su placa a través de la cola de aduanas y se subió a un ascensor de seguridad para salir a

la superficie. En los últimos tiempos era más fácil salir a Stonehenge porque los Fangosos habían levantado unas vallas; los humanos estaban protegiendo su patrimonio histórico, o eso creían ellos. Era curioso que a los Fangosos pareciese preocuparles más el pasado que el presente.

Holly se puso las alas y, una vez que en la cabina de control le hubieron dado luz verde, ascendió hasta alcanzar una altura de dos mil metros. El cielo estaba cubierto de nubes, pero activó su escudo protector de todos modos. Ahora nada podía detectarla, era invisible tanto a ojos humanos como mecánicos. Solo las ratas y dos especies de monos podían ver a través de un escudo mágico.

Holly accionó al navegador de a bordo en el ordenador de las alas y dejó puesto el piloto automático. Era agradable volver a sobrevolar el suelo, y en la puesta de sol, además. Su momento favorito del día. Una sonrisa lenta se desplegó en su rostro. A pesar de la situación, se sintió satisfecha. Aquello era para lo que había nacido: tareas de Reconocimiento, con el viento soplando en contra de su visera y un desafío entre manos.

Knightsbridge, Londres

Habían pasado casi dos horas desde que Mayordomo había recibido el disparo. Por lo general, el período de gracia entre el fallo cardíaco y la lesión cerebral es de cuatro minutos, pero ese tiempo puede prolongarse si la temperatura corporal del paciente se baja de forma considerable. Las víctimas

ahogadas, por ejemplo, pueden ser resucitadas hasta una hora después de su muerte aparente. A Artemis solo le quedaba rezar por que su cámara criogénica provisional pudiese mantener a Mayordomo en estado estacionario hasta trasladarlo a una de las unidades del Edad de Hielo.

El Instituto de Criogenia disponía de una unidad móvil para transportar a los clientes de las clínicas privadas donde fallecían. La furgoneta iba equipada con su propio generador y consultorio completo. Aunque muchos médicos considerasen la crionización un tipo de medicina propia de mentes desequilibradas, el vehículo en sí cumplía con los criterios más estrictos de equipamiento e higiene.

—Estas unidades cuestan casi un millón de libras cada una —informó la doctora Constance Lane a Artemis cuando se sentaron en el consultorio de color blanco inmaculado. Un criodepósito cilíndrico estaba sujeto a un carrito que había entre ambos—. Las furgonetas se fabrican a medida en Munich, y también llevan un blindaje especial. Este cacharro podría pasar por encima de una mina terrestre y salir intacto.

Por una vez, a Artemis no le interesaba reunir información.

—Eso está muy bien, doctora, pero ¿puede ir más deprisa? A mi socio se le está acabando el tiempo. Ya han pasado ciento veintisiete minutos.

Constance Lane trató de fruncir el entrecejo, pero no tenía suficiente piel flácida en la ceja para hacerlo.

—Dos horas. Nunca se ha reanimado a nadie después de un período de tiempo tan largo, aunque, ahora que lo pienso, nunca se ha reanimado a nadie de una cámara criogénica.

El tráfico en Knightsbridge era, como de costumbre, caótico. En Harrods era día de rebajas y la manzana estaba colapsada con hordas de conductores cansados que volvían a sus hogares. Tardaron diecisiete minutos más en llegar a la entrada de mercancías de En Fin y, tal como habían prometido a Artemis, no había policías presentes, excepto uno. El detective inspector Justin Barre en persona estaba montando guardia en la puerta de atrás. El hombre era enorme, un descendiente del pueblo zulú, según Mayordomo. No costaba trabajo imaginarlo al lado de Mayordomo en algún país lejano y exótico.

Aunque parezca increíble, lograron encontrar aparcamiento y Artemis se bajó de la furgoneta.

—Criogenia —dijo Barre, fijándose en la inscripción del vehículo—. ¿Crees que podrás hacer algo por él?

—Entonces, ¿ha mirado dentro de la cámara frigorífica? —preguntó Artemis.

El agente asintió con la cabeza.

—¿Cómo iba a resistirme? La curiosidad forma parte de mi oficio. Ahora lamento haberlo visto, era un buen hombre.

—Es un buen hombre —lo corrigió Artemis—. No pienso darlo por muerto todavía.

Barre se apartó a un lado para dejar paso a dos enfermeros de la Edad de Hielo.

—Según mis hombres, un grupo de delincuentes armados intentaron perpetrar un robo en el establecimiento, pero los interrumpió un terremoto, y si eso es lo que sucedió de verdad, me comeré mi placa. ¿No tendrás tú alguna idea sobre lo que ocurrió en realidad?

–Un competidor mío no estaba de acuerdo con una estrategia comercial. Fue un desacuerdo violento.

–¿Quién apretó el gatillo?

–Brutus Blunt, un neozelandés. Pelo teñido, aros en las orejas, tatuajes en el cuello y el cuerpo. Le faltan casi todos los dientes.

Barre garabateó unas notas.

–Haré circular la descripción por todos los aeropuertos. Nunca se sabe, puede que lo atrapemos.

Artemis se frotó los ojos.

–Mayordomo me salvó la vida: esa bala iba dirigida a mí.

–Eso es muy propio de Mayordomo –dijo Barre, asintiendo con la cabeza–. Si hay algo que yo pueda hacer...

–Será el primero en saberlo –repuso Artemis–. ¿Encontraron sus agentes a alguien en la escena del crimen?

Barre consultó su libreta.

–Algunos clientes y empleados del restaurante. Todos corroboraron la historia, así que los dejamos marcharse. Los ladrones escaparon antes de que llegásemos.

–No importa. Será mejor que me encargue de los culpables yo mismo.

Barre intentó hacer caso omiso de la actividad que estaba teniendo lugar en la cocina, a sus espaldas.

–Artemis, ¿me garantizas que esto no va a volverse contra mí? Técnicamente, nos enfrentamos a un homicidio.

Artemis miró a Barre a los ojos, lo cual era un verdadero esfuerzo.

–Detective inspector, sin cuerpo, no hay caso, y le garantizo que para mañana Mayordomo ya estará vivito y colean-

do. Le daré instrucciones de que lo llame, si eso va a hacer que se sienta usted más tranquilo.

—Pues sí.

Los enfermeros pasaron empujando la camilla que transportaba a Mayordomo, cuyo rostro estaba cubierto por una capa de hielo. Las lesiones de los tejidos ya estaban volviéndole los dedos de color azul.

—El cirujano capaz de arreglar esto tendría que ser un auténtico mago —comentó Barre.

Artemis bajó la mirada.

—Ese es el plan, detective inspector, ese es el plan.

La doctora Lane administró a Mayordomo unas inyecciones de glucosa en la furgoneta.

—Es para detener la destrucción de las células —informó a Artemis, al tiempo que masajeaba el pecho de Mayordomo para hacer circular la medicación—. De·lo contrario, el agua de su sangre se congelará en cristales y pinchará las paredes de las células.

Mayordomo iba tumbado en una unidad de crionización abierta, con sus propios giroscopios. Lo habían ataviado con un traje frigorífico especial plateado y tenía el cuerpo cubierto de un cúmulo de paquetes de hielo como si fueran azucarillos en un bol.

Constance no estaba acostumbrada a que la gente le prestase atención mientras explicaba el proceso, pero aquel joven paliducho asimilaba sus aclaraciones con más rapidez de la que ella tardaba en dárselas.

—¿Y el agua no se congelará de todos modos? La glucosa no puede impedir eso.

Constance estaba impresionada.

—Sí, claro que sí, pero en pequeños fragmentos, para poder flotar con seguridad entre las células.

Artemis anotó algo en su ordenador de mano.

—Pequeños fragmentos, entiendo.

—La glucosa solo es una medida provisional —continuó la doctora—. El siguiente paso es la cirugía: necesitamos lavarle las venas por completo y sustituir la sangre con un conservante. Luego podemos bajar la temperatura del paciente a treinta grados bajo cero. Eso tendremos que hacerlo una vez de vuelta en el instituto.

Artemis apagó su ordenador.

—No hace falta. Solo necesito mantenerlo en situación de estasis durante unas horas. Después de eso ya no cambiará nada.

—Me parece que no lo entiendes, jovencito —dijo la doctora Lane—. La medicina actual no ha evolucionado hasta el punto en que esta clase de herida pueda curarse. Si no realizo una sustitución completa de la sangre pronto, se producirán lesiones irreversibles en los tejidos.

La furgoneta dio una sacudida cuando una de las ruedas pasó por uno de los numerosos baches de Londres. El brazo de Mayordomo se movió y, por un momento, Artemis pudo fingir que estaba vivo.

—No se preocupe por eso, doctora.

—Pero...

—Cien mil libras, Constance. Usted limítese a repetir esa

cifra para sus adentros. Aparque la unidad móvil fuera y olvídese de nosotros. Mañana por la mañana nos habremos ido, los dos.

La doctora Lane estaba sorprendida.

—¿Que aparque fuera? ¿Ni siquiera quieres entrar?

—No, Mayordomo se queda fuera —insistió Artemis—. Mi... mmm... cirujano tiene problemas con los espacios cerrados. Pero ¿puedo entrar un momento a usar su teléfono? Tengo que hacer una llamada un tanto especial.

Espacio aéreo de Londres

Las luces de Londres se desplegaban a los pies de Holly como estrellas de una galaxia turbulenta. Por lo general, la capital de Inglaterra no era un área recomendada de vuelo para los agentes de Reconocimiento a causa de los cuatro aeropuertos que no cesaban de enviar aviones al cielo. Cinco años atrás, el capitán Camorra Kelp había estado a punto de ser atravesado por un *airbus* que hacía la ruta Heathrow-JFK. Desde entonces, todos los planes de vuelo relacionados con ciudades con aeropuertos tenían que ser supervisados y aprobados por Potrillo.

Holly habló al micrófono de su casco.

—Potrillo, ¿va a aterrizar algún vuelo que me afecte a mí?

—Deja que consulte el radar. A ver... Yo que tú bajaría hasta los ciento cincuenta metros. Dentro de un par de minutos va a aterrizar un 747 procedente de Málaga. No puede colisionar contigo, pero tu ordenador del casco podría interferir con sus sistemas de navegación.

Holly bajó los alerones hasta descender a la altitud correcta. Por encima de su cabeza, el gigantesco aparato cruzó el cielo con gran estruendo. De no haber sido por las esponjas de filtros sónicos de Holly, le habrían estallado los tímpanos.

–Bien, un avión lleno de turistas esquivado con éxito. Y ahora, ¿qué?

–Ahora esperamos. No llamaré otra vez a menos que sea importante.

No tuvieron que esperar demasiado. En menos de cinco minutos, la voz de Potrillo interrumpió el silencio de la radio.

–Holly, tenemos algo.

–¿Otra sonda?

–No, algo del Centinela. Espera un momento, te envío el archivo a tu casco.

Un archivo de sonido apareció en el visor de Holly. Sus ondas se parecían a la lectura de un sismógrafo.

–¿De qué se trata? ¿Una escucha telefónica?

–No exactamente –dijo Potrillo–. Es uno del billón de archivos desechables que nos envía Centinela todos los días.

El sistema Centinela era una serie de unidades de monitorización que Potrillo había acoplado a los satélites obsoletos rusos y estadounidenses. Su función consistía en realizar un seguimiento de todas las telecomunicaciones humanas. Evidentemente, sería imposible revisar todas y cada una de las llamadas telefónicas que se producían en un día, de modo que el ordenador estaba programado para recoger ciertas palabras clave. Si, por ejemplo, las palabras «criatura», «refugio» y «subterráneo» aparecían en una conversación, el ordenador

marcaba la llamada. Cuantas más frases relacionadas con las Criaturas aparecían, más urgente la clasificación.

—Esta llamada se realizó en Londres hace unos minutos. Está plagada de palabras clave, nunca había oído nada igual.

—Pónmelo —ordenó Holly con voz clara y autoritaria. Un cursor en forma de línea vertical empezó a desplazarse por la onda de sonido.

—Criaturas —dijo una voz distorsionada—. PES, magia, Refugio, lanzaderas, duendes, B'wa Kell, troles, parada de tiempo, Reconocimiento, Atlantis.

—¿Eso es todo?

—¿Te parece poco? Quienquiera que haya hecho esa llamada podría estar escribiendo nuestra biografía.

—Pero solo es una retahíla de palabras, no tiene sentido.

—Oye, no sirve de nada que discutas conmigo —replicó el centauro—. Yo me limito a recabar información, pero tiene que haber alguna relación con la sonda. Es imposible que dos cosas así sucedan el mismo día por casualidad.

—De acuerdo. ¿Disponemos de una ubicación exacta?

—La llamada se hizo desde un instituto de criogenia de Londres. La calidad del Centinela no es lo bastante buena para pasar un escáner de reconocimiento de voz. Solo sabemos que fue realizada desde el interior del edificio.

—¿A quién llamaba nuestro misterioso Fangoso?

—Qué raro... Llamaba a la sección de crucigramas del *Times*.

—¿A lo mejor esas palabras eran las soluciones al crucigrama de hoy? —sugirió Holly en tono esperanzado.

—No, he comprobado la solución correcta: ni una sola palabra relacionada con los seres mágicos.

Holly activó sus alas en el modo manual.

–Muy bien, ha llegado el momento de averiguar qué se propone ese humano. Envíame las coordenadas del instituto.

Holly sospechaba que se trataba de una falsa alarma. Cada año se producían cientos de llamadas semejantes. Potrillo era tan paranoico que creía que los Fangosos iban a invadirlos cada vez que alguien mencionaba la palabra «mágico» en una línea telefónica, y con el reciente aluvión de películas y videojuegos sobre mundos fantásticos que había causado furor entre los humanos, se oían frases mágicas por todas partes. Se derrochaban miles de horas de trabajo policial vigilando las casas desde donde se originaban esas llamadas telefónicas, y normalmente resultaban ser algún chaval jugando con su ordenador personal.

Era más que probable que aquella llamada telefónica fuese el resultado de un cruce de líneas o de algún escritorzuelo redactando un guión para Hollywood o incluso de un agente secreto de la PES tratando de llamar a su casa. Sin embargo, ese día en concreto era necesario comprobarlo absolutamente todo.

Holly pataleó y se lanzó en picado para iniciar el descenso. Tirarse de cabeza iba en contra del reglamento de Reconocimiento, pues se suponía que todas las aproximaciones a la superficie debían ser controladas y graduales, pero ¿qué gracia tenía volar si no podías sentir cómo la estela te tiraba de los dedos de los pies?

Instituto de Criogenia Edad de Hielo, Londres

Artemis se apoyó en el parachoques trasero de la unidad móvil de criogenia. Era curioso lo rápido que podían cambiar las prioridades de una persona: aquella mañana lo único que le había preocupado era qué mocasines ponerse con su traje y ahora, en cambio, solo podía pensar en que la vida de su mejor amigo pendía de un hilo. Y el hilo se estaba deteriorando muy deprisa.

Artemis limpió una capa de escarcha de las gafas que había sacado de la chaqueta de su guardaespaldas. No eran unas gafas normales y corrientes —Mayordomo tenía la vista perfecta—, sino que aquellas gafas habían sido diseñadas especialmente par albergar unos filtros sacados de un casco de la PES: filtros antiescudo. Mayordomo las había llevado desde que Holly Canija por poco lo vence en la mansión Fowl.

—Nunca se sabe —le había dicho—. Somos una amenaza para la seguridad de la PES, y algún día el comandante Remo podría ser sustituido por alguien a quien no le caigamos tan bien.

Artemis no estaba muy convencido. Las Criaturas Mágicas eran, en general, unos seres pacíficos. No creía que pudiesen hacerle daño a nadie, ni siquiera a un Fangoso, basándose en actos delictivos del pasado. A fin de cuentas, habían quedado como amigos. O, al menos, no como enemigos.

Artemis suponía que la llamada surtiría efecto, no había razón para pensar lo contrario: varias organizaciones de seguridad nacional controlaban las líneas telefónicas mediante el sistema de palabras clave, grabando conversaciones que com-

prometiesen la seguridad nacional, y si los humanos lo estaban haciendo, era de esperar que Potrillo fuese dos pasos por delante de ellos.

Artemis se puso las gafas al tiempo que se encaramaba a la cabina del vehículo. Había realizado la llamada hacía diez minutos. Suponiendo que Potrillo se pusiese a investigar una pista de inmediato, todavía podían pasar dos horas más antes de que la PES enviase a un agente a la superficie. Eso convertiría en cinco horas el tiempo transcurrido desde que el corazón de Mayordomo se había parado; el récord de una reanimación era de dos horas y cincuenta minutos en el caso de un esquiador alpino congelado en una avalancha. Nunca se había dado el caso de una reanimación después de tres horas. Tal vez nunca lo habría.

Artemis echó un vistazo a la bandeja de comida que le había enviado la doctora Lane. Cualquier otro día se habría quejado de prácticamente todo cuanto había en el plato, pero en aquel momento la comida era un simple sustento para mantenerlo despierto hasta que llegase la caballería. Artemis dio un largo sorbo de una taza de té hecha de poliestireno. El líquido bajó haciendo mucho ruido en su estómago vacío. Detrás de él, en el interior de la furgoneta, la unidad de crionización zumbaba como un frigorífico doméstico. De vez en cuando el ordenador emitía unos pitidos y runruneos electrónicos mientras la máquina ejecutaba un proceso de autodiagnóstico. Artemis recordó entonces las semanas que había pasado en Helsinki esperando a que su padre recuperase el conocimiento, esperando a ver lo que la magia de las Criaturas conseguiría hacer por él...

Fragmento del diario de Artemis Fowl.
Disco 2. Codificado

Hoy mi padre me ha hablado. Por primera vez en más de dos años, he oído su voz y es exactamente como la recordaba. Pero no todo ha sido igual.

Habían pasado más de dos meses desde que Holly Canija había empleado su magia curativa sobre su cuerpo maltrecho y todavía seguía en su cama del hospital de Helsinki, inmóvil y sin responder a ningún estímulo. Los médicos no lo entendían.

—Debería estar despierto —me informaron—. Sus ondas cerebrales son fuertes, excepcionalmente fuertes, y su corazón late como el de un caballo. Es increíble, este hombre debería estar a las puertas de la muerte y sin embargo tiene el tono muscular de un chico de veinte años...

Por supuesto, para mí no es ningún misterio. La magia de Holly ha penetrado en todos los rincones del cuerpo de mi padre, excepto en su pierna izquierda, que perdió cuando su barco se hundió en la costa de Murmansk. Ha recibido una infusión de vida, cuerpo y mente.

El efecto de la magia sobre su cuerpo no me preocupa, pero no puedo evitar preguntarme qué efecto tendrá toda esa energía positiva sobre la mente de mi padre. Para él, un cambio así podría ser traumático. Es el patriarca de los Fowl, y su vida gira en torno a hacer dinero.

Durante dieciséis días permanecimos sentados en la habitación de hospital de mi padre, esperando alguna señal de vida. Para entonces yo ya había aprendido a interpretar las lecturas de los instrumentos y me di cuenta de inmediato la mañana en que las ondas cerebrales de

mi padre empezaron a aumentar de intensidad. Mi diagnóstico era que no tardaría en recuperar el conocimiento, así que llamé a la enfermera.

Nos echaron de la habitación para dar paso a un equipo médico de al menos una docena de personas. Dos especialistas del corazón, un anestesista, un neurocirujano, un psicólogo y varias enfermeras.

De hecho, mi padre no necesitaba ningún tipo de atención médica, y se limitó a incorporarse, frotarse los ojos y pronunciar una palabra: «Angeline».

Dejaron entrar a mi madre. A Mayordomo, a Juliet y a mí nos obligaron a esperar unos cuantos minutos angustiosos más hasta que reapareció en la puerta.

—Entrad todos —dijo mi madre—. Quiere verte.

Y de pronto sentí miedo. Mi padre, el hombre cuyo vacío había tratado de ocupar durante dos años, estaba despierto. ¿Seguiría estando a la altura de mis expectativas? ¿Estaría yo a la altura de las suyas?

Entré con paso vacilante. Artemis Fowl I estaba apoyado en varios almohadones. Lo primero en que me fijé fue en su cara, no en las señales de las cicatrices, que ya estaban curadas casi por completo, sino en la expresión: la frente de mi padre, por lo general arrugada en un gesto de reflexión taciturna y malhumorada, estaba lisa y libre de preocupaciones.

Después de tanto tiempo, no sabía qué decir.

Mi padre no tenía esas dudas.

—Arty —exclamó, tendiéndome los brazos—. Ahora estás hecho un hombre, un hombrecito.

Me lancé a sus brazos, y mientras me abrazaba con fuerza, olvidé todos mis complots y confabulaciones. Volvía a tener un padre.

Instituto de Criogenia Edad de Hielo, Londres

Un movimiento sospechoso en la pared superior interrumpió los recuerdos de Artemis. Se asomó por la ventanilla trasera y fijó la mirada en el lugar de donde procedía el ruido, mirando a través del filtro de las gafas. Había una Criatura Mágica trepando por el alféizar de una ventana del tercer piso, un agente de Reconocimiento, con alas y casco y todo. ¡Después de solo quince minutos! Su treta había funcionado, Potrillo había interceptado la llamada y había enviado a alguien a investigar. Ahora lo único que faltaba era esperar que aquella criatura mágica en concreto estuviese llena de magia hasta las orejas y dispuesta a ayudar.

Tenía que manejar el asunto con tacto: lo último que quería era asustar a aquel agente de Reconocimiento; un paso en falso y se despertaría seis horas más tarde sin un solo recuerdo en absoluto de lo ocurrido ese día. Y eso sería terrible para Mayordomo.

Artemis abrió la puerta de la furgoneta despacio y bajó al patio. La criatura ladeó la cabeza, siguiendo sus movimientos. Para su consternación, Artemis vio cómo la criatura desenfundaba una pistola de platino.

—No dispares —dijo Artemis, levantando los brazos—. Voy desarmado y necesito tu ayuda.

La criatura activó las alas y descendió lentamente hasta que su visera quedó a la misma altura que los ojos de Artemis.

—No te asustes —prosiguió Artemis—. Soy amigo de las Criaturas. Yo ayudé a derrotar a los B'wa Kell. Me llamo...

La Criatura desactivó su escudo y su visera opaca se deslizó hacia arriba.

—Ya sé cómo te llamas, Artemis —dijo la capitana Holly Canija.

—Holly —repuso Artemis, agarrándola por los hombros—. Eres tú.

Holly se zafó de las manos del humano.

—Ya sé que soy yo. ¿Qué está pasando aquí? Deduzco que tú hiciste la llamada, ¿no?

—Sí, sí. Ahora no tenemos tiempo para eso, te lo explicaré más tarde.

Holly accionó el acelerador de sus alas y subió a una altura de cuatro metros.

—No, Artemis. Quiero una explicación ahora mismo. Si necesitabas ayuda, ¿por qué no llamaste desde tu propio teléfono?

Artemis decidió de mala gana responder a la pregunta.

—Me dijiste que Potrillo había sometido a vigilancia mis comunicaciones y de todos modos, no estaba seguro de que fueses a venir.

Holly meditó sus palabras.

—Vale, es posible que no hubiese venido. —Luego se dio cuenta—. ¿Dónde está Mayordomo? Cubriéndonos las espaldas, supongo.

Artemis no respondió, pero por su expresión Holly comprendió perfectamente por qué el Fangoso la había llamado.

Artemis pulsó un botón y una bomba neumática abrió la tapa de la unidad de crionización. Mayordomo yacía en su interior, recubierto por un centímetro de hielo.

—Oh, no —exclamó Holly—. ¿Qué ha pasado?

—Paró una bala que estaba dirigida a mí —respondió Artemis.

—¿Cuándo aprenderás, Fangosillo? —le espetó la elfa—. Tus planes maquiavélicos tienen tendencia a hacer que alguien acabe resultando herido, normalmente personas a las que les importas.

Artemis no respondió. A fin de cuentas, la verdad era la verdad.

Holly retiró un pack de hielo del pecho del guardaespaldas.

—¿Cuánto tiempo lleva así?

Artemis consultó el reloj de su teléfono móvil.

—Tres horas, minuto arriba, minuto abajo.

La capitana Canija limpió el hielo y puso la mano plana sobre el pecho de Mayordomo.

—Tres horas... No sé, Artemis. Aquí no se oye nada, ni siquiera una chispa de vida.

Artemis la miró de frente desde el otro lado de la tapa.

—¿Puedes hacerlo, Holly? ¿Puedes curarlo?

Holly retrocedió un paso.

—¿Yo? Yo no puedo curarlo. Necesitamos a un duende especialista profesional para intentar siquiera algo como esto.

—Pero tú curaste a mi padre...

—Eso era distinto, tu padre no estaba muerto. Ni siquiera estaba en estado crítico. Odio tener que decirlo, pero Mayordomo ha muerto, hace ya rato que está muerto.

Artemis extrajo una moneda de oro de una correa de cuero que llevaba al cuello; el disco estaba perforado con un agujero circular, justo en el centro.

—¿Te acuerdas de esto? Me la diste por ayudarte a que tu dedo de disparar volviese a formar parte de tu mano. Dijiste que era para que recordara la chispa de decencia que hay en mi interior. Ahora estoy intentando hacer algo decente por una persona, capitana.

—No es una cuestión de decencia, es solo que no se puede hacer.

Artemis tamborileó con los dedos sobre la camilla, pensando.

—Quiero hablar con Potrillo —dijo al fin.

—Hablo en nombre de las Criaturas, Fowl —repuso Holly con irritación—. No aceptamos órdenes de los humanos.

—Por favor, Holly —le suplicó Artemis—. No puedo dejar que muera así, sin más. Es Mayordomo.

Holly no pudo evitar compadecerse. Al fin y al cabo, Mayordomo les había salvado el pellejo a todos en más de una ocasión.

—Muy bien —dijo, al tiempo que extraía un equipo de comunicación adicional que llevaba en el cinturón—, pero no te va a dar buenas noticias.

Artemis se colocó el auricular en una oreja y ajustó el hilo del micrófono de forma que le rodease la boca.

—¿Potrillo? ¿Me oyes?

—¿Estás de guasa? —fue su respuesta—. Esto es mejor que los culebrones humanos.

Artemis trató de serenarse; tendría que mostrarse muy convincente o Mayordomo perdería su última oportunidad.

–Lo único que quiero es una curación. Acepto que es posible que no funcione, pero ¿qué cuesta intentarlo?

–No es tan sencillo, Fangoso –replicó el centauro–. La curación no es un proceso simple, requiere talento y concentración. Holly es muy buena, eso es cierto, pero para algo así necesitamos a todo un equipo de magos expertos.

–No hay tiempo –soltó Artemis–. Mayordomo ya lleva así demasiado rato. Tenemos que hacerlo ahora, antes de que su torrente sanguíneo absorba la glucosa. Ya tiene lesionado el tejido de los dedos.

–¿Y tal vez el cerebro? –sugirió el centauro.

–No, le bajé la temperatura en pocos minutos. El cráneo lleva congelado desde el incidente.

–¿Estás seguro de eso? No queremos recuperar el cuerpo de Mayordomo sin recuperar su mente.

–Completamente seguro, el cerebro está bien.

Potrillo permaneció en silencio varios minutos.

–Artemis, si aceptamos hacer esto, no tengo ni idea de cuáles serán los resultados. El efecto sobre el cuerpo de Mayordomo podría tener consecuencias catastróficas, por no hablar de su cerebro. Nunca se ha intentando con ningún humano una operación de este calibre.

–Lo comprendo.

–¿De veras, Artemis? ¿Estás seguro de que lo entiendes? ¿Estás preparado para aceptar las consecuencias de esta curación? Podrían surgir muchos problemas imprevisibles. Sea lo que sea lo que salga de esa unidad de crionización, serás tú quien deba encargarse de él, de cuidarlo. ¿Aceptarás esa responsabilidad?

—Lo haré —contestó Artemis, sin dudarlo.

—Muy bien, entonces la decisión es de Holly, nadie puede obligarla a utilizar su magia: depende de ella.

Artemis bajó la mirada, pues no se atrevía a mirar a la elfa a la cara.

—Bien, Holly. ¿Lo harás? ¿Lo vas a intentar?

Holly limpió el hielo de la frente de Mayordomo. Había sido un buen amigo de las Criaturas.

—Lo intentaré —respondió—. No te garantizo nada, pero haré lo que pueda.

A Artemis por poco le fallan las rodillas de alivio. Acto seguido, recuperó el control. Ya habría tiempo para que le flaqueasen las rodillas más tarde.

—Gracias, capitana. Sé que no debe de haber sido una decisión fácil. Y ahora, ¿qué puedo hacer yo?

Holly señaló las puertas traseras.

—Puedes salir, necesito un espacio estéril. Iré a buscarte cuando haya acabado. Y pase lo que pase, oigas lo que oigas, no entres hasta que yo te llame.

Holly separó la cámara de su casco y la colgó de la tapa de la unidad de crionización para que Potrillo pudiese ver mejor al paciente.

—¿Qué tal ves así?

—Bien —contestó Potrillo—. Veo la totalidad de la parte superior del cuerpo. Criogenia. Ese Fowl es un genio, para ser un humano. ¿Te das cuenta de que tuvo menos de un minuto para idear este plan? Ese Fangosillo es un tipo listo.

Holly se lavó las manos a conciencia en la pila médica.

—Pero no lo bastante listo como para no meterse en líos. No me puedo creer que esté haciendo esto. Una curación de tres horas. Esto tiene que ser una marca histórica.

—Técnicamente, solo es una curación de dos minutos, si puso el cerebro a bajo cero enseguida, pero...

—Pero ¿qué? —quiso saber Holly, al tiempo que se secaba los dedos con energía con una toalla.

—Pero la congelación interfiere con los biorritmos y los campos magnéticos del propio cuerpo, cosas que ni siquiera las Criaturas entendemos por completo. Aquí hay algo más que carne y huesos en juego. No tenemos ni idea de lo que un traumatismo como este podría hacerle a Mayordomo.

Holly asomó la cabeza por la cámara.

—¿Estás seguro de que es una buena idea, Potrillo?

—Ojalá tuviéramos tiempo para un debate, Holly, pero cada segundo le cuesta a nuestro viejo amigo un par de células cerebrales. Voy a dirigirte durante todo el proceso. Lo primero que tenemos que hacer es echarle un vistazo a la herida.

Holly retiró varios paquetes de hielo y bajó la cremallera del traje de aluminio. La herida de la entrada era pequeña y negra, y estaba escondida en el centro de un charco de sangre, como un capullo de rosa.

—No tuvo ninguna oportunidad. Justo debajo del corazón. Voy a hacer zoom para verlo mejor.

Holly cerró su visera, empleando los filtros del casco para ampliar la imagen de la herida.

—Hay fibras ahí dentro, yo diría que de Kevlar.

Potrillo lanzó un gemido por los auriculares.

—Lo único que nos faltaba, complicaciones.

—¿Y qué cambia el hecho de que haya fibras? Y por favor, no es momento para que me hables en jerga, háblame en gnómico bien clarito.

—De acuerdo. Cirugía para tontos, entonces: si metes los dedos en esa herida, la magia reproducirá las células de Mayordomo, con sus nuevas fibras de Kevlar y todo. Estará muerto, pero, eso sí, será un muerto a prueba de balas.

Holly sintió cómo la tensión le subía por la espalda.

—Entonces, ¿qué tengo que hacer?

—Tienes que hacer una nueva herida y dejar que la magia se extienda desde allí.

Genial, pensó Holly, una nueva herida. ¡Mmm... qué alegría, abrirle un agujero a un viejo amiguete!

—Pero si está más duro que una piedra...

—Bueno, entonces tendrás que derretirlo un poco. Usa tu Neutrino 2000, a baja intensidad, pero no mucho. Si ese cerebro se despierta antes de lo que queremos, se acabó Mayordomo.

Holly extrajo su Neutrino y ajustó el disparador al mínimo.

—¿Por dónde sugieres que empiece?

—Por el otro pectoral. Prepárate para iniciar la curación, ese calor se va a extender muy deprisa. Tienes que conseguir curar a Mayordomo antes de que el oxígeno le llegue al cerebro.

Holly apuntó al pecho del guardaespaldas con el láser.

—Tú dirás cuándo.

–Acércate un poco más, quince centímetros aproximadamente. Un disparo de dos segundos.

Holly se levantó la visera e inspiró hondo varias veces. Una Neutrino 2000 utilizada como instrumento médico, quién lo iba a decir...

Holly desplazó el gatillo a la primera muesca. Una muesca más activaría el láser.

–Dos segundos.

–De acuerdo, adelante.

Clic. Un rayo naranja de calor concentrado salió disparado por la boca de la Neutrino e hizo diana en el pecho de Mayordomo. De haber estado despierto, el guardaespaldas se habría quedado inconsciente. Un círculo perfecto de hielo se evaporó y ascendió para condensarse en el techo de la furgoneta.

–Ahora –prosiguió Potrillo, con la voz aguda por el tono apremiante–, minimiza el rayo y céntralo.

Holly manipuló los controles del arma con destreza con su dedo pulgar. Si minimizaba el rayo, intensificaría su potencia, pero era necesario centrar el láser a determinado alcance para evitar seccionar el cuerpo de Mayordomo.

–Lo voy a poner en quince centímetros.

–Bien, pero date prisa; ese calor se está extendiendo.

El pecho de Mayordomo había recobrado el color y el hielo se estaba derritiendo por todo su cuerpo. Holly apretó el gatillo de nuevo y esta vez esculpió una hendidura en forma de media luna en la carne de Mayordomo. Una gota de sangre solitaria brotó de entre los bordes de la herida.

–No hay flujo regular –comentó Potrillo–. Eso es buena señal.

Holly enfundó el arma.

—Y ahora, ¿qué?

—Ahora mete las manos hasta el fondo y traspásale hasta la última gota de magia que lleves encima. No dejes que fluya sin más, empújala.

Holly hizo una mueca de dolor: aquella parte no le gustaba nada, daba lo mismo el número de curaciones que hubiese hecho ya, nunca se acostumbraría a hurgar con sus dedos en las entrañas de otros seres. Puso un pulgar junto al otro, por la parte externa, y los deslizó en el interior de la incisión.

—Cúrate —susurró, y la magia se le desparramó por los dedos. Unas chispas azules recorrieron la herida de Mayordomo y luego desaparecieron en su interior, como estrellas fugaces hundiéndose en el horizonte.

—Más, Holly —insistió Potrillo—. Otro chorro.

Holly apretó de nuevo, con más fuerza. Al principio, el flujo de magia era espeso, una poderosa masa de chispitas azules, pero luego, a medida que la magia fue disminuyendo, el flujo se fue haciendo cada vez más débil.

—Ya está —exclamó, jadeando—. Apenas me queda suficiente para protegerme con el escudo de vuelta a casa.

—Bien, en ese caso —dijo Potrillo—, retrocede hasta donde yo te diga, porque ahora se va a armar la gorda.

Holly retrocedió hasta la pared. Durante varios minutos no pasó nada; a continuación, Mayordomo arqueó la espalda y empujó el pecho hacia el aire. Holly oyó el crujido de un par de vértebras.

—Ese es el corazón, que ha empezado a palpitar —explicó Potrillo—. La parte fácil.

Mayordomo volvió a desplomarse sobre la camilla, mientras la sangre le manaba de su herida más reciente. Las chispas mágicas se agruparon y formaron un entramado vibrante sobre el pecho del guardaespaldas. Mayordomo empezó a rebotar en la camilla, como una piedrecilla dentro de un cascabel, mientras la magia volvía a dar forma a sus átomos. Sus poros empezaron a despedir una especie de neblina a medida que las toxinas eran expulsadas de su sistema. La capa de hielo que lo rodeaba se disolvió al instante, formó unas nubes de vapor y luego lluvia, mientras las partículas de agua se condensaban en el techo de metal. Los packs de hielo empezaron a explotar como si fueran globos y lanzaron cristales que rebotaban por toda la furgoneta. Era como estar en el centro de una tormenta multicolor.

—¡Tienes que entrar ahí ahora mismo! —gritó Potrillo al oído de la elfa.

—¿Qué?

—Entra ahí. La magia se está esparciendo por su columna vertebral. Sujétale quieta la cabeza para la curación, o las células lesionadas se duplicarán. Y una vez que algo ha sido curado, ya no podemos deshacerlo.

Estupendo, pensó Holly. Mantener quieto a Mayordomo, ningún problema. Se abrió paso entre los desperfectos, mientras los cristales de los packs de hielo se estrellaban contra su visera.

El cuerpo del humano seguía dando sacudidas en la unidad de crionización, envuelta en una nube de vapor.

Holly puso una mano a cada lado de la cabeza de Mayordomo. Las vibraciones se desplazaron por los brazos de la elfa y luego por todo su cuerpo.

–Sujétalo, Holly. ¡Sujétalo!

Holly se inclinó por encima de la unidad y apoyó todo el peso de su cuerpo en la cabeza del guardaespaldas. Con toda la confusión, no sabía si sus esfuerzos estaban dando alguna clase de resultado o no.

–¡Aquí viene! –exclamó Potrillo–. ¡Prepárate!

El entramado mágico se propagó por el cuello de Mayordomo y luego por su rostro. Unas chispas azules se concentraron en los ojos, desplazándose por el nervio óptico hasta llegar al mismísimo cerebro. Mayordomo abrió los ojos de golpe, que empezaron a dar vueltas en sus órbitas. La boca también se había reactivado, y escupía largas series de palabras en varios idiomas, ninguna de las cuales tenía sentido.

–Su cerebro está haciendo pruebas –explicó Potrillo–, solo para comprobar que todo funciona.

Todos los músculos y las articulaciones fueron puestos a prueba hasta el límite, retorciéndose, bamboleándose y estirándose. Los folículos capilares crecieron a una velocidad acelerada y cubrieron la cabeza por lo general afeitada de Mayordomo con una gruesa mata de pelo. Las uñas le salieron disparadas de los dedos como si fueran garras de tigre y una barba desgreñada le serpenteó de la barbilla.

Holly no podía hacer otra cosa que esperar. Supuso que así era como debía de sentirse un vaquero en un rodeo tratando de dominar una res especialmente brava.

Al final, las chispas se disiparon, fundiéndose en una espiral en el aire como ascuas en una ráfaga de aire. Mayordomo se calmó y se quedó inmóvil, con el cuerpo sumergido en

quince centímetros de agua y refrigerante. Su respiración era lenta y profunda.

—Lo conseguimos —dijo Holly, deslizándose de la unidad hasta ponerse de rodillas—. Está vivo.

—No cantes victoria todavía —le aconsejó Potrillo—. Todavía queda un largo camino que recorrer. No recuperará el conocimiento hasta dentro de un par de días como mínimo y quién sabe en qué estado se encontrará su mente. Y, por supuesto, todavía nos queda por resolver el problema más evidente.

Holly se levantó la visera.

—¿Y cuál es el problema más evidente?

—Compruébalo por ti misma.

La capitana Canija casi temía ver con sus propios ojos lo que había tendido en aquella camilla. Toda clase de imágenes grotescas poblaron su imaginación. ¿Qué clase de mutante humano deforme habían creado?

Lo primero que vio fue el pecho de Mayordomo. El agujero de bala en sí había desaparecido por completo, pero la piel se había oscurecido, con una línea roja entre el color negro. Parecía una «I» mayúscula.

—El Kevlar —explicó Potrillo—. Se debe de haber duplicado en parte. No lo bastante para matarlo, por suerte, pero suficiente para aminorarle la respiración. Mayordomo no va a correr ninguna maratón con esas fibras adheridas a sus costillas.

—¿Y esa línea roja?

—Yo diría que es tinte. Debía de haber letras en el chaleco antibalas original.

Holly miró a su alrededor en la furgoneta; el chaleco de mayordomo estaba apartado en un rincón. Las letras «FBI» estaban grabadas en rojo en el pecho, y había un pequeño agujero en el centro de la «I».

–En fin –dijo el centauro–, es un pequeño precio que hay que pagar a cambio de su vida. Puede decir que es un tatuaje, hoy en día están muy de moda entre los Fangosos.

Holly esperaba que la piel reforzada con Kevlar fuese el «problema evidente» al que se había referido Potrillo, pero había algo más. Ese algo más se hizo inmediatamente evidente en cuanto su mirada aterrizó en la cara del guardaespaldas... o, mejor dicho, en el pelo que le brotaba de la cara.

–Oh, dioses –exclamó sin aliento–. Esto no le va a gustar nada a Artemis.

Artemis se paseaba por el patio mientras su guardaespaldas se sometía a la cirugía mágica. Ahora que su plan estaba de verdad en marcha, las dudas empezaron a mortificarle en los recovecos de su cerebro como gusanos mordisqueando una hoja. ¿Era la decisión correcta? ¿Y si Mayordomo no volvía a ser él mismo? A fin de cuentas, su padre había cambiado de forma indiscutible el día que al fin había vuelto a su familia. Nunca olvidaría aquella primera conversación...

Fragmento del diario de Artemis Fowl.
Disco 2. Codificado

Los médicos de Helsinki estaban decididos a atiborrar a mi padre de suplementos vitamínicos, y él estaba igual de decidido a no permitírselo... y cuando un Fowl decide algo, por lo general, siempre se sale con la suya.

—Estoy perfectamente —insistía—. Por favor, denme unos minutos a solas para poder estar con mi familia después de tanto tiempo.

Los médicos accedieron, desarmados por su personalidad. Yo me quedé muy sorprendido con aquella actitud; el encanto y la amabilidad nunca habían sido las cartas de presentación de mi padre, sino que en los viejos tiempos, siempre había alcanzado sus objetivos avasallando a cualquiera lo bastante estúpido para interponerse en su camino.

Mi padre estaba sentado en el único sillón de la habitación del hospital, con el muñón de su pierna apoyado en un taburete. Mi madre estaba sentada a medias en el brazo del sillón, resplandeciente con su abrigo de piel blanca de imitación.

Mi padre me sorprendió mirándole el muñón.

—No te preocupes, Arty —me tranquilizó—. Mañana me van a tomar medidas para una prótesis. El doctor Hermann Gruber va a venir en avión desde Dortmund.

Había oído hablar de Gruber, trabajaba con el equipo de paralímpicos alemanes. El mejor.

—Le voy a pedir algo de estilo deportivo, puede que con cuadros como los de los banderines de carreras.

Una broma. Aquello no era propio de mi padre.

Mi madre le alborotó el pelo.

—Deja de bromear, cariño. Esto es difícil para Arty, ¿sabes? Solo era una criatura cuando te fuiste.

—No era ninguna criatura, madre —la contradije—. Tenía once años.

Mi padre me dedicó una sonrisa comprensiva. Tal vez ese fuera un buen momento para que hablásemos, antes de que su buen humor se esfumase para ser reemplazado por su brusquedad habitual.

—Padre, las cosas han cambiado desde que desapareciste; yo he cambiado.

Mi padre asintió con expresión solemne.

—Sí, tienes razón. Tenemos que hablar del negocio.

Ah, sí, el negocio... Aquel era el padre que yo recordaba.

—Me parece que te encontrarás con que las cuentas bancarias familiares están en un estado de salud excelente y confío en que aprobarás la cartera de acciones. Ha arrojado un dividendo del dieciocho por ciento durante el último ejercicio financiero. Un dieciocho por ciento es una cifra ejemplar en el mercado actual. No te he fallado.

—Soy yo quien te ha fallado a ti, hijo —dijo Artemis Fowl padre—, si crees que las cuentas bancarias y las acciones son lo único que importa. Debes de haberlo aprendido de mí. —Me atrajo hacia sí—. No he sido el padre perfecto, Arty, ni mucho menos. He estado demasiado ocupado con el negocio familiar. Siempre me habían enseñado que mi obligación era gestionar el imperio Fowl, un imperio criminal, como ambos sabemos. Si hay que sacar algo positivo de mi secuestro, es que he reorganizado mis prioridades. Quiero una vida nueva para todos nosotros.

No podía dar crédito a lo que estaba oyendo. Uno de los recuerdos más persistentes que conservaba de mi padre era oírlo citar el lema de la familia, Aurum potestas est («El oro es poder»), y ahora allí

estaba, dándole la espalda a los principios de los Fowl. ¿Qué le había hecho la magia?

—El oro no es lo más importante, Arty —continuó—. Ni tampoco el poder. Tenemos todo cuanto necesitamos aquí mismo: a nosotros tres.

Me quedé perplejo, pero no fue una sorpresa desagradable.

—Pero padre, siempre habías dicho que... No eres tú, eres un hombre nuevo.

Mi madre intervino entonces en la conversación.

—No, Arty, no es un hombre nuevo, es el hombre de antes; el hombre del que me enamoré y con el que me casé, antes de que el imperio Fowl se apoderase de él. Y ahora lo he recuperado, volvemos a ser una familia.

Miré a mis padres y vi lo felices que eran juntos. ¿Una familia? ¿Era posible que los Fowl pudiesen ser una familia normal?

Un alboroto en el interior de la unidad móvil del Edad de Hielo trajo a Artemis de vuelta al presente. El vehículo empezó a dar sacudidas sobre sus ejes, al tiempo que una luz azul chisporroteaba por debajo de la puerta.

Artemis no sucumbió al pánico, pues ya había visto curaciones antes. El año anterior, cuando Holly había recuperado su dedo índice, el despliegue de la magia había destrozado media tonelada de hielo, y eso por un dedito minúsculo, conque no quería ni imaginar el daño que el sistema de Mayordomo podía causar por la reparación de una herida mortal.

El caos prosiguió durante varios minutos, hizo explotar dos de los neumáticos de la furgoneta y destrozó por completo la suspensión. Por suerte, el instituto estaba cerrado por

la noche, porque de lo contrario la doctora Lane sin duda le habría cobrado un recargo por las reparaciones del automóvil en su factura.

Al final, la tormenta mágica acabó por ceder y el vehículo se detuvo como el vagón de una montaña rusa después de un viajecito a toda velocidad. Holly abrió la puerta trasera y apoyó todo el peso de su cuerpo contra ella. Estaba exhausta, seca, y una palidez enfermiza brillaba en su tez de color café.

—¿Y bien? —preguntó Artemis—. ¿Está vivo?

Holly no respondió. Una curación agotadora a menudo provocaba náuseas y fatiga. La capitana Canija inspiró hondo unas cuantas veces y se apoyó en el parachoques trasero.

—¿Está vivo? —repitió el joven.

Holly asintió con la cabeza.

—Vivo. Sí, está vivo, pero...

—Pero ¿qué, Holly? ¡Dímelo!

Holly se quitó el casco, que se le deslizó de los dedos y se fue rodando por el suelo.

—Lo siento, Artemis. He hecho todo lo que he podido.

Posiblemente, era lo peor que podría haber dicho.

Artemis subió al interior de la furgoneta. El suelo resbalaba a causa de la cantidad de agua y cristales de colores acumulados, una columna de humo salía de la rejilla rota del sistema de aire acondicionado y el fluorescente de neón del techo parpadeaba como si fuera un rayo en el interior de una botella.

La unidad de crionización estaba estropeada en un rincón, soltando líquido por los giroscopios. Mayordomo dejó caer uno de sus brazos por el costado de la unidad y proyectó una sombra de monstruo en la pared.

El tablero de instrumentos de la unidad de crionización seguía funcionando, y Artemis sintió cómo le invadía una oleada de alivio al ver parpadear la lucecita del latido cardíaco. ¡Mayordomo estaba vivo! ¡Holly había vuelto a conseguirlo! Sin embargo, a la capitana le había preocupado algo; había algún problema.

En cuanto Artemis miró en el interior de la unidad, se dio cuenta de inmediato de cuál era el problema: el pelo que le acababa de salir al guardaespaldas estaba completamente salpicado de canas grises. Mayordomo había entrado en la cámara frigorífica con cuarenta años de edad, pero el hombre que ahora veían sus ojos tenía al menos cincuenta, posiblemente más. En un espacio de poco más de tres horas, Mayordomo había envejecido.

Holly apareció por detrás del hombro de Artemis.

—Al menos está vivo —comentó la elfa.

Artemis asintió con la cabeza.

—¿Cuándo volverá en sí? —preguntó el chico, al tiempo que apartaba un mechón de pelo de la frente de Mayordomo.

Holly se encogió de hombros.

—Dentro de un par de días, tal vez. No estoy muy segura, Potrillo es el especialista en esas cosas.

Artemis sacó el equipo de comunicación de su bolsillo y se colocó el cable del auricular alrededor de la oreja.

—¿Alguna teoría, Potrillo?

—No estoy del todo seguro —respondió el centauro—, pero supongo que la magia de Holly no ha sido suficiente. Se necesitó parte de la fuerza vital de Mayordomo para la curación, unos quince años para ser más exactos, por lo que parece.

—¿Se puede hacer algo?

—Me temo que no. No se puede deshacer una curación. Si te sirve de consuelo, lo más probable es que viva más de lo que habría vivido de forma natural, pero no sirve de nada reclamar que recupere su juventud y, lo que es más, no estamos seguros del estado en que se halla su cerebro. La curación podría haberle limpiado el cerebro de forma más eficaz que un disco magnético.

Artemis lanzó un profundo suspiro.

—¿Qué te he hecho, viejo amigo?

—No hay tiempo para eso —lo interrumpió Holly con brusquedad—. Los dos tenéis que iros de aquí cuanto antes; estoy segura de que todo el jaleo habrá llamado la atención. ¿Tienes transporte?

—No, vinimos en avión y luego tomamos un taxi desde Heathrow.

Holly se encogió de hombros.

—Me gustaría ayudarte, Artemis, pero ya he perdido mucho tiempo aquí. Estoy en una misión, una misión extremadamente importante, y debo volver a ella.

Artemis se apartó de la unidad de crionización.

—Holly, respecto a tu misión...

La capitana Canija se volvió despacio.

—Artemis...

—Os han localizado, ¿verdad? ¿Algo logró traspasar los sistemas de seguridad de Potrillo?

Holly extrajo una enorme lámina de tela metálica de camuflaje de su mochila de vigilancia.

—Necesitamos ir a hablar a algún sitio, a algún lugar apartado.

Los siguientes cuarenta y cinco minutos fueron una especie de nube borrosa para Artemis. Holly envolvió a ambos humanos en la tela de camuflaje y los enganchó a su Lunocinturón, que redujo el peso de ambos a un quinto de su peso en la Tierra.

Pese a ello, las alas mecánicas de la elfa tuvieron que hacer un gran esfuerzo para remontarlos a los tres en el cielo nocturno. Holly tuvo que pisar a fondo el acelerador para elevarlos ciento cincuenta metros por encima del nivel del mar.

—Ahora me voy a proteger con el escudo —anunció por el micrófono—. Intenta no moverte demasiado, ni dejar que Mayordomo dé muchas sacudidas, no quisiera tener que desprenderme de ninguno de los dos.

Luego desapareció y en su lugar centelleó un grupito de estrellitas brillantes con la forma de Holly. Las vibraciones provocaron un traqueteo en las conexiones del cinturón e hicieron que a Artemis le castañetearan los dientes. Se sentía como una crisálida dentro de un capullo, envuelto por completo en la tela metálica y con solo la cabeza expuesta al aire nocturno. Al principio, la experiencia era casi placentera, sobrevolando la ciudad y viendo cómo los coches parpadeaban

por las autopistas. Luego Holly siguió el viento de poniente y los metió de lleno en las corrientes de aire que había encima del mar.

De pronto, el universo de Artemis se transformó en un torbellino de alas afiladas, pasajeros que no dejaban de zarandearse y pájaros asustados. A su lado, Mayordomo colgaba inconsciente de su braguero improvisado de tela metálica, tela que absorbía los colores locales y reflejaba los tonos dominantes. No era, ni mucho menos, una recreación perfecta de los alrededores, pero desde luego era lo bastante buena para un vuelo nocturno hasta Irlanda por encima del mar.

—¿Esta tela es invisible para los radares? —preguntó Artemis por los auriculares—. No quiero que ningún piloto de combate me confunda con un ovni.

Holly se quedó pensativa un minuto.

—Tienes razón. Tal vez debería bajar un poco de altura, solo por si acaso.

Al cabo de dos segundos, Artemis se arrepintió con toda su alma de haber roto el silencio del equipo de comunicación: Holly ladeó el ala derecha y los lanzó en picado hacia las olas de la medianoche que se rizaban bajo sus pies. Remontó en el último momento, cuando Artemis habría jurado que la piel estaba a punto de despellejársele de la cara.

—¿Te parece ahora que vuelo lo bastante bajo? —preguntó Holly, con una leve pizca de ironía en su voz.

Pasaron rozando la cresta de las olas mientras la espuma salpicaba la tela de camuflaje. La mar estaba brava esa noche y Holly siguió la oscilación del agua, subiendo y bajando para seguir la curva de la ola. Un grupo de ballenas presintió su presencia y atravesó la espuma, saltando por encima de un seno de treinta metros antes de desaparecer bajo las aguas negras. No había delfines; los pequeños mamíferos se habían refugiado de los elementos en las ensenadas y las calas de la costa irlandesa.

Holly esquivó el casco de un ferry de pasajeros, volando lo bastante cerca para sentir el pulso del motor. En la cubierta, cientos de pasajeros arrojaban sus vómitos por la borda, vómitos que por poco fueron a parar a la cabeza de los viajeros invisibles que volaban por debajo.

—Qué maravilla... —masculló Artemis.

—No te preocupes —dijo la voz de Holly, saliendo de la nada—. Ya casi hemos llegado.

Dejaron atrás la terminal de ferrys de Rosslare y siguieron la costa en dirección norte, por encima de las montañas de Wicklow. Pese a su desorientación, Artemis no pudo dejar de maravillarse ante la velocidad a la que viajaban. Aquellas alas eran un invento fabuloso. No quería ni imaginar el dinero que podía dar una patente como esa... Artemis se prohibió seguir pensando de aquella manera: la venta de tecnología mágica había sido la causante de que Mayordomo cayese herido.

Redujeron lo bastante la velocidad para que Artemis pudiese identificar puntos de referencia individuales. Dublín aparecía situada al Este, con un halo de luz amarilla flotando por encima de su sistema de autopistas. Holly rodeó la ciudad y se dirigió a la parte menos poblada del condado, en el Norte. En medio de una zona extensa y oscura se erguía un solo edificio, pintado de blanco por los reflectores externos: el hogar ancestral de Artemis, la mansión Fowl.

Mansión Fowl, Dublín, Irlanda

–Y ahora, explícate –le ordenó Holly, una vez que hubieron metido, sin dejar de flotar, a Mayordomo sano y salvo en su cama.

La elfa se sentó en el escalón inferior de la enorme escalera. Varias generaciones de Fowl la contemplaban desde los retratos al óleo que poblaban las paredes. La capitana de la PES activó el micrófono de su casco y se puso a hablar por el altavoz.

–Potrillo, graba esto, ¿quieres? Tengo la sensación de que vamos a querer escucharlo de nuevo.

–El incidente en sí comenzó en una reunión de negocios esta misma tarde –empezó a explicar Artemis.

–Sigue.

–Me reuní con Jon Spiro, un empresario estadounidense.

Holly oyó cómo alguien tecleaba en su oído. No había duda de que Potrillo estaba buscando información en su base de datos acerca del tal Spiro.

–Jon Spiro –anunció el centauro casi inmediatamente–. Un personaje turbio, incluso para los cánones morales humanos. Las organizaciones de seguridad humanas llevan treinta años intentando encerrar a ese tipo; sus empresas son auténticos desastres ecológicos, y eso es solo la punta del iceberg: espionaje industrial, secuestro, chantaje, conexiones con la mafia... Todo lo que se te ocurra, pero siempre se ha salido con la suya.

–Ese es –confirmó Artemis–. Bueno, pues concerté una cita con el señor Spiro.

—¿Y qué querías venderle? —lo interrumpió Potrillo—. Un hombre como Spiro no cruza el Atlántico para tomar un té con pastas.

Artemis frunció el ceño.

—La verdad es que no iba a venderle nada, pero sí le ofrecí no utilizar determinada tecnología revolucionaria, a cambio de cierto precio, por supuesto.

La voz de Potrillo era fría.

—¿Qué clase de tecnología revolucionaria?

Artemis vaciló por un instante.

—¿Os acordáis de aquellos cascos que Mayordomo le quitó a los chicos del escuadrón de Recuperación?

Holly lanzó un gemido.

—Oh, no...

—Desactivé los dispositivos de autodestrucción de los cascos y construí un cubo con los sensores y los chips: el Cubo B, un miniordenador. Fue muy sencillo instalar un bloqueo de fibra óptica para que no pudieseis haceros con el control del Cubo si lo detectabais.

—¿Le diste tecnología mágica a un hombre como Jon Spiro?

—Es evidente que yo no le di nada —se defendió Artemis—. Él me la quitó.

Holly lo apuntó con el dedo.

—No te molestes en hacerte la víctima, Artemis, no te va nada. ¿Qué te creías? ¿Que Jon Spiro iba a dejar pasar por delante de sus narices la tecnología que podría convertirlo en el hombre más rico del planeta?

—Entonces, ¿fue ese ordenador tuyo el que nos pingoneó? —dijo Potrillo.

–Sí –admitió Artemis–. Pero fue sin querer. Spiro me pidió que hiciese un escaneo de vigilancia y los circuitos mágicos del Cubo captaron los rayos por satélite de la PES.

–¿Y no podemos bloquear posibles sondas futuras? –preguntó la capitana de la PES.

–Los deflectores de Refugio serán inútiles contra nuestra propia tecnología. Tarde o temprano, Spiro descubrirá el mundo de las Criaturas y si eso sucede, no creo que un hombre como él nos permita vivir en paz así como así.

Holly fulminó a Artemis con la mirada.

–Me recuerda a alguien...

–Yo no soy como Jon Spiro –protestó el chico–. ¡Él es un asesino desalmado!

–Date unos años y verás –dijo Holly–. Ya llegarás, no te preocupes.

Potrillo lanzó un suspiro; solo hacía falta poner a Artemis Fowl y a Holly Canija juntos en una habitación para que hubiese bronca segura.

–Muy bien, Holly –dijo el centauro–. Intentemos comportarnos como profesionales. El primer paso consiste en cancelar el blindaje absoluto, y la siguiente prioridad es recuperar el Cubo antes de que Spiro pueda desentrañar sus secretos.

–Tenemos algo de tiempo –intervino Artemis–. El Cubo está codificado.

–¿Codificado?

–Incorporé un Código de la Eternidad en su disco duro.

–Un Código de la Eternidad –repitió Potrillo–. Me has dejado impresionado.

–No fue tan difícil. Inventé un lenguaje base completamente nuevo, así que Spiro no tendrá ningún marco de referencia.

Holly se sentía un poco desplazada.

–¿Y cuánto se tardará en descifrar ese Código de la Eternidad?

Artemis no pudo resistirse a arquear una ceja.

–En teoría, una eternidad, pero con los recursos de Spiro, bastante menos –contestó.

Holly hizo caso omiso de su tono de voz.

–Bien, entonces estamos a salvo. No hay necesidad de ir a la caza de Spiro si lo único que tiene es una caja de circuitos inútiles.

–No son ni mucho menos inútiles –replicó Artemis–. Solo el diseño del chip llevará a su equipo de investigación y desarrollo en direcciones interesantes, pero tienes razón en una cosa, Holly: no hay necesidad de ir a la caza de Spiro. En cuanto se entere de que sigo con vida, vendrá por mí. Al fin y al cabo, yo soy el único que puede desvelar todo el potencial del Cubo B.

Holly enterró la cabeza en las manos.

–Entonces, eso significa que en cualquier momento un equipo de matones podría entrar aquí buscando la clave de tu Código de la Eternidad. Es en momentos como este cuando no nos vendría mal contar con la ayuda de alguien como Mayordomo.

Artemis descolgó el teléfono de pared de su sitio.

–Hay más de un Mayordomo en la familia –dijo.

CAPÍTULO IV:
COSAS DE FAMILIA

 CUANDO cumplió dieciocho años, Juliet Mayordomo pidió –y recibió– un chaleco de yudo estriado contra impactos frontales, dos machetes de lanzamiento y un vídeo de los campeonatos mundiales de lucha libre y combate cuerpo a cuerpo, objetos que, por regla general, no suelen formar parte de la lista de regalos favoritos de ninguna adolescente normal y corriente. Aunque también hay que decir que Juliet Mayordomo no era una adolescente normal y corriente.

Juliet era extraordinaria en muchos aspectos. Por poner un ejemplo, podía darle a un blanco móvil con cualquier arma imaginable, y por seguir con esa misma clase de ejemplos, era capaz de arrojar a casi cualquier persona a la distancia que a ella le diera la real gana.

Lógicamente, no aprendió todo esto viendo vídeos de lucha libre, sino que el entrenamiento de Juliet comenzó a la edad de cuatro años. Después de la guardería, todos los días

Domovoi Mayordomo acompañaba a su hermanita al *dojo* de la propiedad de los Fowl, donde la instruía en las diversas formas de las artes marciales. A los ocho años, Juliet ya era cinturón negro tercer *dan* en siete disciplinas y para cuando cumplió los once, ya había completado la totalidad de los diez niveles.

Siguiendo la tradición, todos los Mayordomo varones de la familia se inscribían en la Academia de Protección Personal de Madame Ko al alcanzar los diez años de edad, y pasaban seis meses al año aprendiendo el oficio de guardaespaldas y los otros seis protegiendo a algún cliente de bajo riesgo. Las mujeres de la familia Mayordomo, por su parte, solían entrar al servicio de diversas familias pudientes de todo el mundo. Sin embargo, Juliet decidió que ella combinaría ambos papeles, trabajando medio año para Angeline Fowl y la otra mitad perfeccionando sus artes marciales en el campo de entrenamiento de Madame Ko. Ella fue la primera mujer de la saga Mayordomo en matricularse en la academia, y la quinta mujer en la historia que aprobó el examen físico. El campo de entrenamiento nunca permanecía ubicado en el mismo país más de cinco años. Mayordomo había realizado su etapa de entrenamiento en Suiza e Israel, pero su hermana menor recibió su instrucción en las montañas de Utsukushigahara, en Japón.

El dormitorio para el alumnado de Madame Ko no tenía nada que ver con las lujosas dependencias de la mansión Fowl. En Japón, Juliet dormía sobre una esterilla, no poseía nada salvo dos batas de algodón y solo consumía arroz, pescado y batidos de proteínas.

El día comenzaba a las cinco y media, cuando Juliet y sus compañeros corrían seis kilómetros hasta el arroyo más cercano y atrapaban peces con sus propias manos. Tras cocinar el pescado y obsequiar con él a sus *sensei*, los alumnos se ataban a la espalda barriles vacíos de noventa litros de capacidad y subían andando hasta el límite de las nieves perpetuas. Cuando el barril se llenaba de nieve, el alumno lo bajaba rodando de vuelta al campamento base, después pisaba la nieve, descalzo, hasta que se derretía, y el *sensei* podía usarla para bañarse. A continuación, comenzaba el entrenamiento diario.

Las clases incluían el *Cos Ta'pa*, un arte marcial ideado por la propia Madame Ko y especialmente diseñado para los guardaespaldas, cuyo objetivo principal no era la autodefensa, sino la defensa del cliente. Los alumnos también estudiaban armamentística avanzada, tecnología de la información, mantenimiento de vehículos y técnicas de negociación de rehenes.

Cuando cumplió los dieciocho años, Juliet ya podía desmontar y volver a ensamblar el noventa por ciento de la producción mundial de armas con los ojos vendados, conducir cualquier tipo de vehículo, maquillarse en menos de cuatro minutos y, a pesar de su asombrosa combinación genética asiática y europea, confundirse entre la multitud como cualquier nativo. Su hermano mayor estaba muy orgulloso de ella.

La última fase de su entrenamiento consistía en un simulacro sobre el terreno en un entorno desconocido. Si pasaba aquella prueba, Madame Ko le tatuaría el hombro con un diamante azul. El tatuaje, idéntico al que llevaba Mayordomo en su hombro, no solo simbolizaba la resistencia y dureza del

alumno recién graduado, sino también la naturaleza de múltiples facetas de su entrenamiento. En los círculos de protección personal, un guardaespaldas que llevase el diamante azul no necesitaba más cartas de presentación.

Madame Ko había escogido la ciudad de Sfax, en Túnez, para el examen final de Juliet. Su misión consistía en guiar al cliente por el tumultuoso mercado o medina de la ciudad. Por regla general, el guardaespaldas advertía a su cliente de los peligros de adentrarse en un área tan densamente poblada, pero Madame Ko señalaba que los clientes rara vez hacían caso de las advertencias y era mejor estar preparados para cualquier eventualidad. Además, por si Juliet no estaba sometida a suficiente presión, la propia Madame Ko decidió hacer de sustituta del cliente.

Hacía un calor excepcional en el norte de África. Juliet entrecerró los ojos detrás de los cristales de sus gafas de sol y se concentró en seguir a la diminuta figura que cabeceaba entre la multitud, delante de ella.

—Date prisa —le soltó Madame Ko—. Vas a perderme.

—Ni lo sueñe, Madame —repuso Juliet, impasible.

Madame Ko solo trataba de distraerla con su cháchara, y ya tenía suficientes distracciones en el entorno que las rodeaba. Cadenas de oro relucientes colgaban en montones de tenderetes y alfombras tunecinas ondeaban en marcos de madera, el escondite perfecto para un asesino. Los lugareños se apretujaban contra ella de forma muy incómoda, ansiosos por echarle un vistazo a aquella chica tan guapa, y el terreno era muy traicionero: un paso en falso podía hacer que se torciese un tobillo y, por tanto, fracasar en la misión.

Juliet procesaba toda aquella información de manera automática, incorporándola a todos y cada uno de sus movimientos. Colocó una mano firme sobre el pecho de un adolescente que le sonreía, sorteó un charco grasiento que reflejaba la forma del arco iris y siguió a Madame Ko por otro callejón del laberinto interminable de la medina.

De pronto, se topó de bruces con un hombre, uno de los mercaderes.

—Tengo buenas alfombras —le dijo en un francés pésimo—. Ven conmigo. ¡Yo te enseño!

Madame Ko siguió andando. Juliet intentó seguirla, pero el hombre le barró el paso.

—No, gracias. No me interesa. Vivo al aire libre.

—Muy graciosa, *mademoiselle*. Hacer buen chiste. Ahora venir y ver las alfombras de Ahmed.

La multitud empezó a percatarse de la escena y a volverse en torno a ella para mirarla, como los tentáculos de un organismo gigantesco. Madame Ko se alejaba cada vez más; estaba perdiendo al cliente.

—He dicho que no, y ahora, apártese, señor Alfombras. No vaya a hacer que me rompa una uña.

El tunecino no estaba acostumbrado a recibir órdenes de una mujer, y sus amigos lo estaban mirando.

—Doy buena oferta —insistió, señalando hacia su puesto de alfombras—. Las mejores alfombras de Sfax.

Juliet se hizo a un lado, pero la muchedumbre la siguió para impedirle el paso.

Fue en ese momento cuando Ahmed perdió cualquier atisbo de simpatía que Juliet pudiese haber sentido por él;

hasta entonces, el hombre había sido un simple lugareño inocente en el sitio equivocado y en el momento equivocado, pero ahora...

—Vamos —dijo el tunecino, al tiempo que rodeaba con el brazo la cintura de la chica rubia, una idea que nunca figuraría entre las diez mejores ideas de su vida.

—¡Uy! ¡Eso ha sido un error, señor Alfombras!

Y en un abrir y cerrar de ojos, Ahmed quedó atrapado entre los pliegues de una alfombra que había por allí y Juliet desapareció. Nadie tenía ni idea de lo que había pasado hasta que repitieron el incidente en la pantalla de la videocámara de Kamal, el vendedor de pollos. A cámara lenta, los comerciantes vieron a la chica eurasiática levantar a Ahmed por la garganta y el cinturón y lanzar su cuerpo por lo alto de un puesto de alfombras. Uno de los mercaderes de oro reconoció aquel movimiento como un *slingshot*, una maniobra popularizada por el luchador norteamericano Papa Hog. Los mercaderes se rieron tanto que varios de ellos se quedaron deshidratados. Fue la anécdota más divertida de todo el año, y la escena ganó incluso un premio en la versión tunecina de *Los mejores vídeos caseros*. Tres semanas después, Ahmed se fue a vivir a Egipto.

Pero volvamos a Juliet. La guardaespaldas en ciernes corrió como una atleta entre los edificios, esquivando a los asombrados mercaderes, y dobló la esquina de un callejón a toda velocidad. Madame Ko no podía haber ido demasiado lejos, todavía podía llevar a cabo su misión.

Juliet estaba furiosa consigo misma: aquella era justo la clase de treta sobre la que le había advertido su hermano.

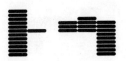

—Ten cuidado con Madame Ko —la había prevenido Mayordomo—. Nunca se sabe lo que va a maquinar para una misión sobre el terreno. Me han dicho que una vez provocó una estampida de elefantes en Calcuta solo para despistar a un alumno.

El problema era que no se podía saber con certeza: ese comerciante de alfombras podía estar a sueldo de Madame Ko o podía haber sido un civil inocente que daba la casualidad de que había metido las narices donde no le importaba.

El callejón se estrechó de manera que el tráfico humano avanzaba en una sola fila. Las cuerdas de tender la ropa estaban suspendidas en zigzag a la altura de la cabeza y las *kefias* y las chilabas colgaban de ellas tostándose al sol. Juliet se agachó debajo de la ropa, esquivando a la multitud de compradores. Los asustados pavos se quitaban de en medio de un salto lo más lejos que les permitían los cordeles de los que iban atados.

Y de repente, Juliet se encontró en un descampado, una plaza oscura rodeada por casas de tres plantas. Los hombres estaban repantigados en los balcones de arriba, dando chupadas a los narguiles con sabor a frutas. Debajo había un mosaico desconchado con la escena de unos baños romanos.

En el centro de la plaza, tendida en el suelo y con las rodillas dobladas hasta el pecho, estaba Madame Ko. Tres hombres la estaban agrediendo, ninguno de ellos comerciantes locales. Los tres llevaban trajes negros de las fuerzas especiales y la atacaban con la seguridad y la precisión de profesionales entrenados. Aquello no era ninguna prueba: aquellos hombres estaban intentando matar de verdad a su *sensei*.

Juliet iba desarmada, pues esa era una de las reglas. Introducir armas de contrabando en el país africano significaba automáticamente encarcelamiento de por vida. Por suerte, parecía que tampoco sus adversarios llevaban armas, aunque sin duda las manos y los pies serían más que suficientes para la tarea que tenían en mente.

En este caso en concreto, la improvisación era la clave de la supervivencia. Si aquellos tres hombres habían logrado reducir a Madame Ko, entonces seguro que estaban a la altura de Juliet en el combate regular. Había llegado el momento de probar un método algo menos ortodoxo.

Juliet echó a correr y agarró de un manotazo una cuerda de tender la ropa, que al principio se resistió un segundo pero que luego acabó cediendo y soltándose de golpe del yeso seco. La cuerda corría coleando tras ella, combándose con el peso de las alfombras y los pañuelos. Juliet torció a la izquierda hasta el punto más alejado posible que le permitía el otro extremo de la cuerda y luego giró en redondo hacia los hombres.

—¡Eh, chicos! —gritó, no para hacerse la bravucona sino porque aquello surtiría más efecto, de entrada.

Los hombres levantaron la vista justo a tiempo de recibir en plena cara el impacto de un montón de pelo de camello empapado en agua; las pesadas telas y alfombras los rodearon por completo y aunque los agresores no dejaban de sacudir las piernas y los brazos, también los envolvieron y los atraparon, al tiempo que la cuerda de nailon se les enroscaba por debajo de la barbilla. En una fracción de segundo, los tres quedaron inmovilizados y Juliet se encargó de dejarlos sin

sentido pellizcándoles las terminaciones nerviosas de la base del cuello.

—¡Madame Ko! —gritó, hurgando entre la colada en busca de su *sensei*. La anciana estaba temblando enfundada en su vestido de color aceituna y con un pañuelo tapándole la cara. Juliet ayudó a la mujer a ponerse de pie—. ¿Ha visto esa maniobra, Madame? He dejado fuera de combate a esos idiotas. Estoy segura de que nunca habían visto nada parecido. Improvisación: Mayordomo siempre dice que esa es la clave. Verá, creo que ha sido mi sombra de ojos la que los ha distraído. Verde purpurina, nunca falla...

Juliet dejó de hablar porque tenía un cuchillo apuntándole a la garganta, cuchillo que empuñaba la propia Madame Ko quien, en realidad, no era Madame Ko sino otra señora oriental diminuta disfrazada con un vestido de color aceituna: un señuelo.

—Estás muerta —dijo la anciana.

—Sí —convino la verdadera Madame Ko, al tiempo que surgía de entre las sombras—. Y si estás muerta, también lo está el cliente, y has fracasado.

Juliet inclinó el cuerpo hacia delante, juntando las manos.

—Ese ha sido un truco muy sucio, Madame —repuso Juliet, tratando de parecer respetuosa.

Su *sensei* se echó a reír.

—Pues claro, así es la vida. ¿Qué esperabas?

—Pero esos asesinos... Les he dado una buena patada en el c... quiero decir, que los he derrotado por completo.

Madame Ko restó importancia a su reivindicación con un ademán desdeñoso.

–Pura chiripa. Por suerte para ti, no eran asesinos sino alumnos graduados de la Academia. ¿Qué ha sido esa bobada con la cuerda?

–Es un truco de lucha libre –contestó Juliet–, se llama «la cuerda de tender».

–No es fiable –replicó la japonesa–. Has logrado reducirlos porque la suerte estaba de tu lado, pero la suerte no basta en nuestro negocio.

–No ha sido culpa mía –protestó Juliet–. Había un hombre en el mercado que no me dejaba pasar. Tuve que dejarlo fuera de combate un rato...

Madame Ko dio unos golpecitos con el dedo entre los ojos de Juliet.

–Silencio, piensa por una vez: ¿qué deberías haber hecho?

Juliet inclinó el cuerpo dos centímetros más.

–Debería haber reducido al mercader inmediatamente.

–Exacto. Su vida no significa nada; es insignificante comparada con la vida del cliente.

–Pero no puedo ir matando a gente inocente así como así –protestó Juliet.

Madame Ko lanzó un suspiro.

–Ya lo sé, niña. Y por eso no estás lista todavía. Tienes la capacidad necesaria, pero te falta concentración y decisión. Tal vez el año que viene.

El corazón le dio un vuelco. Su hermano había obtenido el diamante azul a los dieciocho años, el graduado más joven de toda la historia de la academia. Juliet había albergado la esperanza de igualar esa hazaña, ahora tendría que intentarlo otra vez al cabo de doce meses. No tenía sentido

seguir protestando; Madame Ko nunca se desdecía de una decisión.

Una chica vestida con una túnica de alumna salió del callejón con un maletín en la mano.

—Madame —dijo, inclinándose para hacerle una reverencia—, tiene una llamada por el teléfono por satélite.

Madame Ko tomó el auricular que le ofrecía la alumna y escuchó con atención unos minutos.

—Un mensaje de Artemis Fowl —anunció al final.

Juliet estuvo a punto de incorporarse, pero eso equivalía a romper el protocolo de forma imperdonable.

—¿Sí, Madame?

—El mensaje es: Domovoi te necesita.

Juliet frunció el entrecejo.

—Quiere decir que Mayordomo me necesita.

—No —dijo Madame Ko, sin rastro de emoción—. Quiero decir que Domovoi te necesita. Solo repito lo que me han dicho.

Y de repente, Juliet sintió cómo el sol le golpeaba en la nuca y oyó cómo los mosquitos le zumbaban al oído como un torno de dentista, y lo único que quería hacer era enderezarse y salir corriendo hacia el aeropuerto. Mayordomo nunca le habría revelado su nombre de pila a Artemis, no a menos que... No, no podía creerlo. Ni siquiera podía permitirse pensarlo.

Madame Ko se dio unos golpecitos en la barbilla con aire pensativo.

—No estás lista, no debería dejarte marchar. Estás demasiado implicada emocionalmente para ser una guardaespaldas eficiente.

—Por favor, Madame... —le suplicó Juliet.

Su *sensei* lo consideró durante dos largos minutos.

—Muy bien —dijo al fin—. Vete.

Juliet desapareció antes de que el eco de la palabra dejase de retumbar en la plaza, y más le valía a cualquier mercader de alfombras apartarse de su camino.

CAPÍTULO V: EL HOMBRE DE METAL Y EL MONO

 JON Spiro subió al Concorde de Heathrow hasta el aeropuerto internacional de O'Hare en Chicago. Una limusina lo transportó al centro de la ciudad, a la Spiro Needle, una esquirla de acero y cristal que se remontaba ochenta y seis pisos por encima del horizonte de Chicago. La sede de Industrias Spiro ocupaba el espacio que iba del piso cincuenta hasta el ochenta y cinco. El piso ochenta y seis era la residencia privada de Spiro, accesible mediante ascensor privado o helipuerto.

Jon Spiro no había dormido durante todo el viaje, demasiado nervioso a causa del pequeño cubo que llevaba en su maletín. El jefe de su departamento técnico se entusiasmó tanto como él cuando Spiro le explicó de lo que era capaz aquella caja de aspecto inofensivo, y se escabulló de inmediato para desentrañar los secretos del Cubo B. Al cabo de seis horas regresó a la sala de conferencias para una reunión.

—Es inútil —concluyó el científico, cuyo nombre era doctor Pearson.

Spiro hizo girar una aceituna en su copa de martini.

—No lo creo, Pearson —dijo—. De hecho, me consta que ese trasto es cualquier cosa menos inútil. Creo que tal vez el inútil en esta ecuación eres tú.

Spiro estaba de un humor de perros; Brutus Blunt acababa de llamarlo para comunicarle que Fowl había logrado sobrevivir. Cuando Spiro estaba de mal humor, era cosa sabida que la gente desaparecía de la faz de la Tierra, eso si tenían suerte...

Pearson sintió la mirada de la tercera ocupante de la sala de reuniones clavada en su cabeza. No era una mujer con la que conviniese enemistarse: Pearson sabía que si Jon Spiro decidía arrojarlo por la ventana, aquella persona en cuestión no tendría ningún problema para firmar una declaración jurada en la que constase que él había saltado.

Pearson escogió sus palabras con sumo cuidado.

—Este dispositivo...

—El Cubo B, así es como se llama. Ya te lo dije, así que llámalo por su nombre.

—El Cubo B sin duda tiene muchísimo potencial, pero está codificado.

Spiro arrojó la aceituna a su científico número uno; fue una experiencia humillante para un premio Nobel.

—Pues entonces, descifra ese código. ¿Se puede saber para qué te pago si no?

Pearson sintió cómo se le aceleraba el corazón.

—No es tan sencillo. El código es indescifrable.

–A ver si lo entiendo –dijo Spiro, recostándose en su sillón de cuero bermellón–, invierto doscientos millones al año en tu departamento, ¿y tú no puedes descifrar una birria de código creada por un niño?

Pearson intentó no pensar en el ruido que haría su cuerpo al espachurrarse contra la acera. Su siguiente frase o bien lo salvaría o bien lo condenaría para siempre.

–El Cubo se activa mediante la voz y está codificado siguiendo el patrón de voz de Artemis Fowl. Nadie puede descifrar el código, es imposible.

Spiro no respondió, señal de que podía continuar.

–He oído hablar de algo parecido. Nosotros los científicos teorizamos al respecto: se llama un código de la Eternidad. El código posee millones de permutaciones posibles y, no solo eso, está basado en un lenguaje desconocido. Es como si el chico hubiese creado un lenguaje que solo habla él. Ni siquiera conocemos sus correspondencias en nuestro idioma. Se supone que un código así ni siquiera debería existir. Si Fowl está muerto, entonces lamento decirle, señor Spiro, que el Cubo B murió con él.

Jon Spiro se metió un habano en la esquina de su boca. No lo encendió, sus médicos se lo habían prohibido. Educadamente.

–¿Y si Fowl estuviese vivo?

Pearson sabía reconocer un salvavidas cuando alguien se lo arrojaba.

–Si Fowl estuviese vivo, sería mucho más fácil descifrar el Código de la Eternidad.

–Está bien, Pearson –dijo Spiro–. Ya no hace falta que te

quedes, te aseguro que no quieres oír lo que viene a continuación.

Pearson recogió sus notas y se precipitó hacia la puerta. Intentó no mirar la cara de la mujer que había en la mesa. Si no oía las palabras que se pronunciaban después, podría engañarse pensando que tenía la conciencia limpia, y si no llegaba a ver a la mujer sentada a la mesa, jamás podría identificarla en una rueda de reconocimiento.

—Me parece que tenemos un problema —comentó Spiro a la mujer del traje oscuro.

La mujer asintió con la cabeza. Todo cuanto llevaba puesto era negro: traje negro, blusa negra, zapatos de tacón de aguja negros... hasta el reloj Rado que llevaba en la muñeca era de color negro azabache.

—Sí, pero es mi tipo de problema.

Carla Frazetti era la ahijada de Spatz Antonelli, que dirigía la sección del centro de la ciudad de la familia del crimen organizado Antonelli. Carla hacía de enlace entre Spiro y Antonelli, con toda probabilidad los dos hombres más poderosos de Chicago. Spiro había aprendido a principios de su carrera que los negocios en alianza con la mafia tendían a prosperar.

Carla se miró la manicura de sus uñas.

—Me parece que solo tiene una opción: agarrar a ese mocoso Fowl y exprimirlo para que le dé el código.

Spiro dio una chupada a su habano apagado, pensando.

—No es tan fácil. No sabe cómo se las gasta ese chico, la mansión Fowl es como una fortaleza.

Carla sonrió.

—Estamos hablando de un crío de trece años, ¿verdad?

—Cumplirá catorce dentro de seis meses —repuso Spiro a la defensiva—. Además, hay complicaciones.

—¿Como por ejemplo?

—Brutus está herido. No sé cómo, pero Fowl lo dejó sin dientes.

—¡Ay! —exclamó Carla, haciendo una mueca de dolor.

—Ni siquiera es capaz de soportar una corriente de aire, conque no digamos encabezar una operación de este calibre.

—Es una pena.

—De hecho, ese crío ha incapacitado a mis mejores hombres. También están sometidos a tratamiento dental; me va a costar una fortuna. No, necesito un poco de ayuda externa para esto.

—¿Quiere encargarnos el trabajo a nosotros?

—Exactamente, pero tiene que ser la gente adecuada. Irlanda es un lugar un tanto chapado a la antigua, se detecta a la legua a los listillos y los tipos duros. Necesito a personas que no llamen demasiado la atención y que sean capaces de persuadir a un chico de que las acompañe hasta aquí. Dinero fácil.

Carla le guiñó un ojo.

—Le sigo, señor Spiro.

—Entonces, ¿tienen hombres así? ¿Hombres capaces de encargarse de un asunto como este sin atraer la atención?

—Tal como yo lo veo, lo que usted necesita es un hombre de metal y un mono.

Spiro asintió, familiarizado con la jerga de la mafia: el

hombre de metal era el que llevaba el arma y el mono llegaba a los sitios de difícil acceso.

—Tenemos a dos hombres así en nómina y le garantizo que pasarán desapercibidos en Irlanda; ahora bien, no va a ser barato.

—¿Son buenos? —preguntó Spiro.

Carla sonrió; uno de sus incisivos tenía una incrustación de rubí.

—Uy, ya lo creo —contestó—. Estos tipos son los mejores.

EL HOMBRE DE METAL

SALÓN DE TATUAJES EL BORRÓN DE TINTA, CENTRO DE CHICAGO

Mocasines McGuire se estaba haciendo un tatuaje, una calavera en forma del as de espadas. Lo había diseñado él mismo y estaba muy orgulloso, tan orgulloso, de hecho, que había querido hacerse el tatuaje en el cuello. Sin embargo, Tinty Burton, el tatuador, había logrado disuadir a Mocasines con el argumento de que los tatuajes en el cuello eran mejores que cualquier placa de identificación cuando la policía quería identificar a un sospechoso. Mocasines dio su brazo a torcer.

—Está bien —dijo—. Házmelo en el antebrazo.

Mocasines se tatuaba después de cada «trabajito», y no le quedaban muchas zonas del cuerpo que conservasen su color original, cosa que demostraba lo bueno que era Mocasines McGuire en su trabajo.

El verdadero nombre de Mocasines era Aloysius, y era natural de la ciudad irlandesa de Kilkenny. Se había inventado el apodo Mocasines porque le había parecido más propio del mundo del hampa que Aloysius. Durante toda su vida, Mocasines siempre había querido ser un gángster, como en las películas, y cuando todos sus intentos por poner en marcha una mafia celta fracasaron, decidió trasladarse a Chicago.

La mafia de Chicago lo recibió con los brazos abiertos y, de hecho, uno de sus valedores le dio un abrazo tan fuerte que Mocasines reaccionó enviándolo a él y a seis de sus hombres al hospital Mother of Mercy. No estaba mal para un hombre que medía metro cincuenta de estatura. Ocho horas después de haberse bajado del avión, Mocasines ya estaba en nómina.

Y ahí estaba, dos años y varios trabajitos más tarde, convertido en el principal hombre de metal de la organización. Sus especialidades eran el robo y la recaudación de deudas, en absoluto las líneas de trabajo típicas de los mafiosos de metro cincuenta, pero lo cierto es que Mocasines no era el típico mafioso de metro cincuenta.

Mocasines se recostó en la silla reclinable del tatuador.

—¿Te gustan mis zapatos, Tinty?

Tinty empezó a sudar la gota gorda. Tenías que tener cuidado con Mocasines: aun la pregunta más inocente podía ser una trampa. Una respuesta errónea y podías encontrarte presentándole tus respetos a san Pedro.

—Sí, sí que me gustan. ¿Cómo se llaman?

—¡Mocasines! —soltó el diminuto gángster—. Mocasines, idiota. Son mi marca de fábrica.

—Ah, sí, mocasines. Se me había olvidado. Qué bien, eso de tener una marca de fábrica...

Mocasines inspeccionó cómo progresaba su antebrazo.

—¿Todavía no has empezado con la aguja?

—Ahora mismo —contestó Tinty—. Ya he acabado de dibujar el contorno, ahora solo tengo que usar una aguja nueva.

—No me va a doler, ¿verdad que no?

Pues claro que te va a doler, idiota, pensó Tinty. Te estoy clavando una aguja en el brazo.

Sin embargo, hablando en voz alta le dijo:

—No demasiado. Te he puesto un poco de anestesia local.

—Será mejor que no me duela —le advirtió Mocasines—, o será a ti a quien te duela todo cuando acabes.

Nadie amenazaba a Tinty salvo Mocasines McGuire. Tinty hacía todos los tatuajes de la mafia, era el mejor en todo el estado.

Carla Frazetti irrumpió por la puerta. Su elegancia de color negro parecía fuera de lugar en el cochambroso establecimiento.

—Hola, chicos —los saludó.

—Hola, señorita Carla —dijo Tinty, sonrojándose por momentos. No asomaban muchas damas por El Borrón de Tinta.

Mocasines se puso de pie; hasta él respetaba a la hija del jefe.

—Señorita Frazetti, podría haberme llamado al busca, no tenía por qué haberse desplazado hasta esta pocilga.

—No había tiempo. Es muy urgente, te vas enseguida.

—¿Me voy? ¿Adónde voy?

—A Irlanda. Tu tío Pat está enfermo.

Mocasines frunció el cejo.

—¿Mi tío Pat? Yo no tengo ningún tío Pat.

Carla dio unos golpecitos con la punta de uno de sus zapatos de tacón.

—Está enfermo, Mocasines, muy enfermo, tú ya me entiendes...

Mocasines cayó al fin.

—Ah, ya lo pillo. Así que tengo que ir a hacerle una visita.

—Eso es. Porque está muy, pero que muy enfermo.

Mocasines usó un trapo para limpiarse la tinta del brazo.

—De acuerdo, estoy listo. ¿Vamos directamente al aeropuerto?

Carla cogió del brazo al diminuto gángster.

—Pronto, Mocasines, pero antes tenemos que ir a recoger a tu hermano.

—Pero si yo no tengo ningún hermano... —protestó Mocasines.

—Pues claro que lo tienes, el que tiene las llaves de la casa del tío Pat. Es un mono normal y corriente.

—Ah —dijo Mocasines—, ese hermano...

Mocasines y Carla se subieron a la limusina y fueron al East Side. A Mocasines todavía seguía asombrándole el tamaño gigantesco de los rascacielos norteamericanos. En Kilkenny no había nada de más de cinco plantas, y el propio Mocasines había vivido toda su vida en una casita de las afueras, aunque nunca pensaba admitirlo ante sus amigos de la mafia: para ellos

se había reinventado a sí mismo como un huérfano que se había pasado toda su infancia entrando y saliendo de un reformatorio tras otro.

—¿Quién es el mono? —quiso saber.

Carla Frazetti se estaba arreglando el pelo de color negro azabache en un espejito de bolsillo. Lo llevaba corto y peinado hacia atrás.

—Un tipo nuevo: Mo Digence. Es irlandés, como tú, lo cual simplifica mucho las cosas. Nada de visados ni de papeles ni de tener que inventar una historia convincente como tapadera para la misión. Solo un par de tipos bajitos que vuelven a casa para las vacaciones.

Mocasines se enfadó.

—¿Cómo que un par de tipos bajitos?

Carla cerró el espejito de golpe.

—¿Con quién estás hablando, McGuire? Porque no puedes estar hablando conmigo, no en semejante tono.

Mocasines palideció, viendo cómo su vida desfilaba ante él.

—Lo siento, señorita Frazetti. Es por lo de bajito, lo he tenido que soportar durante toda mi vida.

—¿Y cómo quieres que te llame la gente? ¿«El Alturas»? Eres bajo, Mocasines, tienes que aceptarlo. Eso es precisamente lo que te sitúa en posición de ventaja. Mi padrino siempre dice que no hay nada más peligroso que un tipo bajito que tiene algo que demostrar. Por eso tienes trabajo.

—Supongo que sí.

Carla le dio una palmadita en el hombro.

—Alegra esa cara, Mocasines. Comparado con este tío, eres un gigante.

Mocasines se alegró de forma perceptible.

—¿De verdad? ¿Cuánto mide Mo Digence?

—Es bajo —contestó Carla—. No sé cuántos centímetros exactos, pero si fuera más bajito tendría que cambiarle los pañales y meterlo en un cochecito de bebé.

Mocasines exhibió una sonrisa radiante. Iba a gustarle aquel trabajo.

El mono

Mo Digence había vivido tiempos mejores. Menos de cuatro meses atrás se estaba pegando la gran vida en un ático de Los Ángeles con más de un millón de dólares en el banco, pero ahora el Departamento de Bienes Fraudulentos había congelado sus cuentas y Mo trabajaba para la mafia de Chicago en régimen de comisión. Spatz Antonelli no era famoso por la generosidad de sus comisiones. Por supuesto, Mo siempre podía irse de Chicago y volver a Los Ángeles, pero allí había un cuerpo policial con su nombre metido entre ceja y ceja, esperando a que volviese a la escena del crimen. En realidad, no había lugar seguro para él sobre la faz de la Tierra ni debajo de ella, porque Mo Digence era, en realidad, Mantillo Mandíbulas, enano cleptómano y fugitivo de la PES.

Mantillo era un enano de túnel que un buen día decidió que la vida en las minas no era para él y puso su talento como minero al servicio de otros intereses, en concreto, al de librar a los Fangosos de sus posesiones más valiosas y venderlas en el mercado negro de las Criaturas. Por supuesto, entrar sin permiso en una vivienda ajena significaba perder el derecho a utilizar tu magia, pero eso a Mantillo le traía sin cuidado. Los enanos no tenían demasiado poder de todos modos, y lo de hacer encantamientos siempre le había hecho sentir náuseas.

Los enanos poseen varios rasgos físicos que los convierten en ladrones ideales. Pueden dislocarse la mandíbula e ingerir varios kilos de tierra por segundo. A continuación, la despojan de cualquier mineral nutriente y la expulsan por el otro lado. También han desarrollado la capacidad de beber a través de los poros de su piel, un atributo que puede resultar muy útil durante los derrumbes. Además, transforma los poros en auténticos aparatos de succión, una herramienta muy conveniente en el arsenal de cualquier ladrón. Por último, el pelo de los enanos es en realidad una red de antenas vivas, similares a los bigotes felinos, que pueden hacer cualquier cosa, desde atrapar escarabajos a hacer rebotar ondas de sonido de la pared de un túnel.

Mantillo había sido una joven promesa en los bajos fondos del mundo subterráneo... hasta que su expediente cayó en manos del comandante Julius Remo. Desde entonces, se había pasado más de trescientos años entrando y saliendo de prisión. En ese momento era fugitivo por haber robado varios lingotes de oro del rescate de Holly Canija. Para él, ya no había refugio seguro bajo el suelo, ni siquiera entre los de su propia especie, así que Mantillo se veía obligado a hacerse pasar por humano y a aceptar cualquier trabajillo que le propusiera la mafia de Chicago.

Sin embargo, encarnar a un humano entrañaba ciertos riesgos; por supuesto, su tamaño llamaba la atención a cual-

quiera que, por casualidad, decidiese bajar un poco la vista, pero Mantillo no tardó en descubrir que los Fangosos siempre encontraban una razón para desconfiar de casi todo el mundo: la altura, el peso, el color de la piel, la religión... Casi era más seguro ser distinto de algún modo.

El sol le creaba muchos problemas. Los enanos son seres extremadamente fotosensibles, con un tiempo máximo de exposición al sol sin quemarse de menos de tres minutos. Por suerte, Mantillo casi siempre trabajaba por la noche, pero cuando se veía obligado a salir a la calle a plena luz del día, el enano se aseguraba de que cada centímetro de su cuerpo estuviese protegido por un buen filtro solar.

Mantillo había alquilado un apartamento en un sótano de un edificio de piedra rojiza de principios del siglo xx. El lugar era un poco cochambroso, pero eso al enano le traía sin cuidado. Arrancó los tablones de madera del suelo del dormitorio y arrojó dos toneladas de tierra y fertilizante sobre los cimientos podridos. El moho y la humedad ya se habían adherido a las paredes, de modo que no le hizo falta hacer ninguna reforma allí. En cuestión de horas, insectos de toda clase ya habían aparecido a montones en la habitación. Mantillo se tumbaba en su hoyo y atrapaba cucarachas con los pelos de su barba. Hogar, dulce hogar. El piso no solo empezaba a parecer la cueva de una galería, sino que si la PES se presentaba allí por sorpresa, podía meterse a cincuenta metros bajo tierra en un abrir y cerrar de ojos.

A lo largo de los días siguientes, Mantillo llegaría a lamentar más de una vez no haber seguido esa ruta en cuanto oyó que alguien llamaba a la puerta.

Alguien llamó a la puerta. Mantillo salió a gatas de su cama en el túnel y miró por el videointerfono. Carla Frazetti se estaba examinando el peinado en el picaporte de bronce.

¿La ahijada del jefe? En persona. Debía de tratarse de un trabajo importante. Tal vez con la comisión le bastaría para instalarse en otro estado. Llevaba en Chicago ya casi tres meses y la PES podía encontrarlo en cualquier momento. Sin embargo, nunca se marcharía de Estados Unidos: si había que vivir en la superficie, más valía que fuese en un sitio con tele por cable y un montón de gente rica a la que robar.

Mantillo apretó el botón del interfono.

—Un momento, señorita Frazetti, me estoy vistiendo.

—Date prisa, Mo —le contestó Carla, con la voz crepitante por la baja calidad de los altavoces—, que me van a salir arrugas de tanto esperar.

Mantillo se echó por los hombros una bata que se había hecho con viejos sacos de patatas. La textura del tejido, que le recordaba a los pijamas de la Prisión de Refugio, le resultaba extrañamente cálida y reconfortante. Se pasó un peine por los pelos de la barba para quitarse algún escarabajo rezagado y acudió a abrir la puerta.

Carla Frazetti pasó por su lado, se dirigió directamente al salón y se acomodó en el único sillón de la sala. Había otra persona en el umbral de la puerta, en el ángulo ciego de la cámara. Mantillo tomó nota mentalmente de aquello: redirigir la lente CTV. Una Criatura Mágica podía esconderse justo ahí, aunque no fuese protegida con el escudo.

El hombre lanzó a Mantillo una mirada peligrosa, el típico comportamiento de la mafia. Solo porque aquella gente fuesen gángsteres asesinos eso no significaba que tuviesen que ser tan maleducados.

—¿No tienes otra silla? —preguntó el pequeño humano, siguiendo a la señorita Frazetti al salón.

Mantillo cerró la puerta.

—No recibo demasiadas visitas. De hecho, ustedes son los primeros. Por lo general, Bruno me llama al busca y yo acudo al almacén de mercancías.

Bruno el Queso era el supervisor local de la mafia. Dirigía su negocio desde un almacén de coches robados. Según contaba la leyenda, nunca se había levantado de su mesa durante las horas de trabajo en quince años.

—Menuda decoración tienes en este pisazo —comentó Mocasines con sorna—. Moho y termitas. Me encanta.

Mantillo repasó cariñosamente con el dedo una franja verde de humedad.

—Ese moho estaba detrás del papel pintado de las paredes cuando me mudé a vivir aquí. Es asombroso lo que tapa la gente.

Carla Frazetti sacó un bote de perfume Pétalos Blancos de su bolso y roció con él el aire a su alrededor.

—Bueno, basta ya de cháchara. Tengo un trabajo especial para ti, Mo.

Mantillo trató por todos los medios de conservar la calma. Aquella era su gran oportunidad; tal vez podría encontrar un buen agujero húmedo e infernal donde poder instalarse durante una temporada.

–¿Es la clase de trabajo con el que ganas un montón de dinero si lo haces bien?

–No –respondió Carla–, es la clase de trabajo con el que te ganas un montón de palos si lo haces mal.

Mantillo lanzó un suspiro. ¿Es que ya nadie decía nunca cosas bonitas?

–¿Y por qué yo? –preguntó.

Carla Frazetti sonrió y su rubí relució en la penumbra.

–Voy a responderte a esa pregunta, Mo, aunque no tengo por costumbre dar explicaciones a los empleados. Sobre todo a los monos como tú.

Mantillo tragó saliva. A veces se le olvidaba lo despiadada que podía llegar a ser aquella gente, aunque enseguida se lo hacían recordar.

–Te hemos escogido para esta misión, Mo, por el excelente trabajo que hiciste con aquel Van Gogh.

Mantillo sonrió con aire modesto. La alarma del museo había sido un juego de niños; ni siquiera había habido ningún perro.

–Pero también porque tienes pasaporte irlandés.

Un gnomo fugitivo que estaba escondido en Nueva York le había hecho unos papeles irlandeses en una fotocopiadora robada de la PES. Los irlandeses siempre habían sido los humanos favoritos de Mantillo, así que había decidido convertirse en uno de ellos. Debería haber sabido que aquello acabaría trayéndole problemas.

–Esta misión en concreto es en Irlanda, cosa que, en general, podría ser un problema; sin embargo, para vosotros dos será como unas vacaciones pagadas.

Mantillo señaló con la cabeza a Mocasines.

—¿Y quién es este memo?

Mocasines lo fulminó con la mirada. Mantillo sabía que si la señorita Frazetti daba la orden, aquel hombre lo mataría en el acto.

—El memo es Mocasines McGuire, tu compañero. Es el hombre de metal. Se trata de un trabajo de dos: tú abres las puertas y Mocasines escolta al objetivo de vuelta aquí.

Escoltar al objetivo. Mantillo entendía lo que significaba esa expresión, y no quería saber nada al respecto. Una cosa era robar, pero secuestrar a alguien era otra muy distinta. Mantillo sabía que, en realidad, no podía rechazar aquella misión, pero lo que sí podía hacer era escabullirse del hombre de metal a la primera de cambio y dirigirse a alguno de los estados del sur del país. Por lo visto, en Florida había unos pantanos increíbles.

—Bueno, ¿y quién es el objetivo? —inquirió Mantillo, fingiendo que tenía algún interés.

—Esa información es del tipo clasificada —dijo Mocasines.

—Y a ver si lo adivino, a mí no me la van a desclasificar.

Carla Frazetti extrajo una fotografía del bolsillo de su abrigo.

—Cuanto menos sepas, menos culpable te sentirás. Esto es lo único que necesitas: la casa. Esta fotografía es lo único que tenemos de momento; puedes hacer un reconocimiento del terreno cuando lleguéis.

Mantillo cogió la foto. Lo que vio en el papel le golpeó como si fuese un ataque de gas: era la mansión Fowl. Por lo tanto, Artemis era el objetivo. Iban a enviar a aquel pequeño psicópata a secuestrar a Artemis.

Frazetti percibió su inquietud.

—¿Pasa algo, Mo?

Que no te lo noten en la cara, pensó Mantillo. Que no lo noten.

—No, es que... En fin, es bastante peliagudo. Veo un montón de cajas de alarma y dispositivos de seguridad en el exterior. No va a ser fácil.

—Si fuese fácil, lo haría yo misma —repuso Carla.

Mocasines dio un paso al frente, bajando la vista para mirar a Mantillo.

—¿Qué te pasa, hombrecillo? ¿Demasiado difícil para ti?

Mantillo puso su cerebro a trabajar a toda velocidad. Si Carla Frazetti pensaba que no era apto para el trabajo, enviarían a otra persona, a alguien que no tendría ningún reparo en conducir a la mafia hasta la puerta de Artemis Fowl. Mantillo se sorprendió al darse cuenta de que no podía dejar que eso sucediera. El chico irlandés le había salvado la vida durante la rebelión de los goblins y era lo más parecido que tenía a un amigo... lo cual era bastante patético, al reflexionar sobre ello. Tenía que aceptar el trabajo, aunque solo fuese para asegurarse de que no salía según el plan.

—Eh, no hay nada de qué preocuparse. Todavía no se ha construido el edificio en el que Mo Digence no pueda entrar. Solo espero que Mocasines sea suficiente hombre para el trabajo.

Mocasines agarró a Mantillo por las solapas.

—¿Qué quieres decir con eso, Digence?

Por lo general, Mantillo solía evitar insultar a la gente que podía matarlo, pero podía resultar útil hacer parecer a Mo-

casines un loco exaltado ya en ese momento, sobre todo si iba a echarle las culpas de que las cosas salieran mal más adelante.

—Una cosa es ser un mono enano, pero ¿un hombre de metal enano? ¿Cómo eres de bueno en las distancias cortas?

Mocasines soltó al enano y se abrió la camisa para dejar al descubierto unos pectorales plagados de tatuajes.

—Pues soy así de bueno, que te enteres. Cuenta los tatuajes, anda. Cuéntalos.

Mantillo lanzó a la señorita Frazetti una mirada elocuente. La mirada decía: «¿Va a confiar en este tío?».

—¡Ya basta! —exclamó Carla—. La testosterona aquí dentro empieza a apestar casi tanto como las paredes. Este es un trabajo muy importante; si vosotros dos no podéis hacerlo, contrataré a otro equipo.

Mocasines se abrochó la camisa.

—Está bien, señorita Frazetti. Podemos hacerlo, considérelo hecho.

Carla se levantó y se sacudió un par de ciempiés del dobladillo de su chaqueta. Los insectos no la molestaban demasiado; había visto cosas mucho peores en sus veinticinco años de vida.

—Me alegro de oírlo. Mo, coge algo de ropa y tu equipo de mono. Te esperaremos en la limusina.

Mocasines le dio un golpecito en el pecho.

—Cinco minutos. Si tardas más, entraremos a por ti.

Mantillo los vio marcharse. Aquella era su última oportunidad de escurrir el bulto. Podía excavar un túnel engullendo los cimientos del dormitorio y estar en un tren camino del

Sur antes de que Carla Frazetti se enterase de que había desaparecido.

Mantillo lo consideró muy seriamente. Aquello iba completamente en contra de su naturaleza. No es que fuese una Criatura Mágica mala, era solo que no estaba acostumbrado a ayudar al prójimo. A menos que eso fuese a beneficiarlo de algún modo. La decisión de ayudar a Artemis Fowl era un acto del todo desinteresado y altruista. Mantillo sintió un escalofrío. Una conciencia era lo último que necesitaba en aquellos momentos; a este paso, lo siguiente que haría sería ponerse a vender galletas para las *girl scouts*...

CAPÍTULO VI: ASALTO A LA MANSIÓN FOWL

FRAGMENTO DEL DIARIO DE ARTEMIS FOWL.
DISCO 2. CODIFICADO

Mi padre al fin había recuperado el conocimiento. Por supuesto, yo sentí un gran alivio, pero las últimas palabras que me dijo ese día no dejaban de darme vueltas en la cabeza: «El oro no es lo más importante, Arty —había dicho—. Ni tampoco el poder. Tenemos todo cuanto necesitamos aquí mismo: nosotros tres».

¿Era posible que la magia hubiese transformado a mi padre? Tenía que saberlo, tenía que hablar con él a solas. Así pues, a las tres de la mañana del día siguiente, hice que Mayordomo me trajese de nuevo al hospital universitario de Helsinki en el Mercedes alquilado.

Mi padre seguía despierto, leyendo *Guerra y paz* junto a la lámpara de la mesita de noche.

—No es una comedia, que digamos —comentó. Más bromas. Intenté sonreír, pero mi cara no estaba de humor.

Mi padre cerró el libro.

—Te estaba esperando, Arty. Tenemos que hablar. Hay que solucionar algunos asuntos.

Me quedé de pie, muy rígido, a los pies de la cama.

—Sí, padre, estoy de acuerdo.

La sonrisa de mi padre estaba teñida de tristeza.

—Qué formal... Recuerdo que yo también era así con mi propio
padre. A veces pienso que no me conocía en absoluto, y me preocupa que eso mismo nos pase a nosotros, así que quiero que hablemos,
hijo, pero no de cuentas bancarias, no de acciones y valores, no de
fusiones y absorciones. No quiero hablar de negocios, quiero hablar
de ti.

Eso era lo que había estado temiendo.

—¿De mí? Pero tú eres la prioridad aquí, padre.

—Puede ser, pero no puedo ser feliz hasta que la cabeza de tu madre esté tranquila.

—¿Tranquila? —pregunté, como si no supiese adónde conducía
todo aquello.

—No te hagas el inocente, Artemis. He llamado a varios de mis
contactos policiales en Europa. Por lo visto, has estado activo en mi
ausencia. Muy activo.

Me encogí de hombros, sin saber muy bien si iba a regañarme o a
felicitarme.

—No hace tanto tus travesuras me habrían impresionado muchísimo, tanta audacia... y eso que todavía eres menor de edad, pero ahora, hablándote como padre, las cosas tienen que cambiar, Arty. Debes recuperar tu infancia. Es mi deseo, y también el de tu madre, que
regreses al colegio después de las vacaciones y dejes en mis manos el
negocio familiar.

—Pero padre...

—Confía en mí, Arty. Llevo en el negocio mucho más tiempo que tú. Le he prometido a tu madre que los Fowl van a ir por el buen camino de ahora en adelante. Todos los Fowl. Tengo otra oportunidad, y no pienso malgastarla por culpa de la avaricia. Ahora somos una familia, una familia como es debido. A partir de ahora el apellido Fowl irá asociado a honor y honradez. ¿De acuerdo?

—De acuerdo —dije, agarrándolo de la mano.

Pero ¿y mi reunión con Jon Spiro, de Chicago? Decidí seguir adelante según los planes. Una última aventura... y luego los Fowl podrían ser una familia como es debido. A fin de cuentas, Mayordomo iba a acompañarme, ¿qué podía salir mal?

Mansión Fowl

Mayordomo abrió los ojos. Estaba en casa. Artemis estaba dormido en el sillón que había junto a su cama. El chico parecía tener cien años, pero no era de extrañar después de todo lo que había tenido que padecer. Sin embargo, ahora esa clase de vida había terminado. Para siempre.

—¿Hay alguien en casa? —preguntó el guardaespaldas.

Artemis se puso alerta de inmediato.

—Mayordomo, has vuelto...

Mayordomo se incorporó sobre los codos con gran esfuerzo.

—Es una sorpresa para mí. No esperaba volver a verte, ni a ti ni a nadie, nunca más.

Artemis le sirvió un vaso de agua de la jarra de la mesita.

—Ten, viejo amigo. Tú solo descansa.

Mayordomo bebió despacio. Estaba cansado, pero era algo más que eso. Ya había sentido fatiga después de un combate en anteriores ocasiones, pero aquello era distinto, más intenso.

—Artemis, ¿qué ha pasado? No debería estar vivo, y si acepto que estoy vivo, debería estar sufriendo unos dolores insoportables ahora mismo.

Artemis se dirigió a la ventana y se puso a contemplar la finca a través de ella.

—Blunt te disparó. La herida era mortal, y Holly no estaba allí para ayudar, así que te congelé hasta que ella llegase.

Mayordomo cabeceó con incredulidad.

—¿Criogenia? Solo podía ocurrírsele a Artemis Fowl. Utilizaste las cámaras frigoríficas del pescado, supongo.

Artemis asintió con la cabeza.

—Y no se me habrá quedado ninguna parte del cuerpo con forma de trucha, ¿no?

Cuando Artemis se volvió para mirar a su amigo, no estaba sonriendo.

—Hubo algunas complicaciones.

—¿Complicaciones?

Artemis inspiró hondo.

—Fue una curación difícil, no había forma de predecir el resultado. Potrillo ya me advirtió que podía ser demasiado para tu sistema, pero yo insistí en que lo hiciésemos de todos modos.

Mayordomo se incorporó.

—Artemis, está bien. Estoy vivo, cualquier cosa es mejor que la otra alternativa.

Aquello no tranquilizó a Artemis. Sacó un espejo de mango nacarado del cajón.

—Prepárate y echa un vistazo a esto.

Mayordomo inspiró hondo y se miró al espejo. Abrió la mandíbula y se pellizcó las bolsas de debajo de los ojos.

—¿Cuánto tiempo he estado en coma? —preguntó.

Boeing 747 transatlántico

Mantillo había decidido que la mejor manera de boicotear la misión era pinchar y fastidiar a Mocasines hasta volverlo loco. Volver loca a la gente era un don especial que tenía y que no ponía en práctica todas las veces que él querría.

Los dos individuos diminutos iban sentados uno al lado del otro en un 747, viendo cómo pasaban las nubes a toda velocidad por debajo del aparato. Primera clase: una de las ventajas de trabajar para los Antonelli.

Mantillo dio un delicado sorbo a una copa de champán.

—Bueno, Zapatillas...

—Es Mocasines.

—Ah, sí, Mocasines. ¿Y qué historia hay detrás de todos esos tatuajes?

Mocasines se arremangó la camisa y le enseñó una serpiente de color turquesa con gotas de sangre a modo de ojos. Otro de sus diseños personales.

—Me hago uno después de cada trabajo.

—Ah —dijo Mantillo—. Entonces, si pintas una cocina, ¿te haces un tatuaje?

—No me refiero a esa clase de trabajo, estúpido.

—¿Y a qué clase de trabajo, entonces?

Mocasines hizo rechinar los dientes.

—¿Es que tengo que deletreártelo?

Mantillo cogió unos cuantos cacahuetes de una bandeja que pasó por el pasillo.

—No hace falta, nunca fui al colegio así que no me sé el abecedario.

—¡No puedes ser tan estúpido! Spatz Antonelli no contrata a imbéciles.

Mantillo le hizo un guiño meloso.

—¿Estás seguro de eso?

Mocasines se palpó la camisa con la esperanza de encontrar un arma de alguna clase.

—Espera a que acabemos esta misión, listillo. Ya arreglaremos nuestras diferencias tú y yo.

—Sigue diciéndote eso a ver si te lo crees, Botas.

—¡Mocasines!

—Lo que sea.

Mantillo se escondió detrás de la revista de la compañía aérea. Aquello era demasiado fácil, el gángster ya estaba medio loco. Unas cuantas horas más bastarían para hacer que a Mocasines McGuire empezara a salirle espuma por la boca.

Aeropuerto de Dublín, Irlanda

Mantillo y Mocasines pasaron por la aduana irlandesa sin incidentes; al fin y al cabo, eran simples ciudadanos que regre-

saban a su país a pasar las vacaciones. Nada hacía pensar que fuesen un par de mafiosos con propósitos delictivos, ¿cómo iban a serlo? ¿Quién había oído hablar de gente de baja estatura involucrada en las redes del crimen organizado? Nadie. Pero tal vez eso era porque ellos eran muy buenos disimulando.

El control de pasaportes le dio a Mantillo una nueva ocasión para sacar de quicio a su compañero.

El agente estaba haciendo todo lo posible para no hacer caso de la estatura de Mantillo, o mejor dicho, de la escasez de la misma.

—Entonces, señor Digence, ¿vuelve a casa a visitar a la familia?

Mantillo asintió.

—Así es, la familia de mi madre es de Killarney.

—Oh, ¿de veras?

—Bueno, en realidad somos los O'Deveras. No le voy a llevar la contraria por una «h».

—Qué gracioso, debería estar encima de un escenario.

—Pues tiene gracia que lo mencione...

El agente de pasaportes lanzó un gruñido. Diez minutos más y su turno habría terminado.

—La verdad es que estaba siendo sarcástico... —masculló.

—... porque aquí mi amigo, el señor McGuire, y yo también vamos a participar en una representación teatral navideña. Se trata de *Blancanieves y los siete enanitos*. Yo hago de Sabio y él de Mocoso.

El agente de pasaportes esbozó una sonrisa forzada.

—Muy bien. ¡Siguiente!

Mantillo habló para que lo oyese toda la cola.

—Por supuesto, aquí el señor McGuire nació para hacer el papel de Mocoso, de tantas cosas que se mete por la nariz, usted ya me entiende...

Mocasines perdió los estribos allí mismo, en la terminal.

—¡Serás idiota, enano! —gritó—. ¡Te mataré! Vas a ser mi próximo tatuaje. ¡Vas a ser mi próximo tatuaje!

Mantillo chasqueó la lengua mientras Mocasines desaparecía debajo de media docena de guardias de seguridad.

—Actores —dijo—. Son todos unos colgados.

Soltaron a Mocasines tres horas más tarde tras un cacheo completo y varias llamadas a la parroquia de su pueblo natal. Mantillo estaba esperándolo en el coche que habían alquilado para el viaje, un modelo especial con los pedales del acelerador y del freno elevados.

—Tu temperamento está poniendo en peligro la operación —comentó el enano, muy serio—. Si no puedes controlarte, tendré que llamar a la señorita Frazetti.

—Conduce —le ordenó el hombre de metal con brusquedad—. Acabemos con esto de una vez.

—De acuerdo, pero es tu última oportunidad. Otro episodio como ese y te tendré que machacar la cabeza con los dientes.

Mocasines se fijó por primera vez en los dientes de su compañero; eran bloques de esmalte en forma de lápida y parecían un montón para una sola boca. ¿Era posible que Digence pudiese de verdad cumplir su amenaza? No, eso era imposible, decidió Mocasines. Solo estaba un poco asustado

después del interrogatorio de los agentes de aduanas. Aun así, había algo en la sonrisa de aquel enano... Un brillo que sugería una serie de talentos ocultos y aterradores, talentos que el hombre de metal prefería que siguieran ocultos.

Mantillo se ocupó de conducir mientras Mocasines hacía un par de llamadas con su teléfono móvil. Para él fue sencillo ponerse en contacto con sus viejos socios y disponer que dejasen un arma, un silenciador y dos pares de auriculares en una bolsa de lona, detrás del cartel de salida de la autopista que anunciaba la mansión Fowl. Los socios de Mocasines aceptaban incluso tarjetas de crédito, así que no había ninguna necesidad del intercambio que caracterizaba las transacciones en el mercado negro.

Mocasines comprobó el funcionamiento y el aspecto del arma dentro del coche. Se sintió de nuevo con el control de la situación.

—Y di... me, Mo —dijo Mocasines, riéndose como si aquella gracia fuese el chiste más gracioso que hubiese hecho en su vida. Y tristemente, lo era—. ¿Has ideado ya un plan?

Mantillo no apartó la vista de la carretera.

—No. Creía que aquí el cerebro eras tú. Los planes son tu departamento, yo solo rompo las cerraduras y entro.

—Tienes razón, yo soy el cerebro, y créeme si te digo que el señorito Fowl también se va a dar cuenta de eso en cuanto acabe de hablar con él.

—¿El «señorito» Fowl? —repitió Mantillo con aire inocente—. ¿Hemos venido aquí por algún crío?

—No es un crío cualquiera —le reveló Mocasines, contraviniendo las órdenes—. Artemis Fowl, el heredero del imperio criminal Fowl. Tiene algo en la cabeza que la señorita Frazetti quiere obtener, así que se supone que debemos persuadir a ese mocoso de lo importante que es que venga con nosotros y cante como un pajarito.

Mantillo agarró el volante con más fuerza. Debería haber hecho algo antes, pero el truco no era incapacitar a Mocasines, sino convencer a Carla Frazetti para que no enviase a otro equipo de matones.

Artemis sabría qué hacer. Tenía que llegar a Artemis antes de que llegase Mocasines. Un teléfono móvil y una visita al baño era lo único que necesitaba. Era una lástima que nunca se hubiese molestado en comprarse uno de aquellos cacharros, pero nunca había tenido a nadie a quien llamar antes. Además, toda precaución era poca con Potrillo: aquel centauro era capaz de triangular la posición de un grillo por su canto.

—Será mejor que paremos por provisiones —sugirió Mocasines—. Podríamos tardar días en inspeccionar el sitio.

—No hace falta, conozco el terreno. Ya entré antes a robar, en mi juventud. Es pan comido.

—Y no me lo habías dicho antes porque...

Mantillo le hizo un ademán grosero a un camionero que ocupaba dos carriles.

—Ya sabes cómo funciona esto. Yo trabajo a comisión y la comisión se calcula en función de la dificultad. En cuanto diga que ya he burlado la vigilancia de este lugar, me quitan diez de los grandes de un plumazo.

Mocasines no discutió con él. Era verdad; siempre había que exagerar la dificultad de un trabajo. Cualquier cosa con tal de exprimirle unos cuantos pavos más a tu patrón.

—Bueno, ¿y puedes meternos ahí dentro?

—Puedo meterme yo. Luego volveré a salir a por ti.

Mocasines desconfió de sus palabras.

—¿Y por qué no entro contigo? Sería mucho más fácil que quedarme merodeando por ahí a plena luz del día.

—En primer lugar, no voy a entrar hasta que anochezca. Y en segundo lugar, claro que puedes entrar conmigo, si no te importa avanzar a gatas por la fosa séptica y subir escalando nueve metros de tubería de aguas residuales.

Mocasines tuvo que abrir la ventanilla solo de pensarlo.

—Vale, saldrás a buscarme, pero seguiremos en contacto a través de los auriculares. Si algo sale mal, me lo dices.

—Sí, señor, jefe —dijo Mantillo, atornillándose el auricular en una oreja peluda y clavándose el micrófono en la chaqueta—. No queremos que faltes a tu cita para intimidar a un crío.

El sarcasmo produjo un ligero chirrido en el cerebro de Mocasines cuando llegó hasta él.

—Eso es —dijo el hombre de Kilkenny—. Yo soy el jefe, y te aseguro que no te interesa nada que llegue tarde a esa cita.

Mantillo tuvo que concentrarse para evitar que los pelos de su barba siguieran rizándose. El pelo de enano es muy sensible a los cambios de humor, sobre todo a la hostilidad, y esta estaba saliendo de cada poro del cuerpo de aquel hombre. Los pelos de Mantillo nunca se habían equivocado hasta la fecha; aquella pequeña asociación iba a acabar como el rosario de la aurora.

Mantillo aparcó en la sombra del muro que marcaba los límites de la propiedad de los Fowl.

—¿Estás seguro de que este es el sitio? —preguntó Mocasines.

Mantillo señaló con su dedo regordete hacia la elaborada verja de hierro forjado.

—¿Ves ahí donde pone «Mansión Fowl»?

—Sí.

—Bueno, pues yo diría que este es el sitio.

Ni siquiera Mocasines podía dejar de captar una indirecta tan directa como aquella.

—Será mejor que me metas ahí, Digence, o...

Mantillo le enseñó los dientes.

—¿O qué?

—O la señorita Frazetti se va a enfadar mucho, pero que mucho —completó la frase Mocasines sin demasiada convicción, a sabiendas de que estaba perdiendo la batalla del diálogo entre tipos duros. Mocasines decidió que debía darle una lección a Mantillo lo antes posible.

—No queremos que la señorita Frazetti se enfade —repuso Mantillo.

Se bajó del asiento elevado y sacó su bolsa con el equipo del maletero. Había ciertas herramientas para robar poco ortodoxas en la bolsa, suministradas por su contacto de los seres mágicos en Nueva York. Con un poco de suerte, no necesitaría ninguna, no del modo en que tenía intención de entrar en la mansión.

Mantillo dio unos golpecitos en la ventanilla del copiloto. Mocasines la bajó.

—¿Qué?

—No lo olvides, quédate aquí hasta que yo venga a buscarte.

—Eso parece una orden, Digence. ¿Ahora me vas a dar órdenes?

—¿Yo? —exclamó Mantillo, enseñándole la totalidad de sus dientes—. ¿Darte órdenes? Ni siquiera se me pasaría por la imaginación...

Mocasines volvió a subir la ventanilla con el botón.

—Será mejor que siga siendo así —dijo en cuanto hubo una barrera de cristal grueso entre él y aquellos dientes.

En el interior de la mansión Fowl, Mayordomo acababa de cortarse el pelo y afeitarse. Empezaba a parecer el mismo hombre de antes. El viejo hombre de antes.

—¿Kevlar, dices? —repitió, examinándose el tejido oscurecido del pecho.

Artemis asintió con la cabeza.

—Por lo visto algunas fibras quedaron atrapadas en la herida y la magia las reprodujo. Según Potrillo, el nuevo tejido limitará tu respiración, aunque no es lo suficientemente grueso como para detener las balas, salvo las de pequeño calibre.

Mayordomo se abotonó la camisa.

—Todo ha cambiado, Artemis. Ya no puedo protegerte.

—No necesito protección. Holly tenía razón, por lo general mis grandes y fabulosos planes siempre acaban con gente malherida. En cuanto hayamos acabado con el asunto de Spi-

ro, tengo intención de concentrarme única y exclusivamente en mi educación.

—¿En cuanto hayamos acabado con el asunto de Spiro? Lo dices como si estuviera cantado. Jon Spiro es un hombre peligroso, Artemis. Creía que ya te habrías dado cuenta de eso.

—Lo he hecho, viejo amigo. Créeme, no volveré a subestimarlo. Ya he comenzado a cavilar un plan: tendríamos que recuperar el Cubo B y neutralizar al señor Spiro, siempre y cuando Holly se avenga a ayudarnos.

—¿Dónde está Holly? Tengo que darle las gracias. De nuevo.

Artemis desvió la vista hacia la ventana.

—Se ha ido a completar el Ritual. Ya te puedes imaginar adónde.

Mayordomo asintió. Se habían topado por primera vez con Holly en un lugar sagrado, en el Sudeste, mientras llevaba a cabo el Ritual de renovación de poderes mágicos. Aunque «topado» no era el término que Holly utilizaría; «secuestrada» se acercaba más a la verdad.

—Volveré en una hora. Descansa hasta entonces.

Mayordomo sacudió la cabeza.

—Ya descansaré después. Ahora tengo que asegurar el perímetro. No es probable que Spiro haya podido organizar un equipo tan rápido, pero nunca se sabe.

El guardaespaldas se acercó a un panel de la pared que conectaba su habitación con la cabina de control del sistema de seguridad. Artemis se percató de que cada paso le resultaba un esfuerzo sobrehumano. Con el nuevo tejido del pecho de Mayordomo, el mero hecho de subir las escaleras debía de parecerle como si estuviera corriendo una maratón.

Mayordomo dividió las imágenes de la pantalla de su monitor de modo que pudiera controlar todas las cámaras del circuito cerrado de televisión al mismo tiempo. Una de las pantallas le llamó la atención y la pinchó en el monitor.

–Bien, bien –dijo sofocando una sonrisita–. Mira quién se ha dejado caer por aquí para saludarnos.

Artemis se acercó al panel de seguridad. Había un individuo muy pequeño haciéndole gestos groseros a la cámara de la puerta de la cocina.

–Mantillo Mandíbulas –dijo Artemis–. Justo el enano al que quería ver.

Mayordomo transfirió la imagen de Mantillo a la pantalla principal.

–Puede ser, pero ¿por qué quiere él verte a ti?

Tan melodramático como siempre, el enano insistió en que le prepararan un sándwich antes de explicarles la situación. Por desgracia para Mantillo, fue Artemis el que se prestó voluntario para preparárselo. Salió de la despensa con lo que parecía una explosión en un plato.

–Es más complicado de lo que parece –se excusó el chico.

Mantillo desencajó sus enormes mandíbulas y engulló la pila de un solo bocado. Tras masticar unos minutos, se metió la mano en la boca y extrajo un trozo de pavo asado.

–La próxima vez, con un poco más de mostaza –dijo mientras se cepillaba algunas migas de la camisa y, sin querer, accionaba el micro que llevaba.

–Gracias –dijo Artemis.

—Pues deberías agradecérmelo, Fangoso —respondió Mantillo—. He venido desde Chicago para salvarte la vida y eso seguro que por lo menos se merece un sándwich de esta tierra, ¿no? Y cuando digo de esta tierra, me refiero a ella en el sentido más literal de la palabra.

—¿Chicago? ¿Te ha enviado Jon Spiro?

El enano sacudió la cabeza.

—Puede ser, pero no directamente. Trabajo para la familia Antonelli aunque, por descontado, ellos no tienen ni la más mínima idea de que en realidad soy un enano del mundo del subsuelo; creen que simplemente soy el mejor ladrón de la profesión.

—El fiscal del distrito de Chicago ha vinculado a los Antonelli con Spiro en el pasado. Mejor dicho, lo ha intentado.

—Lo que tú digas. De todos modos, el plan es que yo irrumpo aquí y, a continuación, mi socio os anima a que nos acompañéis a Chicago.

Mayordomo estaba apoyado en la mesa.

—¿Dónde está tu socio, Mantillo?

—En la puerta, es el pequeño cabreado. Por cierto, me alegra ver que sigues vivo, hombretón. Por el mundo subterráneo corría el rumor de que estabas muerto.

—Y lo estaba —dijo Mayordomo mientras se dirigía a la cabina de seguridad—. Pero ahora ya estoy mejor.

Mocasines extrajo una pequeña libreta de espiral del bolsillo de la camisa, en la que recogía todas las ocurrencias que consideraba que le habían servido en situaciones peligrosas. Un diálogo conciso, el sello característico de un buen gángster, por lo menos según las películas. Pasó las páginas mientras sonreía encantado:

«Ha llegado el momento de saldar tus cuentas. Para siempre.» Larry Ferrigamo. Banquero corrupto. 9 de agosto.

«Mucho me temo que te han limpiado el disco duro.» David Spinski. Pirata informático. 23 de septiembre.

«Hago esto para amasar pasta.» Morty el Panadero. 17 de julio.

Buen material. Tal vez algún día escribiría sus memorias.

Mocasines seguía riendo por lo bajito cuando oyó a Mo por el auricular. Al principio creyó que el mono le estaba hablando, pero enseguida se dio cuenta de que su así llamado socio estaba descubriendo el pastel.

—Pues deberías agradecérmelo, Fangoso —decía Digence—. He venido desde Chicago para salvarte la vida.

¡A salvarle la vida! Mo trabajaba para los otros y el idiota se había olvidado del micro.

Mocasines salió del coche de un salto y se aseguró de cerrarlo; si le robaban el coche alquilado perdería el depósito y la señorita Frazetti se lo descontaría de su comisión. Había una pequeña entrada en la pared, junto a la puerta principal. Mo Digence la había dejado abierta. Mocasines se deslizó a través de ella y recorrió la avenida a toda velocidad asegurándose de que se mantenía oculto bajo las sombras de los árboles.

En su oreja, Mo seguía hablando sin parar. Le había descubierto todo el plan al chico Fowl sin ni siquiera necesidad de amenazarlo con torturarlo. Lo hacía de manera completamente voluntaria. No sabía cómo, pero Digence había estado

trabajando para el crío irlandés durante todo aquel tiempo. Y, lo que es más, Mo no era Mo, era Mantillo. ¿Qué nombre era ese? Mantillo, quien además parecía ser un enano del subsuelo. Aquello se estaba poniendo cada vez más raro. Tal vez los enanos del subsuelo fueran algún tipo de banda, aunque no parecía un nombre demasiado apropiado. Los «enanos del subsuelo» a duras penas podrían infundir terror en los corazones de la competencia.

Mocasines cruzó la avenida a toda prisa, superó una hilera de elegantes abedules plateados y un campo de críquet como Dios manda. Dos pavos reales se ufanaban alrededor del borde de una instalación acuática. Mocasines lanzó un resoplido. ¡Instalación acuática! Antes de que los jardineros llegaran a la televisión, a aquello se le llamaba estanque.

Mocasines se preguntaba dónde estaría la entrada del reparto a domicilio cuando vio la señal: «Entregas detrás». Muchísimas gracias. Comprobó el silenciador, volvió a cargar la pistola una vez más y atravesó de puntillas la entrada de gravilla.

Artemis arrugó la nariz.

—¿Qué es ese olor?

Mantillo asomó la cabeza por la puerta de la nevera.

—Soy yo, lo siento —farfulló mientras una cantidad inverosímil de comida se revolvía dentro de su boca—. El filtro solar. Desagradable, lo sé, pero olería mucho peor sin él. Imagínate unas tiras de beicon sobre una piedra en el Valle de la Muerte.

—Una imagen encantadora.

—Los enanos somos criaturas subterráneas —explicó Mantillo—. Incluso durante la dinastía Fronda vivíamos bajo tierra...

Fronda fue el primer rey elfo. Durante su reinado, los seres mágicos y los humanos compartieron la superficie terrestre.

—Ser fotosensible hace que la convivencia con los humanos sea algo dificultosa. Para ser sinceros, estoy un poco harto de esta vida.

—Tus deseos son órdenes —dijo una voz. Era Mocasines. Estaba junto a la puerta de la cocina blandiendo una pistola enorme.

Para ser justos con Mantillo, apenas se inmutó.

—Creía haberte dicho que esperaras fuera.

—Cierto, lo hiciste. Pero, mira por dónde, he decidido entrar y ¿sabes qué? Ni pozo séptico ni cañerías de aguas residuales. La puerta de atrás está abierta de par en par.

Mantillo tendía a rechinar los dientes cuando pensaba. Sonó como unas uñas arañando una pizarra.

—Ah... bueno. Un golpe de suerte. Aproveché la oportunidad, pero, por desgracia, el chico me interceptó. Me acababa de ganar su confianza cuando apareciste.

—No te molestes —dijo Mocasines—. Llevas el micro abierto. Lo he oído todo, Mo. ¿O debería llamarte Mantillo, el enano del subsuelo?

Mantillo tragó la masa de comida a medio masticar. Una vez más, su bocaza le había metido en líos... y tal vez también pudiera sacarlo de ellos. Cabía la posibilidad de desencajar las mandíbulas y engullir al pequeño sicario. Había comido más grandes incluso. Una rápida ráfaga de gas enano sería suficiente para proyectarlo hasta el otro extremo de la habitación. Solo tenía que esperar que la pistola no se le disparase antes de poder superarla.

Mocasines se percató de la mirada en los ojos de Mantillo.

—Venga, pequeñajo —dijo mientras le quitaba el seguro a la pistola—. Adelante. Veamos hasta dónde llegas.

Artemis también estaba pensando. Sabía que, por el momento, estaba a salvo; el recién llegado no le haría daño contraviniendo las órdenes recibidas. Sin embargo, a Mantillo se le acababa el tiempo y nadie podía salvarlo. Mayordomo se encontraba demasiado débil para intervenir aun cuando hubiera estado allí, Holly estaba fuera completando el Ritual y el propio Artemis no era precisamente un hacha en los combates físicos. Tendría que negociar.

—Sé por qué estás aquí —comenzó—. Por los secretos del Cubo. Te los revelaré si no le haces daño a mi amigo.

Mocasines meneó el cañón.

—Tú harás lo que yo te diga, cuando yo te lo diga. Posiblemente también llorarás como una nena. A veces ocurre.

—Muy bien. Te diré lo que quieras saber, pero no le dispares a nadie.

Mocasines ahogó una risita.

—Sí, ya. Bien, tú te vienes conmigo, calladito y quietecito, y yo no le toco el pelo a un alma. Tienes mi palabra.

Mayordomo entró en la cocina. Su rostro estaba empapado de sudor y jadeaba.

—He comprobado el monitor —anunció—. El coche está vacío, el otro tipo tiene que estar...

—Aquí —terminó Mocasines—. Eso ya lo sabía todo el mundo menos tú, abuelo. Venga, nada de movimientos bruscos y tal vez no te dé un ataque al corazón.

Artemis vio que la mirada de Mayordomo recorría toda la estancia. Estaba buscando una forma de salvarlos a todos. Tal vez el Mayordomo de ayer podría haberlo hecho; sin embargo, el Mayordomo de hoy era quince años mayor y todavía no estaba recuperado del todo de la operación mágica. La situación era desesperada.

—Podrías maniatar a los otros —sugirió Artemis— y luego nos iríamos juntos.

Mocasines se dio una palmada en la cabeza.

—¡Qué gran idea! Y luego podría poner en práctica cualquier otra táctica con tal de entretenerme, como soy un principiante...

Mocasines tuvo la sensación de que una sombra le recorría la espalda. Se dio media vuelta y se encontró con una chica en la puerta. Otro testigo. Le pasaría factura a Carla Frazetti por aquellos gastos varios. Le habían mentido sobre aquel trabajillo desde el principio.

—Muy bien, señorita —dijo Mocasines—. Reúnase con el resto y no cometa estupideces.

La chica de la puerta se retiró el cabello hacia atrás mientras agitaba sus brillantes párpados verdes.

—Yo no cometo estupideces —respondió. A continuación su mano salió disparada en dirección al arma de Mocasines. Cogió la corredera de la pistola y, con maestría, la arrancó de la culata. A partir de entonces aquella pistola solo serviría para clavar puntas.

Mocasines dio un salto atrás.

—Eh, eh, cuidadito, que no querría herirte por accidente. Esta pistola podría dispararse.

Eso era lo que él creía.

Mocasines siguió blandiendo su inofensivo trasto metálico.

—Atrás, chiquilla, no voy a repetirlo.

Juliet hizo oscilar la corredera bajo la nariz.

—¿O qué? ¿Me dispararás con eso?

Mocasines miró desconcertado la pieza de metal.

—Eh, eso parece...

Juliet lo golpeó en el pecho con tanta fuerza que el gángster acabó detrás de la barra del desayuno.

Mantillo le echó un vistazo al mafioso inconsciente y luego se volvió hacia la chica de la puerta.

—Eh, Mayordomo. Tal vez esté dando palos de ciego, pero diría que esa es tu hermana.

—Correcto —contestó el sirviente mientras abrazaba con fuerza a Juliet—. ¿Cómo lo has adivinado?

CAPÍTULO VII: LOS PLANES MEJOR URDIDOS

MANSIÓN FOWL

 HABÍA llegado el momento de la consulta. Aquella noche, el grupo se sentó en la sala de conferencias de la mansión frente a dos monitores que Juliet había llevado de la cabina de seguridad. Potrillo había pinchado la frecuencia de los monitores que emitían imágenes en directo del comandante Remo y de él mismo.

Para su propio fastidio, Mantillo seguía allí. Había estado tratando de sacarle algún tipo de recompensa a Artemis cuando Holly regresó y le dio un coscorrón para que volviera a su asiento.

El humo del puro de Remo llenó la pantalla.

—Parece que tenemos a toda la banda reunida —dijo, utilizando el don de lenguas mágico para hablar en el idioma de Artemis—. Y, mira por dónde, no me gustan las bandas.

Holly había colocado sus auriculares en el centro de la mesa de conferencias de modo que pudiera recoger a todos los presentes.

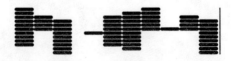

—Puedo explicárselo, comandante.

—Vaya, me juego lo que sea a que así es. Pero, por extraño que parezca, me huele que tu explicación, sea la que sea, me va a dejar frío y que tendré tu insignia en mi cajón al final del turno.

Artemis trató de intervenir.

—De verdad, comandante. Holly, la capitana Canija, solo está aquí porque la engañé.

—¿Es eso cierto? Y entonces, dime, te lo ruego, ¿qué hace aún ahí? ¿Es que estamos de campo y playa?

—No es momento de sarcasmos, comandante. Tenemos un grave problema entre manos y la situación es potencialmente catastrófica.

Remo expulsó una nube de humo verdoso.

—Lo que los humanos os hagáis los unos a los otros es asunto vuestro. No somos tu policía personal, Fowl.

Potrillo se aclaró la garganta.

—Todos estamos implicados, nos guste o no. Artemis fue el que nos pingoneó y eso no es lo peor, Julius.

Remo volvió la mirada hacia el centauro. Potrillo lo había llamado por el nombre de pila. La cosa tenía que ser grave.

—Muy bien, capitana —dijo—. Adelante con la reunión.

Holly abrió un informe en su miniordenador.

—Ayer respondí a una grabación del sistema de alarma Centinela. La llamada había sido enviada por Artemis Fowl, un Fangoso muy conocido en la PES por su participación en el levantamiento de los B'wa Kell. El socio de Fowl, Mayordomo, había sido herido de muerte por orden de otro Fangoso, Jon Spiro, y me pidió ayuda para curarlo.

—A lo que te negaste y luego pediste asistencia técnica para llevar a cabo una limpieza de memoria, como dicta el regla-mento.

Holly podría habría jurado que la pantalla se estaba calentando.

—No. Teniendo en cuenta la considerable ayuda prestada por Mayordomo durante la revolución de los goblins, llevé a cabo la curación y transporté a Mayordomo y a Fowl de vuelta a su domicilio.

—Dime que no los llevaste volando...

—No me quedaba otra opción. Iban envueltos en una tela de camuflaje.

Remo se frotó las sienes.

—Un pie, aunque solo asomara un pie, mañana podríamos estar por todo internet. Holly, ¿por qué me haces esto?

Holly no respondió. ¿Qué podía decir?

—Aún hay más. Hemos detenido a uno de los esbirros de Spiro. Una buena pieza.

—¿Te ha visto?

—No. Pero ha oído decir a Mantillo que era un enano del subsuelo.

—No hay problema —intervino Potrillo—. Hazle una lim-pieza de memoria y mándalo a casa.

—No es tan fácil. El tipo es un asesino y podrían enviarlo de vuelta para que acabara la faena. Creo que deberíamos reubicarlo. Créeme, por aquí no lo echarán de menos.

—De acuerdo —accedió Potrillo—. Sédalo, hazle el lavado y deshazte de cualquier cosa que pudiera reactivar sus recuer-dos. Luego envíalo a algún sitio donde no pueda hacer daño.

El comandante dio varias caladas largas a su puro para calmarse.

–Muy bien. Háblame de la sonda. Si Fowl es el responsable, ¿no deberíamos levantar la alerta?

–No. El hombre de negocios Jon Spiro le robó la tecnología mágica a Artemis.

–La que, a su vez, Artemis nos había robado a nosotros –apuntó Potrillo.

–El tipo este, Spiro, está decidido a hacerse con el secreto de la tecnología y el cómo no le importa demasiado –continuó Holly.

–¿Y quién conoce el secreto? –preguntó Remo.

–Artemis es el único que puede hacer funcionar el Cubo B.

–¿Y se puede saber qué es un Cubo B?

Potrillo tomó el relevo.

–Artemis improvisó un miniordenador a partir de vieja tecnología de la PES. Podría decirse que bajo tierra es en gran parte obsoleto, pero para los baremos humanos, se adelanta unos cincuenta años a su desarrollo normal.

–Y, por tanto, vale una fortuna –concluyó el comandante.

–Y, por tanto, vale una fortuna formidable –confirmó Potrillo.

De súbito, Mantillo se interesó.

–¿Una fortuna? ¿De cuánto estaríamos hablando exactamente?

Remo se sintió aliviado al tener a alguien a quien gritar.

–¡Cierra la boca, convicto! A ti no te importa. Concéntrate en disfrutar de tus últimas bocanadas de aire fresco. Ma-

ñana a estas horas estarás estrechándole la mano a tu compañero de celda, y espero que se trate de un trol.

Mantillo se sintió ofendido.

—Dame un respiro, Julius. Cada vez que se da una situación Fowl soy yo el que os salva el pellejo. No me cabe la menor duda de que cualquiera que sea el plan que Artemis esté tramando, se parecería mucho al tuyo. Seguro que, como mínimo, en lo que tenga de ridículamente peligroso.

El rostro de Remo pasó del rosado al rojo encarnado.

—¿Bien, Artemis? ¿Estás planeando utilizar al convicto?

—Eso depende.

—¿De qué?

—De si me das a Holly o no.

La cabeza de Remo desapareció tras una cortina de humo. La punta encendida del puro hacía que pareciera un tren de vapor saliendo de un túnel. Parte del humo se trasladó a la pantalla de Potrillo.

—No pinta nada bien —comentó el centauro.

Al final, Remo consiguió calmarse lo suficiente para hablar.

—¿Darte a Holly? Dioses, dadme paciencia. ¿Tienes ni la más remota idea de la cantidad de papeleo al que le estoy dando largas por esta conferencia?

—Bastante, imagino.

—Una montaña, Artemis. Una montaña. No estaría hablando contigo si no fuera por el tema de los B'wa Kell. Si algo de esto llega a filtrarse alguna vez, acabaría dirigiendo submarinos en la red de tratamiento de aguas residuales de Atlantis.

Mantillo le guiñó un ojo a la pantalla.

—Seguramente no debería haber oído eso.

El comandante hizo caso omiso del comentario.

—Tienes treinta segundos, Artemis. Véndemelo.

Artemis se levantó y se puso frente a la pantalla.

—Spiro posee tecnología mágica. No es probable que sea capaz de utilizarla, pero pondrá a sus científicos en la pista de la tecnología iónica. El tipo es un megalómano que no siente ningún respeto por la vida ni el medio ambiente. ¿Quién sabe qué clase de máquina espantosa construirá con la tecnología mágica? Además, cabe la posibilidad de que su nueva tecnología lo lleve a descubrir Ciudad Refugio y, si eso ocurre, la vida de toda criatura sobre la superficie de la tierra, y bajo ella, estará en peligro.

Remo empujó su silla fuera de visión y volvió a aparecer en el monitor de Potrillo. Se inclinó hacia la oreja del centauro y le susurró por lo bajito.

—Esto tiene mala pinta —comentó Holly—. Ya me veo en la próxima lanzadera de vuelta a casa.

Artemis tamborileó los dedos sobre la mesa. No sabía cómo iba a acabar con Spiro sin ayuda mágica.

Tras algunos momentos, el comandante reapareció en su pantalla.

—Esto es serio. No podemos arriesgarnos a que ese Spiro active una nueva sonda. Por remota que sea la posibilidad, no deja de haberla. Tendré que reunir un equipo de inserción. La paliza del siglo: una unidad de Recuperación totalmente equipada.

—¿Una unidad completa? —protestó Holly—. ¿En un área

urbana? Comandante, usted ya sabe cómo son las Recuperaciones. Podría acabar siendo desastroso. Deme una oportunidad.

Remo lo meditó.

—Llevará cuarenta y ocho horas obtener la autorización para una operación, así que eso es lo que tienes. Puedo cubrirte durante un par de días. Al que no te puedo dar es a Potrillo, que ya tiene bastante con organizar esta operación, pero Mandíbulas puede ayudar si quiere, él elige. Podría olvidar un par de cargos por robo con allanamiento de morada, pero aún le caerán de cinco a diez por el robo de los lingotes. Eso es todo lo que puedo hacer. Si fracasáis, el equipo de Recuperación estará esperando entre bastidores.

Artemis lo rumió.

—De acuerdo.

Remo respiró hondo.

—Hay una condición.

—Ya me lo temía —dijo Artemis—. Quieres una limpieza de memoria. ¿Correcto?

—Correcto, Artemis. Te estás convirtiendo en un lastre para las Criaturas Mágicas. Si quieres que te ayudemos en esta misión, tú y tus colaboradores tendréis que someteros a la limpieza de memoria.

—¿Y si no lo hacemos?

—Entonces pasaremos derechitos al plan B y acabarás con una limpieza de memoria de todas formas.

—Sin ánimo de ofender, comandante, pero es una cuestión técnica...

Potrillo se adelantó.

–Existen dos tipos de limpiezas de memoria. Una limpieza de bloqueo que borra toda la memoria de un período concreto. Holly podría hacerlo con el equipo que lleva. Y una limpieza de ajuste que solo borra ciertos recuerdos. Este procedimiento es más complejo, pero existe menos peligro de tocar el CI. Os hacemos una limpieza de ajuste a todos vosotros y yo hago detonar una carga de datos en tus ordenadores que automáticamente borrarán cualquier fichero relacionado con los seres mágicos. Además, también necesitaré tu permiso para llevar a cabo un barrido de tu casa por si hay cualquier objeto de interés mágico por ahí rodando. A efectos prácticos, te despertarás al día siguiente de la operación sin ningún recuerdo de las Criaturas Mágicas.

–Estás hablando de cerca de dos años de recuerdos.

–No los echarás de menos. Tu cerebro inventará algunos nuevos para rellenar los vacíos.

Era una decisión difícil. Por un lado, su conocimiento de los seres mágicos ya formaba parte del conformado psicológico de Artemis. Por otra parte, no podía seguir poniendo en peligro la vida de las Criaturas.

–Muy bien –decidió el adolescente–. Acepto tu oferta.

Remo lanzó el puro a un incinerador próximo.

–Entonces de acuerdo. Hemos hecho un trato. Capitana Canija, habrá que mantener un canal abierto en todo momento.

–Sí, señor.

–Holly.

–¿Comandante?

–Ten cuidado. Tu carrera no soportaría un nuevo revés.

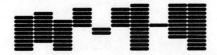

—Comprendido, señor —respondió Holly.

—Ah, y ¿convicto?

Mantillo suspiró.

—Te refieres a mí, supongo, ¿no, Julius?

Remo frunció el ceño.

—Se acabó, Mantillo. No volverás a escapar, así que prepárate para la comida fría y las paredes duras.

Mantillo se levantó y se volvió de espaldas a la pantalla. No se sabe muy bien cómo, pero la solapa del trasero de sus pantalones, especialmente adaptados para la excavación de túneles, se abrió y dejó a la vista del comandante una visión encantadora de su trasero. En el mundo de los enanos, presentar el trasero de uno era el peor de los insultos, como en la mayoría de las culturas.

El comandante Remo puso fin a la conexión. Después de todo, no existía respuesta a una afrenta como aquella.

Oeste de Wajir, Kenia, África sudoriental

Mocasines McGuire se despertó con un dolor de cabeza terrible. Era tan doloroso que se sintió obligado a traducirlo en metáforas por si acaso tenía que describirlo después. Decidió que la cabeza le dolía como si un puercoespín furioso se arrastrara por dentro de su cráneo. No está mal, pensó. Debería incluirlo en un libro.

¿Qué es un libro?, se preguntó a continuación. ¿Quién soy?, fue lo siguiente. Zapatos, tiene algo que ver con zapatos.

Siempre ocurre lo mismo cuando los sujetos con un implante de memoria recuperan la conciencia. La antigua identidad pende confusa durante unos segundos, tratando de asentarse, hasta que los estímulos externos la borran.

Mocasines se incorporó y el puercoespín se volvió loco mientras iba clavando espinas en cada milímetro cuadrado de su blando tejido cerebral.

—¡Ay! —gruñó Mocasines mientras se sujetaba el cráneo dolorido. ¿Qué significaba todo aquello? ¿Dónde estaba? ¿Y cómo había llegado hasta allí?

Mocasines se miró los brazos. Por un segundo su cerebro proyectó tatuajes sobre la piel, pero las imágenes desaparecieron de inmediato. Su piel estaba inmaculada. El sol le perforaba los antebrazos como si se tratara de rayos relampagueantes.

Todo a su alrededor era monte bajo. La tierra color terracota se extendía ante él hacia las montañas añiles de la lejanía, un disco dorado de sol abría grietas en el suelo resplandeciente y dos figuras corrían entre las olas de calor, esbeltas como guepardos.

Los hombres eran gigantescos, alcanzaban con facilidad los dos metros quince. Ambos llevaban un escudo oval, una lanza alargada y un móvil. El cabello, el cuello y las orejas estaban adornados con cuentas multicolor.

Mocasines se puso en pie de un salto, pies que, según advirtió, estaban calzados con sandalias de piel. Los hombres llevaban zapatillas Nike.

—Ayuda —gritó—. ¡Ayudadme!

Los hombres detuvieron la marcha y se acercaron a la carrera hasta el mafioso confundido.

—*Jambo*, hermano. ¿Te has perdido? —le preguntó uno.

—Lo siento —contestó Mocasines en un suahili perfecto—. No hablo suahili.

El hombre miró a su compañero.

—Ya veo. ¿Y cómo te llamas?

—Mocasines —dijo el cerebro de Mocasines—. Nuru —dijo su boca.

—Bien, Nuru. *Unatoka wapi?* ¿De dónde eres?

Las palabras salieron antes de que Mocasines pudiera hacer nada por retenerlas.

—No sé de dónde soy, pero quiero ir con vosotros, a vuestro poblado. Allí es donde debería estar.

Los guerreros kenianos bajaron la vista hasta el pequeño extraño. Cierto, era del color equivocado, pero parecía bastante cuerdo.

El más alto de los dos desenganchó un móvil de su cinturón de piel de leopardo y marcó el número del jefe del poblado.

—*Jambo*. Jefe, soy Bobby. Los espíritus de la tierra nos han enviado a otro.

Bobby rió mirando a Mocasines de arriba abajo.

—Sí, es diminuto, pero parece fuerte y tiene una sonrisa más grande que la de un plátano pelado.

Mocasines ensanchó la sonrisa por si acaso era decisiva. Por alguna extraña razón, lo único que deseaba en el mundo era ir al poblado y llevar una vida productiva.

—Muy bien, Jefe, lo traeré. Puede quedarse en la vieja choza del misionero.

Bobby volvió a enganchar el móvil en su cinturón.

—Muy bien, hermano Nuru. Estás dentro. Síguenos y trata de no perdernos.

Los guerreros emprendieron una rápida carrera. Mocasines —desde ese momento conocido como Nuru— se apresuró tras ellos mientras las sandalias de piel se agitaban bajo sus pies. Tenía que considerar seriamente lo de hacerse con un par de zapatillas de deporte.

A unos cincuenta metros sobre sus cabezas, la capitana Holly Canija se suspendía en el aire, protegida a la vista, grabando todo el episodio.

—Reubicación finalizada —le dijo al micro del casco—. El sujeto ha sido adoptado con éxito. Ninguna señal aparente de la personalidad original. No obstante, se le hará un seguimiento durante intervalos mensuales, por si acaso.

Potrillo se hallaba al otro lado de la línea.

—Excelente, capitana. Vuelve al puerto de lanzaderas E77 de inmediato. Si aprietas el acelerador tal vez pueda pescar la lanzadera nocturna. Te tendremos de vuelta en Irlanda en un par de horas.

Holly no necesitó que se lo dijeran dos veces. No ocurría muy a menudo que autorizaran una carrera a toda velocidad. Activó el radar para evitar a las águilas ratoneras y situó el cronómetro en el visor.

—Y ahora —dijo—, veamos si podemos batir el récord de la velocidad de vuelo.

Un récord que Julius Remo había establecido hacía ochenta años.

SEGUNDA PARTE

EL CONTRAATAQUE

CAPÍTULO VIII:
MORDER EL ANZUELO

Fragmento del diario de Artemis Fowl.
Disco 2. Codificado

 HOY a mi padre le han puesto su pierna ortopédica. Bromeó durante todo el proceso, como si le estuvieran tomando medidas para un traje nuevo en la calle Grafton. Debo admitirlo, su buen humor contagiaba y al final me he visto buscando excusas para poder sentarme en un rincón de la habitación del hospital y disfrutar de su presencia.

No siempre ha sido así. En el pasado, necesitaba motivos de peso para visitar a mi padre. Por descontado, casi nunca estaba libre e, incluso cuando lo estaba, apenas tenía tiempo. Uno no irrumpía en el estudio Fowl sin una buena razón. Sin embargo, ahora siento que soy bienvenido a su lado. Ha sido una sensación fantástica.

A mi padre siempre le ha gustado impartir sabiduría; no obstante, ahora es más filosófica que financiera. En los viejos tiempos, dirigía mi atención hacia los últimos precios de las acciones del Financial Times.

—Mira, Artemis —decía—, todo lo demás sufre caídas, pero el oro siempre se mantiene. Y eso se debe a que no hay suficiente y a que nunca lo habrá. Compra oro, muchacho, y mantenlo a buen recaudo.

Me encantaba oír sus sabias palabras; no obstante, ahora son más difíciles de comprender.

Al tercer día de estar él consciente, me dormí en la cama del hospital mientras mi padre llevaba a cabo sus ejercicios de rehabilitación. Cuando me desperté, lo encontré mirándome con aire pensativo.

—¿Puedo contarte algo, Arty? —preguntó.

Asentí con la cabeza, sin saber bien qué se avecinaba.

—Mientras estuve prisionero, pensé en mi vida, en cómo la había malgastado acumulando riquezas a pesar del coste que estas le habían supuesto a mi familia y a los que me rodeaban. A un hombre se le ofrecen muy pocas oportunidades en la vida para hacer algo que realmente valga la pena, para hacer lo correcto. Para ser un héroe, por un decir. Trato de implicarme en esa lucha.

Aquellas no eran el tipo de palabras sabias que estaba acostumbrado a oír de mi padre. ¿Era esa su verdadera personalidad o la magia de las Criaturas? ¿O una combinación de ambas?

—Nunca antes me había sentido implicado. Siempre pensé que no se podía cambiar el mundo. —La mirada de mi padre era intensa, ardía con una nueva pasión—. Sin embargo, ahora las cosas han cambiado. Mis prioridades son otras. Trato de aprovechar cada día, de ser el héroe que todo padre debería ser.

Se sentó en la cama, a mi lado.

—¿Y qué me dices de ti, Arty? ¿Quieres hacer el camino conmigo? Cuando llegue la ocasión, ¿aprovecharás la oportunidad de convertirte en un héroe?

No pude responder porque no sabía la respuesta. Y todavía la desconozco.

Mansión Fowl

Durante un par de horas, Artemis se encerró en su estudio, sentado con las piernas cruzadas en la postura meditativa que Mayordomo le había enseñado. De vez en cuando, pronunciaba una idea en alto para que la recogiera una grabadora que se activaba con la voz, colocada en el colchón, frente a él. Aquellos momentos eran cruciales para el éxito de la misión. Artemis tenía la habilidad de visualizar una situación hipotética y calcular los posibles desenlaces. Casi se trataba de un estado somnoliento y cualquier perturbación podía romper el hilo de sus pensamientos con gran facilidad.

Al final, Artemis salió del estudio cansado, pero satisfecho. Llevaba tres CD grabados.

—Quiero que estudies estos archivos —dijo—. Contienen detalles de tu cometido. Cuando hayas memorizado el contenido, destrúyelos.

Holly cogió los discos.

—Un CD, qué pintoresco. En los museos tenemos a patadas.

—En el estudio hay varios ordenadores —continuó Artemis—. Utiliza el terminal que te apetezca.

Mayordomo estaba con las manos vacías.

—¿Nada para mí, Artemis? —preguntó.

Artemis esperó a que el resto se hubiera ido.

—Tenía que transmitirte tus instrucciones de palabra —comenzó—. No quiero arriesgarme a que Potrillo las piratee del ordenador.

Mayordomo suspiró hondo al tiempo que se hundía en un sillón de piel, junto al hogar.

—No voy a ir contigo, ¿verdad?

Artemis se sentó en el brazo del sillón.

—No, viejo amigo. Pero tengo una tarea muy importante para ti.

—De verdad, Artemis —dijo Mayordomo—, acabo de superar la crisis de la mediana edad. No tienes que inventarte un trabajo para que pueda sentirme útil.

—No, Mayordomo, tu cometido es de vital importancia. Tiene que ver con la limpieza de memoria. Si mi plan funciona, tendremos que someternos a una limpieza y no veo la forma de poder sabotear el proceso en sí, de modo que tengo que asegurarme de que algo sobreviva a la búsqueda de Potrillo. Algo que pueda activar nuestros recuerdos de las Criaturas. Potrillo me dijo una vez que un estímulo suficientemente fuerte puede activar una recuperación total de los recuerdos.

Mayordomo cambió de postura en el sillón, estremeciéndose. El pecho seguía dándole problemas. En realidad no había de qué extrañarse, llevaba vivo menos de dos días.

—¿Alguna idea?

—Tenemos que dejar un par de pistas falsas. Potrillo se lo esperará.

—Claro. Un archivo oculto en el servidor. Podría enviarnos un correo electrónico a nosotros mismos y, entonces, la

primera vez que comprobásemos el correo, toda la información aparecería.

Artemis le tendió al guardaespaldas una hoja DIN A4 doblada.

—No cabe duda de que nos someterán al *encanta* y de que nos interrogarán. En el pasado nos escondimos del *encanta* tras unas gafas de sol con vidrios de espejo, pero en esta ocasión no vamos a tener tanta suerte. Así que tenemos que encontrar otra cosa. Aquí tienes las instrucciones.

Mayordomo estudió el plan.

—Puede hacerse. Conozco a alguien en Limerick, el mejor del país para este tipo de trabajo especializado.

—Excelente —convino Artemis—. Después de esto, tienes que grabar todo lo que tengamos sobre las Criaturas Mágicas en un disco. Todos los documentos, vídeos, esquemas... Todo. Y no olvides mi diario. Toda la historia se encuentra ahí.

—¿Y dónde escondemos el disco? —preguntó Mayordomo.

Artemis deshizo el nudo del colgante mágico.

—Diría que esto tenía más o menos el mismo tamaño que el disco. ¿Qué me dices?

Mayordomo se metió el medallón dorado en el bolsillo de la chaqueta.

—Que lo tendrá —respondió.

Mayordomo les preparó la comida. Nada del otro mundo: rollitos de primavera vegetarianos seguidos de un *risotto* de champiñones y, para terminar, flan. Mantillo optó por un

cubo de gusanos y cucarachas cortados en dados salteados en agua de lluvia y una vinagreta de musgo.

—¿Todo el mundo ha estudiado sus archivos? —preguntó Artemis cuando el grupo se hubo trasladado a la biblioteca.

—Sí —respondió Holly—. Aunque creo que te has dejado unos cuantos puntos clave.

—Nadie tiene el plan al completo, solo las partes que le conciernen. Creo que es más seguro de este modo. ¿Tenemos el equipo que he especificado?

Holly volcó el contenido de su mochila sobre la alfombra.

—Un equipo PES de supervivencia completo que incluye una tela de camuflaje, micros, bloqueadores de vídeo y un botiquín de primeros auxilios.

—Además, todavía tenemos dos cascos de la PES intactos y quedan tres pistolas láser del asedio —añadió Mayordomo—. Y, por descontado, un prototipo del Cubo del laboratorio.

Artemis le tendió el teléfono inalámbrico a Mantillo.

—Perfecto, entonces. ¿Qué tal si nos ponemos manos a la obra?

Spiro Needle

Jon Spiro estaba sentado en su opulenta oficina, contemplando con tristeza el Cubo B sobre el escritorio. La gente creía que era fácil ser él. ¿Qué sabrían? Cuanto más dinero tenía uno, bajo más presión tenía que vivir. Solo su edificio contaba con ochocientos empleados y todos confiaban en que cumpliera a final de mes. Pedían revisiones salariales

anuales, seguros médicos, guarderías, descansos periódicos en horas de trabajo, que las horas extras se pagaran el doble e, incluso, *stock options*. Por el amor de Dios. Había veces en que Spiro añoraba los viejos tiempos en que a un trabajador problemático se lo podía arrojar por una ventana y el problema se acababa ahí. En cambio, en la actualidad, si arrojabas a alguien ventana abajo, llamaban a su abogado de camino al suelo.

Sin embargo, aquel Cubo podría ser la respuesta a todas sus plegarias. Una oportunidad de hacer negocio única en la vida, la gallina de los huevos de oro. Si conseguía que aquel cacharro funcionara, vería el cielo abierto. Literalmente. Los satélites de todo el mundo estarían en sus manos, tendría el control absoluto de los satélites espía, de los láseres militares, de las redes de comunicación y, lo más importante de todo, de las cadenas de televisión. Podría dirigir el mundo.

La voz de su secretaria zumbó desde la recepción.

—El señor Blunt quiere verle, señor.

Spiro pulsó el botón del intercomunicador.

—Muy bien, Marlene, que pase. Y dile que será mejor que parezca abatido.

De hecho, Blunt parecía muy abatido cuando cruzó las puertas dobles. Las puertas en sí ya eran imponentes. Spiro las había mandado robar del salón de baile del *Titanic*. Eran el ejemplo perfecto de que el poder volvía tarumba.

Brutus Blunt no se mostró tan gallito como lo había hecho en Londres, aunque hay que reconocer que es difícil parecer arrogante cuando la frente es una masa de moratones y lo único que tienes en la boca son chicles y nada más.

Spiro se removió en su asiento ante la visión de aquellas mejillas hundidas.

—¿Cuántos dientes has perdido?

Blunt se tocó la mandíbula con tiento.

—Dodoss. El dendissda dice que dass raísess essdán desdo-zadass.

—Te está bien empleado —dijo Spiro con total naturalidad—. ¿Y ahora qué hago, Brutus? Te serví a Artemis en bandeja y tú vas y lo estropeas todo. Dime qué sucedió y ni una palabra sobre terremotos, quiero la verdad.

Blunt se limpió una gota de saliva de la comisura de la boca.

—No do ssé. Adgo esspodó. No ssé ed qué. Una esspessie de ganada. Pedo de didé adgo, de di en da cabessa. Ess im-possibde que siga fifo desspuéss de esso.

—¡Por Dios, calla ya! —le espetó Spiro—. Me está entrando dolor de cabeza. Cuanto antes te hagas una dentadura nueva, mejor.

—Miss enssíass esdarán disdass essda darde.

—¡Creía haberte dicho que te callaras!

—Peddone, fefe.

—Me has puesto en una situación muy difícil, Brutus. Por culpa de tu incompetencia tuve que contratar un equipo a los Antonelli. Carla es una chica lista, podría considerar que se merecen una tajada. Me costaría billones.

Brutus hizo todo lo que pudo para mostrarse arrepentido.

—No te molestes en poner cara de perro degollado, Blunt; es algo que me deja frío. Si este negocio se viene a pique, acabarás perdiendo algo más que un par de dientes.

Brutus decidió cambiar de tema.

—Endonssess, ¿suss ssiendíficoss da ssaben cómo funssiona el Cubo?

—No —contestó Spiro, mientras retorcía su nomelvides de oro—. Fowl hizo que lo sellaran del todo. Un Código de la Eternidad, o algo así. El idiota de Pearson no ha podido ni echarle un vistazo.

Fue en ese momento, de manera teatral, cuando una voz surgió del minialtavoz del engranaje del Cubo B.

—¿Señor Spiro? —dijo la voz—. Le llaman desde Irlanda. ¿Sabe leer, señor Spiro?

Jon Spiro no era un hombre que se asustara con facilidad. Todavía no había visto una película de terror que le hiciera saltar del asiento, pero la voz del altavoz casi lo hizo caer de la silla. La calidad era increíble. Si cerrabas los ojos jurarías que tenías delante a la persona que hablaba.

—¿Quiede que dessponda do?

—¡Te he dicho que te calles! De todos modos, no sé cómo se responde a este chisme.

—Puedo oírle, señor Spiro —aclaró la voz—. No hace falta que haga nada. Solo hable. La caja hace el resto.

Spiro se percató de que había aparecido un ecualizador en la pantalla del Cubo. Cuando él hablaba, lo registraba.

—Muy bien, entonces estamos comunicados. Bien, ¿quién demonios eres? ¿Y cómo has hecho funcionar esta caja?

—Me llamo Mo Digence, señor Spiro. Soy el mono del grupo de Carla Frazetti. No sé de qué caja me habla, yo solo tengo un teléfono normal y corriente.

—Bien. Vamos a ver, ¿quién ha marcado el número?

—Un chaval que tengo aquí al lado, a mi espalda. He conseguido que comprendiera lo importante que era hablar con usted.

—¿Y cómo sabías con quién tenías que hablar? ¿Quién te ha dado mi nombre?

—El chaval, de nuevo. Se mostró bastante dispuesto a soltarlo todo después de ver lo que le hice al hombre de metal.

Spiro suspiró. Si le pasaba algo al hombre de metal tendría que pagar una compensación a los Antonelli.

—¿Qué le has hecho al hombre de metal?

—Nada que no tenga arreglo. Pero pasará un tiempo antes de que vuelva a apuntar a los niños con pistolas.

—¿Por qué creíste necesario arremeter contra tu propio socio, Digence?

Se hizo una pausa al otro lado de la línea mientras Mantillo ordenaba la supuesta secuencia de acontecimientos.

—Ocurrió lo siguiente, señor Spiro: teníamos instrucciones de escoltar al chaval hasta Estados Unidos, pero entonces Mocasines se volvió loco y comenzó a enseñar la pistola. Creí que no debía hacerse de aquel modo, así que lo detuve. Por la fuerza. De todos modos, el chaval se asustó tanto que me contó lo que necesitaba saber. Y ahora aquí me tiene, charlando con usted.

Spiro se frotó las manos.

—Has hecho lo correcto, Digence. Tendrás tu recompensa por esto. Me encargaré personalmente.

—Gracias, señor Spiro. Créame, el placer fue mío.

—¿Está por ahí ese Fowl?

—A mi lado. Un poco pálido, pero sin un rasguño.

—Pásamelo —ordenó Spiro mientras todo signo de depresión se esfumaba.

—Spiro, soy yo —la voz de Artemis sonó distante, pero sin duda temblaba.

Spiro estrujó el aire como si se tratara del pescuezo de Artemis.

—Ya no somos tan gallitos, ¿verdad? Te lo dije, no tienes las agallas que hay que tener en este negocio. Yo, en cambio, si no obtengo lo que quiero, me encargaré de que Mo acabe con mi sufrimiento. ¿Oído?

—Sí, alto y claro.

—Bien —dijo Spiro, sujetando un habano entre los dientes que acabaría mascado en una masa, pero no encendido—. Ahora, canta. ¿Qué tengo que hacer para que este Cubo funcione?

La voz de Artemis sonó aún más temblorosa que antes.

—No es tan sencillo, señor Spiro. El Cubo B está codificado con algo que se llama un Código de la Eternidad. Puedo acceder desde aquí a ciertas funciones básicas como el teléfono, el reproductor de MP3 y cosas por el estilo, pero, para inutilizar el código por completo y liberar el potencial del Cubo, tengo que tenerlo aquí, frente a mí. Si pudiera traer el Cubo...

Spiro escupió el puro.

—Quieto parado, Fowl. ¿Acaso crees que soy tonto? ¿Crees que voy a devolver esta tecnología inestimable a Europa? ¡Olvídalo! Si vas a descodificar este chisme, vas a hacerlo aquí. ¡En Spiro Needle!

—¿Y mis herramientas? ¿Y mi laboratorio?

—Aquí tengo herramientas y un laboratorio. El mejor del mundo, así que lo harás aquí.

—Sí, lo que usted diga.

—Exacto, chaval, lo que yo diga. Quiero que le eches gasolina a ese jet Lear que resulta que sé que tienes y des un salto hasta el aeropuerto de O'Hare. Allí te estará esperando un helicóptero.

—Supongo que no me queda más remedio.

—Supones bien, chaval, no te queda más remedio. Pero si haces esto bien podría dejarte ir. ¿Lo has captado todo, Digence?

—Alto y claro, señor Spiro.

—Bien. Cuento contigo para que traigas sano y salvo al chaval.

—Considérelo hecho.

La línea se cortó. Spiro ahogó una risita.

—Creo que voy a celebrarlo —dijo mientras aporreaba el botón del intercomunicador—. Marlene, trae un tarro de café, pero no esa basura descafeinada. Quiero café de verdad.

—Pero, señor Spiro, su médico dijo...

Spiro esperó a que su secretaria se diera cuenta de con quién estaba discutiendo.

—Disculpe, señor. Enseguida, señor.

Spiro se repantigó en la silla y unió las manos por detrás de la cabeza.

—Ya ves, Blunt, al final vamos a sacar algo de provecho a pesar de tu incompetencia. Tengo a ese chaval justo donde lo quería.

—Ssí, sseñod. Qué maessdría, sseñod.

Spiro rió.

—Cállate, payaso. Pareces un personaje de dibujos animados.

—Ssí. Muy diveddido, sseñod.

Spiro se pasó la lengua por los labios pensando en el café.

—Para ser un supuesto genio, ese chaval es un inocentón. ¿Hazlo bien y podría dejarte ir? Ha mordido bien el anzuelo.

Blunt trató de sonreír. No fue una visión muy agradable.

—Ssí, sseñod Sspido. Ha moddido bien ed anssuedo.

Mansión Fowl

Artemis colgó el teléfono con el rostro encendido por la excitación que le provocaba el engaño.

—¿Qué creéis? —preguntó.

—Creo que se lo ha tragado —respondió Mayordomo.

—Ha mordido el anzuelo —añadió Mantillo—. ¿Tienes un jet? Supongo que tendrá cocina.

Mayordomo los llevó hasta el aeropuerto de Dublín en el Bentley. Iba a ser su última participación en aquella operación en concreto. Holly y Mantillo se acurrucaron en la parte trasera, a salvo de las miradas curiosas gracias a los vidrios tintados.

Los hermanos Mayordomo iban al frente, vestidos con sus correspondientes trajes negros de Armani. Juliet había ale-

grado el suyo con un fular rosa y un maquillaje llamativo. El parecido familiar era evidente: la misma nariz fina y los labios gruesos. Los mismos ojos que saltaban en las órbitas como las bolas de una ruleta. Alerta, siempre alerta.

—En este viaje no necesitarás una pistola convencional —observó Mayordomo—. Utiliza el fulminador de la PES. No hace falta recargarlos, siempre disparan en línea recta y no son letales. Le di a Holly un par de mi alijo.

—Entendido, Dom.

Mayordomo enfiló la salida del aeropuerto.

—Dom. Hacía mucho tiempo que nadie me llamaba así. Ser guardaespaldas se convierte en tu mundo y olvidas que tienes una vida propia. ¿Estás segura de que esto es lo que quieres, Juliet?

Juliet se estaba recogiendo el cabello en una trenza muy prieta al final de la cual añadió un aro de jade ornamental. Ornamental y peligroso.

—¿En qué otro sitio voy a poder darle una paliza a alguien fuera de un cuadrilátero de lucha libre? Hacer de guardaespaldas es lo ideal, por el momento.

Mayordomo bajó la voz.

—Claro está que va completamente contra el protocolo que Artemis sea tu jefe. Sabe tu nombre de pila y, seamos sinceros, creo que le gustas bastante.

Juliet golpeó el aro de jade contra su palma.

—Esto es solo temporal. Todavía no soy la guardaespaldas de nadie. A Madame Ko no le gusta mi estilo.

—No me sorprende —dijo Mayordomo, señalando el jade—. ¿De dónde lo has sacado?

Juliet sonrió.

—Idea mía. Una pequeña sorpresa para todo aquel que subestime a las féminas.

Mayordomo entró en la zona de aterrizaje.

—Escúchame, Juliet —le advirtió, cogiendo la mano de su hermana—. Spiro es peligroso. Mira lo que me ha ocurrido y, modestia aparte, yo era el mejor. Si esta misión no fuera tan vital para los humanos y las Criaturas Mágicas, no dejaría que fueras.

Juliet acarició el rostro de su hermano.

—Tendré cuidado.

Salieron a la pista. Holly permaneció suspendida en el aire, protegida con su escudo, por encima de la muchedumbre de viajeros con maletines y turistas. Mantillo se había aplicado una nueva capa de filtro solar y la peste repelía a todo humano que por desgracia lo percibía.

Mayordomo tocó el hombro de Artemis.

—¿Estarás bien?

Artemis se encogió de hombros.

—Sinceramente, no lo sé. Sin ti a mi lado me siento como si me faltara una de las piernas.

—Juliet se encargará de que no te pase nada. Tiene un estilo algo peculiar, pero, después de todo, es una Mayordomo.

—Es la última misión, viejo amigo. Después ya no habrá necesidad de más guardaespaldas.

—Qué lástima que Holly no pudiera encantar a Spiro a través del Cubo.

Artemis sacudió la cabeza.

—No habría funcionado. Aunque hubiéramos hecho una

conexión, una Criatura Mágica tiene que hacer contacto visual para encantar una mente resistente como la de Spiro. No quiero correr ningún riesgo con ese hombre, tiene que desaparecer del mapa. Aun cuando las Criaturas Mágicas consiguieran reubicarlo, podría seguir siendo peligroso.

—¿Y qué me dices de tu plan? —preguntó Mayordomo—. Por lo que me dijiste, es bastante enrevesado. ¿Estás seguro de que funcionará?

Artemis le guiñó un ojo, un gesto frívolo muy poco habitual en él.

—Estoy seguro —afirmó—. Confía en mí. Soy un genio.

Juliet pilotó el jet Lear a través del Atlántico. Holly se sentó en el asiento del copiloto y admiró el hardware.

—Bonito pájaro —comentó.

—No está mal, chica mágica —contestó Juliet, cambiando al piloto automático—. Supongo que no tiene ni punto de comparación con los aviones mágicos.

—La PES no es muy partidaria de la comodidad —dijo Holly—. En una lanzadera de la PES apenas hay espacio suficiente para menear una lombriz.

—En el caso de que quisieras menear una lombriz.

—Cierto. —Holly estudió a la piloto—. Has crecido mucho en dos años. La última vez que te vi todavía eras una niña pequeña.

Juliet sonrió.

—En dos años pueden suceder muchas cosas. Me he pasado casi todo el tiempo luchando con hombretones peludos.

—Deberías ver las luchas mágicas. Dos gnomos hinchados habiéndoselas entre ellos dentro de una cámara de gravedad cero. Una visión algo desagradable. Te enviaré un videodisco.

—No, no lo harás.

Holly recordó la limpieza de memoria.

—Tienes razón —convino—. No lo haré.

En la zona de pasajeros del jet Lear, Mantillo estaba reviviendo sus días de gloria.

—Eh, Artemis —decía con la boca llena de caviar—, ¿recuerdas cuando estuve a punto de volarle la cabeza a Mayordomo con una explosión de gas?

Artemis no sonreía.

—Lo recuerdo, Mantillo. Fuiste el que tuvo que fastidiarlo todo.

—A decir verdad, fue un accidente. Estaba nervioso. Ni siquiera me di cuenta de que el grandullón estaba allí.

—Eso me hace sentir mucho mejor. Todo echado por tierra por un problema intestinal.

—¿Y recuerdas aquella vez que te salvé el pescuezo en los Laboratorios Koboi? Si no hubiera sido por mí, ahora mismo estarías encerrado en el Peñón del Mono. ¿Es que no puedes hacer nada sin mí?

Artemis dio un sorbo al agua mineral de una copa de cristal.

—Parece ser que no, aunque no pierdo la esperanza.

Holly se abrió paso por el pasillo hacia su asiento.

—Será mejor que te equipemos, Artemis. Aterrizamos en treinta minutos.

—Buena idea.

Holly vació el contenido de la mochila sobre la mesa central.

—Está bien, ¿qué es lo que necesitamos ahora? El micro de cuello y la iriscam.

La capitana de la PES cogió lo que parecía un vendaje adhesivo y circular de la pila. Despegó la capa adhesiva y lo pegó al cuello de Artemis. De inmediato tomó el color de su piel.

—Látex memoriado —explicó Holly—. Es casi invisible. Tal vez lo notaría una hormiga que te subiera por el cuello, pero aparte de eso... El material está hecho a prueba de rayos X, así que el micro no se puede detectar. Recogerá todo lo que se diga en un radio de diez metros y yo lo grabaré en el chip de mi casco. Por desgracia, no podemos arriesgarnos a utilizar un auricular, es demasiado visible. Así que te podremos oír, pero tú no podrás oírnos a nosotros.

Artemis tragó saliva y sintió el micro moverse con su nuez.

—¿Y la cámara?

—A eso vamos. —Holly sacó una lentilla de un frasco con líquido—. Este chisme es una maravilla. Esto es alta resolución, calidad digital, grabación de imagen con varios filtros optativos, incluidos el de aumento y el térmico.

Mantillo dejó seco un hueso de pollo.

—Estás empezando a parecerte a Potrillo.

Artemis examinó la lentilla.

—Puede que sea una maravilla de chisme, pero es de color avellana.

—Claro que es de color avellana. Mis ojos son de color avellana.

–Me alegra oírlo, Holly, pero los míos son azules, como sabes muy bien. Esta iriscam no nos sirve.

–No me mires así, Fangoso. Tú eres el genio.

–No puedo entrar ahí con un ojo marrón y otro azul. Spiro se dará cuenta.

–Bueno, deberías haber pensado en eso mientras meditabas. Ahora ya es un poco tarde.

Artemis se pinzó el puente de la nariz.

–Tienes razón, claro. Aquí el cerebro soy yo. Pensar es mi tarea, no la tuya.

Holly lo miró de reojo con suspicacia.

–¿Eso ha sido un insulto, Fangoso?

Mantillo escupió el hueso de pollo en una papelera.

–Tengo que decirte, Arty, que un contratiempo a estas alturas no es que me inspire confianza precisamente. Espero que seas tan listo como no dejas de decirle a todo el mundo que eres.

–En realidad nunca le he dicho a nadie hasta qué punto soy listo. Se asustarían demasiado. Muy bien, tendremos que arriesgarnos con la iriscam marrón. Con un poco de suerte, Spiro no se dará cuenta. Y si lo hace, ya me inventaré alguna excusa.

Holly se colocó la cámara en la punta del dedo y la deslizó bajo el párpado de Artemis.

–Tú decides, Artemis –dijo–. Lo único que espero es que no encuentres en Jon Spiro la horma de tu zapato.

23.00 HORAS. AEROPUERTO O'HARE, CHICAGO

Spiro les esperaba en el hangar privado de O'Hare. Llevaba un abrigo con cuello de piel sobre su traje blanco marca de la casa. Unas lámparas halógenas inundaban de luz la pista y la corriente de aire de las aspas del helicóptero le agitaban los faldones del abrigo. Todo era muy cinematográfico.

Lo único que falta es música de fondo, pensó Artemis mientras descendía los escalones automáticos.

Siguiendo instrucciones, Mantillo se había metido en el papel de gángster.

—Muévete, chaval —le ladró con bastante convicción—. No queremos hacer esperar al señor Spiro.

Artemis estaba a punto de responder cuando recordó que su papel consistía en el del «crío aterrorizado». No iba a ser fácil. La humildad no era uno de los fuertes de Artemis Fowl.

—¡He dicho que te muevas! —repitió el enano, enfatizando la orden con un empujón contundente.

Artemis bajó a trompicones los últimos escalones y casi se chocó con un sonriente Brutus Blunt. Aunque aquello no era una sonrisa normal y corriente. La dentadura de Blunt había sido sustituida por unos dientes de porcelana hechos a medida a los que les habían afilado los bordes para que acabasen en punta. Cualquiera hubiera dicho que el guardaespaldas era un híbrido entre un humano y un tiburón.

Blunt percibió la mirada de Artemis.

—¿Te gustan? Tengo más dentaduras. Una es de dientes romos. Para triturar lo que sea.

Una sonrisa cínica comenzó a formarse en los labios de

Artemis antes de que recordara su papel, por lo que sustituyó la sorna por un despliegue de labios temblorosos. Estaba basando su actuación en el efecto habitual que Mayordomo causaba en la gente.

Spiro no parecía impresionado.

–Buena actuación, hijo. Pero, perdóname si me atrevo a dudar de que el gran Artemis Fowl se haya derrumbado con tanta facilidad. Brutus, registra el avión.

Blunt asintió con un breve gesto de cabeza y subió al jet privado. Juliet lucía un uniforme de ayudante de vuelo y estaba estirando las fundas de los reposacabezas. A pesar de su agilidad atlética, tenía ciertos problemas para mantener el equilibrio sobre aquellos zapatos de tacón.

–¿Dónde está el piloto, eh? –gruñó Brutus Blunt, haciendo honor a su nombre.

–El señor Artemis pilota él mismo el avión –respondió Juliet–. Lleva volando desde los once años.

–No me digas. ¿Y eso es legal?

Juliet adoptó su expresión más inocente.

–No sé si es legal o no, señor. Yo solo sirvo las bebidas.

Blunt gruñó, tan encantador como siempre, y le echó un rápido vistazo al interior del avión. Al final decidió creer la palabra de la ayudante de vuelo. Para suerte para él, porque si hubiera decidido discutir, podrían haber sucedido dos cosas: primero, que Juliet le hubiera dado una paliza con el aro de jade. Y segundo, que Holly, quien estaba tumbada en un compartimiento, lo hubiera dejado inconsciente con su Neutrino 2000. Por descontado, Holly podría haberse limitado a encantar al guardaespaldas, pero después de lo que le había

hecho a Mayordomo, dejarlo inconsciente le parecía más apropiado.

Blunt asomó la cabeza por la escotilla.

—Aquí no hay nadie excepto una azafata algo boba.

Spiro no se sorprendió.

—Me lo suponía y, sin embargo, están por aquí. Lo creas o no, Digence, Artemis Fowl no se dejó embaucar por un memo como tú. Está aquí porque es donde quiere estar.

Artemis no se sorprendió de su deducción. Era natural que Spiro sospechara.

—No sé qué quiere decir —dijo—. Estoy aquí porque este odioso enano me amenazó con machacarme el cráneo entre sus dientes. ¿Por qué otro motivo me prestaría a venir? El Cubo B a usted no le sirve de nada y yo podría construir otro sin problemas.

Spiro ni siquiera le estaba escuchando.

—Sí, sí, lo que tú digas, chaval. Pero déjame decirte algo: has tratado de abarcar más de lo que podías cuando decidiste venir. La Spiro Needle cuenta con el mejor sistema de seguridad del mundo, tenemos dispositivos que ni siquiera el ejército conoce. Una vez que esas puertas se cierren a tus espaldas, estarás solo. Nadie va a venir a salvarte. Nadie. ¿Comprendido?

Artemis asintió. Comprendió lo que Spiro estaba diciéndole, lo que no quería decir que estuviera de acuerdo. Jon Spiro podía contar con dispositivos que ni siquiera el ejército conociera, pero Artemis Fowl tenía dispositivos que los humanos no habían visto en la vida.

Un helicóptero Sikorsky para ejecutivos los llevó al centro de la ciudad, a la Spiro Needle. Aterrizaron en un helipuerto en el tejado del rascacielos. Artemis estaba familiarizado con los controles del helicóptero y comprendió la dificultad que entrañaba el aterrizaje en medio del vendaval de la ciudad del viento.

—La velocidad del viento puede ser traicionera a esta altitud —comentó en tono despreocupado. Holly podía registrar la información en el chip de su casco.

—Y que lo digas —le gritó el piloto por encima del rugido de los motores—. En lo alto del Needle puede llegar a soplar a cien kilómetros por hora. El helipuerto puede oscilar hasta diez metros en condiciones adversas.

Spiro gruñó y le hizo a Blunt una seña. Brutus se adelantó y le dio un porrazo al casco del piloto.

—¡Cierra la boca, imbécil! —le espetó Spiro—. Ya puestos, ¿por qué no le das los planos del edificio? —Se volvió hacia Artemis—. Por si acaso te lo preguntas, Arty, no existe plano alguno por ahí rodando. Nadie que vaya a investigar al ayuntamiento va a encontrar esa carpeta porque ha desaparecido misteriosamente. Yo tengo el único plano que existe, así que no te molestes en hacer que uno de tus socios haga una búsqueda en internet.

No fue una sorpresa. Artemis ya había llevado a cabo varias búsquedas por su cuenta, aunque no esperaba que Spiro fuera tan descuidado.

Bajaron del Sikorsky. Artemis apuntó con cuidado la iriscam hacia cualquier indicio de sistema de seguridad por si podía ser útil más adelante. Mayordomo le había repetido en muchas ocasiones que incluso el detalle más insignificante,

como el número de escalones en un tramo, podía ser vital cuando se planeaba una operación.

Un ascensor los llevó desde el helipuerto hasta una puerta con un código de seguridad. Habían colocado cámaras en lugares estratégicos que cubrían todo el tejado. Spiro se adelantó hasta el teclado numérico. Artemis sintió una brusca punzada en el ojo y, de súbito, la iriscam cuadruplicó su visión. A pesar de la distancia y la penumbra pudo distinguir con claridad el código de entrada.

—Espero que lo hayas grabado —murmuró sintiendo la vibración del micro en el cuello.

Brutus Blunt dobló las rodillas de modo que sus insólitos dientes quedaron a un centímetro de la nariz de Artemis.

—¿Estás hablando con alguien?

—¿Yo? —dijo Artemis—. ¿Con quién podría estar hablando? Estamos a ochenta pisos de altura, por si no te habías dado cuenta.

Blunt cogió al adolescente por las solapas y lo levantó de la pista.

—Tal vez lleves un micro. Tal vez haya alguien escuchándonos ahora mismo.

—¿Cómo voy a llevar un micro, pedazo de zoquete? Tu hombre duro de miniatura no me ha quitado el ojo de encima durante todo el viaje. Incluso me ha acompañado al baño.

Spiro se aclaró la garganta audiblemente.

—Oye tú, señor No Puedo Tener La Boca Cerrada, si este chaval acaba cayendo edificio abajo, ya puedes tirarte tú tras él porque, en estos momentos, vale más que un ejército de guardaespaldas.

Blunt dejó a Artemis en el suelo.

—No vas a ser valioso siempre, Fowl —le susurró en un tono que no auguraba nada bueno—. Y cuando tu valor caiga, estaré esperándote.

Tomaron un ascensor revestido de espejos hasta la planta ochenta y cinco, donde les esperaba el doctor Pearson junto con otros dos gorilas demasiado musculosos. Artemis adivinó por su mirada que aquellos dos no eran exactamente neurocirujanos. De hecho, eran lo más parecido a un par de rottweilers tratando de mantenerse en equilibrio sobre dos patas. Probablemente era práctico tenerlos cerca cuando había que destrozar cosas y no hacer preguntas.

Spiro llamó a uno de ellos.

—Pex, ¿sabes lo que cobran los Antonelli si te cargas a uno de sus hombres?

Pex tuvo que pensarlo un momento. Sus labios se movieron mientras pensaba.

—Sí, espere, lo tengo. Veinte de los grandes por un hombre de metal y quince por un mono.

—Eso si está muerto, ¿verdad?

—Muerto o incapaci... incatacip... estropeado.

—Bien —dijo Spiro—. Quiero que Chips y tú vayáis a ver a Carla Frazetti y le digáis que le debo treinta y cinco de los grandes por el equipo. Le haré una transferencia a la cuenta de las Caimán por la mañana.

Mantillo se mostró comprensiblemente interesado, aunque en lo más mínimo preocupado.

—¿Perdón? ¿Treinta y cinco de los grandes? Pero si todavía estoy vivo. Solo le debe veinte de los grandes por Mocasines, a no ser que los quince mil de más sean mi recompensa.

Spiro suspiró con pesar casi convincente.

—Así son las cosas, Mo —dijo, dándole una palmada en el hombro—. Este negocio es de los grandes. Colosal. Estamos hablando de mucho dinero. No puedo permitirme ningún cabo suelto. Tal vez sepas algo, tal vez no, pero no voy a arriesgarme a que puedas darle un chivatazo a Phonetix o a cualquier otro de mis competidores. Estoy seguro de que lo entiendes.

Mantillo separó los labios dejando a la vista una hilera de dientes como losas.

—Lo entiendo muy bien, Spiro. Eres una víbora. ¿Sabes? El chaval me ofreció dos millones de dólares si lo dejaba libre.

—Tendrías que haber aceptado la guita —intervino Brutus Blunt, empujando a Mantillo hacia los gigantescos brazos de Pex.

El enano siguió hablando, aun cuando lo arrastraban pasillo adelante.

—Será mejor que me entierres muy hondo, Spiro. Será mejor que me entierres muy, pero que muy hondo.

Los párpados de Spiro se entornaron hasta que solo quedó una rendija.

—Ya habéis oído al tipo, muchachos. Antes de ir a visitar a Frazetti, enterradlo bien hondo.

El doctor Pearson encabezó el grupo a través de la habitación abovedada. Tuvieron que atravesar una pequeña antecámara antes de entrar en la zona de alta seguridad.

–Por favor, suba a la plataforma del escáner –le indicó Pearson–. Los micros ocultos no son bienvenidos. Especialmente los de tipo electrónico.

Artemis se subió a la colchoneta, que se hundió como si fuera esponja debajo de sus pies y salpicó algunos chorros de espuma sobre sus zapatos.

–Espuma desinfectante –explicó Pearson–. Elimina cualquier virus que haya podido pisar. En estos momentos estamos llevando a cabo algunos bioexperimentos en la cámara muy susceptibles a las enfermedades. La espuma tiene la ventaja añadida de que crea un cortocircuito en cualquier dispositivo que pueda llevar en los zapatos.

Sobre su cabeza, un escáner derramó una luz dorada sobre el contorno de Artemis.

–Uno de mis inventos –continuó Pearson–: un escáner combinado. Le he incorporado haces térmicos, rayos X y un detector de metales. El haz básicamente descompone tu cuerpo en sus elementos y los muestra en esta pantalla de aquí.

Artemis vio cómo se iba dibujando una réplica de él mismo en tres dimensiones en la pequeña pantalla de plasma. Contuvo la respiración y rezó por que el equipo de Potrillo fuera tan sofisticado como el centauro creía que era.

En la pantalla, una luz roja comenzó a parpadear a la altura del bolsillo de la chaqueta de Artemis.

–Ajá –exclamó el doctor Pearson, arrancándole un bo-

tón—. ¿Qué tenemos aquí? —Partió el botón y dejó a la vista un chip, un micro y una fuente de energía diminutos.

—Muy inteligente. Un micro. Nuestro joven amigo estaba tratando de espiarnos, señor Spiro.

Jon Spiro no estaba enojado. De hecho, estaba encantado de tener la oportunidad de regodearse.

—Ya ves, chaval. Puede que seas algún tipo de genio, pero la vigilancia y el espionaje son lo mío. No se me escapa nada. Y cuanto antes lo aceptes, antes podremos acabar con esto.

Artemis bajó de la colchoneta. El señuelo había funcionado y el micro real no había activado ninguna de las alarmas del sistema. Pearson era ingenioso, pero Potrillo lo era incluso más.

Artemis le echó una buena ojeada a todo antes de pasar a la antecámara. La cosa todavía no había acabado. Cada centímetro cuadrado de la superficie metálica contenía un mecanismo de vigilancia o de seguridad. Por lo que Artemis vio, una hormiga invisible tendría problemas para deslizarse allí dentro. Y no digamos ya dos humanos, una elfa y un enano, siempre que el enano sobreviviera a Pex y Chips.

Ya solo la puerta de la cámara acorazada era apabullante. La mayoría de empresas cuentan con cámaras acorazadas imponentes, todas ellas de cromo y con teclados numéricos por todas partes, aunque solo eran para impresionar a los accionistas. En la cámara acorazada de Spiro no sobraba ni una clavija. Artemis se fijó en la cerradura controlada por ordenador, de lo último que había en el mercado, y en las puertas dobles de titanio. Spiro introdujo una nueva y complicada serie de números y las puertas de un metro de grosor se desli-

zaron hacia atrás para dejar a la vista una nueva barrera. La puerta secundaria.

—Imagina que eres un ladrón —dijo Spiro, haciendo de actor presentando una obra— y que, de algún modo, has conseguido entrar en el edificio, salvar las células fotoeléctricas y los cerrojos. Luego imagina que, de algún modo, sorteas los láseres, el sensor de la colchoneta y el código de la puerta, y que abres la primera puerta de la cámara acorazada... Una hazaña imposible, por cierto. Y mientras imaginamos todo eso, finjamos que inutilizas la media docena de cámaras e, incluso entonces, después de todo eso, ¿serías capaz de hacer esto?

Spiro se subió a un pequeño plato rojo que había en el suelo, delante de la puerta. Colocó un pulgar en la almohadilla de un escáner de gel, mantuvo el ojo izquierdo bien abierto y pronunció con claridad:

—Jon Spiro. Soy el jefe, así que ábrete y rapidito.

Ocurrieron cuatro cosas. Un escáner de retina grabó su ojo derecho y envió la imagen al ordenador. Una lámina escaneó su pulgar derecho y un analizador de voz escrutinó el acento, el timbre y la entonación de su voz. Una vez que el ordenador hubo verificado toda aquella información, las alarmas se desactivaron y la puerta secundaria se deslizó para revelar una amplia cámara acorazada.

Justo en el centro, sobre una columna de acero hecha a medida, descansaba el Cubo B. Estaba encerrado en un estuche de plexiglás y un mínimo de seis cámaras lo enfocaban desde varios ángulos. Dos guardianes corpulentos lo custodiaban espalda contra espalda formando una barrera humana frente a la tecnología mágica.

Spiro no pudo reprimir una pulla.

—A diferencia de ti —dijo—, yo cuido de mi tecnología. Esta es la única cámara acorazada de estas características que existe en el mundo.

—Guardianes humanos en una habitación hermética. Interesante.

—Estos tipos se han entrenado a gran altura. Además, cambiamos la guardia cada hora y todos llevan bombonas de oxígeno para ir tirando. ¿Qué creías? ¿Que iba a poner rejillas de ventilación en una cámara acorazada?

Artemis frunció el ceño.

—No hace falta que se pavonee, Spiro. Estoy aquí, usted gana. ¿Podemos acabar con esto de una vez?

Spiro introdujo una secuencia final de números en el teclado de la columna y los paneles de plexiglás se retiraron. Cogió el Cubo de su asiento de espuma.

—Un poco exagerado, ¿no cree? —comentó Artemis—. Todo esto no hace falta.

—Nunca se sabe. Algún hombre de negocios sin escrúpulos podría sentir la tentación de privarme de mi tesoro.

Artemis se arriesgó con un poco de sarcasmo calculado.

—No me diga, Spiro. ¿Creía que trataría de irrumpir aquí dentro? ¿Acaso pensaba que iba a entrar volando con mis amigos mágicos y a hacer desaparecer su caja por arte de magia?

Spiro rió.

—Puedes traerte a todos los amigos mágicos que desees, Arty. Hace falta poco más que un milagro para que este Cubo salga de aquí.

Juliet era estadounidense de nacimiento, aunque su hermano había nacido en la otra punta del mundo. Estaba encantada de estar de vuelta en su país natal. La disonancia del tráfico de Chicago y el coro constante de voces multiculturales la hacían sentirse en casa. Adoraba los rascacielos, las columnas de humo y el sarcasmo fingido de los vendedores ambulantes. Si alguna vez tenía la oportunidad de sentar cabeza, sería en Estados Unidos, aunque en la costa Oeste, en algún lugar donde hiciera sol.

Juliet y Holly estaban dando vueltas alrededor de la Spiro Needle en una furgoneta de vidrios tintados. Holly se sentaba detrás y estudiaba las imágenes en directo que retransmitía el iriscam de Artemis en el visor de su casco.

En un momento dado, alzó un puño en el aire con expresión triunfante. Juliet se detuvo en el semáforo en rojo.

—¿Cómo vamos?

—Nada mal —contestó la elfa alzando el visor—. Se están llevando a Mantillo para enterrarlo.

—Genial. Justo lo que Artemis vaticinó que pasaría —sentenció Holly.

—Y Spiro acaba de invitar a los amigos mágicos de Artemis a que entren en el edificio.

Aquel era un punto crucial. El Libro prohibía a las Criaturas Mágicas entrar en los edificios humanos sin una invitación. En aquellos momentos, Holly era libre de presentarse allí dentro y causar los estragos que quisiera y no violaría la doctrina mágica.

—Excelente —dijo Juliet—. Estamos dentro. Tengo que darle un escarmiento al tipo que disparó a mi hermano.

—No tan rápido. Este edificio cuenta con el sistema de seguridad Fangoso más sofisticado que he visto hasta ahora. Spiro ha colocado algunas trampas con las que no me había topado antes.

Juliet por fin encontró un lugar frente a las puertas giratorias principales de la Needle.

—No supone ningún problema para el tipo caballuno, ¿no?

—No, pero se supone que Potrillo no puede ayudarnos.

Juliet enfocó unos binoculares hacia la puerta.

—Ya lo sé, pero todo depende de cómo lo pidas. Un tipo inteligente como Potrillo... Lo que necesita es un reto.

Tres figuras salieron de la Needle: dos hombretones trajeados y un individuo más bajo y aparentemente nervioso. Los pies de Mantillo iban pisando el aire tan rápido que parecía estar bailando una giga irlandesa. No parecía que tuviera ninguna oportunidad de escapar; Pex y Chips lo sujetaban con tanta fuerza que parecían dos tejones peleándose por un hueso.

—Ahí sale Mantillo. Será mejor que lo sigamos, solo por si acaso.

Holly se colocó el arnés mecánico y extendió las alas al apretar un botón.

—Los seguiré por el aire. No le quites la vista de encima a Artemis.

Juliet puso en funcionamiento el vídeo de uno de los ordenadores portátiles de los cascos adicionales. La perspectiva de Artemis cobró vida en la pantalla.

—¿De verdad crees que Mantillo necesita ayuda? —preguntó.

Holly zumbó en la invisibilidad.

—¿Ayuda? Solo voy a seguirle para asegurarme de que esos dos Fangosos no salen malparados.

Dentro de la cámara acorazada, Spiro había dejado de interpretar el papel de anfitrión cortés.

—Déjame contarte una pequeña historia, Arty —dijo mientras acariciaba con ternura el Cubo B—. Había un niño irlandés que se creía preparado para el estrellato y por eso se metió en líos con un hombre de negocios muy serio.

No me llames Arty, pensó Artemis. Mi padre me llama Arty.

—A aquel hombre de negocios no le gustaba que se metieran con él, de modo que le devolvió la pelota y el crío acabó regresando al mundo real pataleando y lloriqueando. De modo que ahora el crío tiene que hacer una elección: o bien le dice al hombre de negocios lo que este necesita saber, o bien se pone a sí mismo y a su familia en peligro de muerte. Bien, Arty, ¿qué va a ser?

Spiro estaba cometiendo un gravísimo error al jugar con Artemis Fowl. Para los adultos resultaba difícil creer que aquel chico pálido de trece años pudiera suponer una amenaza real. Artemis había tratado de aprovechar aquella ventaja vistiendo ropas deportivas en vez de su habitual traje de diseño. También había estado practicando una mirada inocentona en el jet; sin embargo, no era recomendable abrir los ojos de par en par cuando un iris no casaba con el otro.

Blunt le dio un empellón a Artemis en medio de los omo-
platos.

–El señor Spiro te ha hecho una pregunta. –Sus dientes
nuevos se entrechocaban cuando hablaba.

–Estoy aquí, ¿no? –contestó Artemis–. Haré lo que quiera.

Spiro colocó el Cubo en una larga mesa de metal que recorría el centro de la cámara acorazada.

–Lo que quiero es que anules el Código de la Eternidad y
que el Cubo empiece a funcionar de inmediato.

Artemis deseó poder hacer que su cuerpo se pusiera a sudar en aquel mismo instante de modo que su angustia pareciera más auténtica.

–¿Ahora mismo? No es tan fácil.

Spiro cogió a Artemis por los hombros y lo miró fijamente a los ojos.

–¿Y por qué no iba a ser tan fácil? Introduce de una vez el
código y dejémonos ya de tonterías.

Artemis desvió sus ojos desiguales y clavó la mirada en el
suelo.

–No se trata de un sencillo código alfabético. Un Código
de la Eternidad es irreversible. Tengo que reconstruir un lenguaje por completo y eso podría llevarme días.

–¿Es que no guardas anotaciones?

–Sí, en disco. En Irlanda. Tu mono no me dejó traerme
nada por si acaso se trataba de una bomba trampa.

–¿Podríamos acceder a tu ordenador *on line*?

–Sí, pero solo conservo las anotaciones en disco. Podríamos volver a Irlanda. Dieciocho horas, ida y vuelta.

Spiro ni siquiera consideraría aquella opción.

–Olvídalo. Mientras te tenga a ti, tengo el control. ¿Quién sabe qué tipo de recepción me espera en Irlanda? Lo haremos desde aquí, tardes lo que tardes.

Artemis suspiró.

–Muy bien.

Spiro devolvió el Cubo a su estuche de plexiglás.

–Descansa bien esta noche, muchacho, porque mañana vas a pelar ese cacharro como si fuera una cebolla. Y si no lo haces, lo que está a punto de ocurrirle a Mo Digence, te ocurrirá a ti.

Artemis no se sintió excesivamente preocupado por aquella amenaza. No creía que Mantillo pudiera encontrarse en peligro. En realidad, si alguien tenía problemas, aquellos eran los musculitos Pex y Chips.

CAPÍTULO IX: FANTASMAS EN LA MÁQUINA

UN SOLAR, POLÍGONO INDUSTRIAL DE MALTHOUSE, SUR DE CHICAGO

 JON Spiro no había contratado a Pex y a Chips por su capacidad disquisitiva. En la entrevista de trabajo, solo habían llevado a cabo una de las pruebas. Se repartió una nuez a un centenar de solicitantes y se les pidió que la machacaran como pudieran. Solo dos lo consiguieron. Pex le había gritado a la nuez durante varios minutos y luego la había estrujado entre sus manos gigantescas. Chips optó por un método algo más controvertido: colocó la nuez sobre la mesa, agarró al entrevistador por la coleta y utilizó la frente del hombre para aplastar el fruto seco. Ambos fueron contratados de inmediato. Rápidamente se establecieron como los segundos de mayor confianza de Brutus Blunt para los trabajitos internos. No se les permitía salir de Chicago puesto que aquello supondría saber leer un mapa (algo en lo que Pex y Chips no eran muy buenos).

En aquellos momentos, Pex y Chips estaban intimando bajo la luna llena mientras Mantillo cavaba un hoyo del tamaño de un enano en la tierra seca, detrás de una fábrica de cemento abandonada.

—¿Te gustaría saber por qué me llaman Pex? —preguntó Pex, sacando pecho para darle una pista.

Chips abrió una bolsa de patatas chips que siempre estaba comiendo.

—Ni idea. ¿Quizá el diminutivo de algo?

—¿Como qué?

—Ni idea —dijo Chips. Utilizaba aquella muletilla a todas horas—. ¿De Francis?

Aquello sonó ridículo, incluso para Pex.

—¿Francis? ¿Cómo va a ser Pex un diminutivo de Francis?

Chips se encogió de hombros.

—Eh, a mi tío Robert todo el mundo lo llamaba Bobby y eso tampoco tiene sentido.

Pex entornó los ojos.

—Viene de pec-to-ra-les, idiota. Pex es el diminutivo de pectorales por los músculos del pecho.

En el hoyo, Mantillo gruñó. Escuchar aquella cháchara sin sentido era casi peor que tener que cavar un hoyo con una pala. Mantillo se vio tentado a desviarse del plan y lanzarse suelo adentro. No obstante, Artemis no quería que todavía mostrara sus poderes mágicos. Si desaparecía y aquellos gansos escapaban sin que les encantasen, entonces la paranoia de Spiro se acentuaría.

En la superficie, Chips estaba impaciente por seguir con el juego de adivinanzas.

—Adivina por qué me llaman Chips —dijo, escondiendo la bolsa de patatas chips detrás de la espalda.

Pex se frotó la frente. Aquella la sabía.

—No me lo digas —dijo—. Puedo adivinarlo.

Mantillo asomó la cabeza por el hoyo.

—Porque comes patatas chips, idiota. Chips come chips. Vosotros dos sois los Fangosos más obtusos que he conocido en la vida. ¿Por qué no me matáis de una vez? Al menos así no tendré que oír vuestras sandeces.

Pex y Chips se quedaron desconcertados. A causa del esfuerzo mental, casi se habían olvidado del hombre bajito del hoyo. Además, no estaban acostumbrados a que las víctimas dijeran algo que no fuera: «Oh, no, por favor, por Dios, no».

Pex se inclinó hacia la tumba.

—¿Qué quieres decir con «sandeces»?

—Me refiero a todo eso de Chips y Pex.

Pex sacudió la cabeza.

—No, me refiero a qué significa la palabra «sandeces». Nunca la había oído.

A Mantillo le encantó tener que explicárselo.

—Quiere decir necedades, majaderías, paparruchas, pamplinas, chorradas. ¿Ahora está claro?

Chips reconoció la última.

—¿Chorradas? ¡Eh, eso es un insulto! ¿Nos estás insultando, pequeñajo?

Mantillo apretó las manos a modo de súplica fingida.

—Al fin, un gran avance.

Los musculitos no sabían cómo reaccionar ante los insultos; solo había dos personas vivas que los insultaran con regularidad: Brutus Blunt y Jon Spiro. Pero aquello formaba parte del trabajo y conseguían ignorarlos subiendo el volumen de la música de la cabeza.

—¿Tenemos que escuchar al listillo este? —preguntó Pex a su socio.

—No creo. Tal vez deberíamos llamar al señor Blunt.

Mantillo gruñó. Si la estupidez fuera un delito, aquellos dos serían enemigos públicos número uno y dos.

—Lo que deberíais hacer es matarme. Esa era la idea, ¿no? Deshacerse de mí y acabar con la historia.

—¿Tú qué crees, Chips? ¿Deberíamos acabar con él?

Chips masticó un puñado de Ruffles con sabor a barbacoa.

—Sí, claro. Las órdenes son las órdenes.

—Pero yo no me limitaría a matarme —les interrumpió Mantillo.

—¿Ah, no?

—Claro que no. ¿Después del modo en el que he insultado vuestra inteligencia? No, me merezco algo especial.

Era fácil adivinar el humo que a Pex le salía por las orejas al tiempo que su cerebro se recalentaba.

—Correcto, pequeñajo. Te vamos a hacer algo especial. ¡No permitimos que nadie no nos insulte!

Mantillo no se molestó en hacerles ver la incorrección de la doble negación.

—Exacto. Soy un bocazas y me merezco lo que me ocurra.

A aquello le siguió un breve silencio que Pex y Chips aprovecharon para tratar de idear algo peor que los disparos de rigor. Mantillo les concedió un minuto y luego les hizo una educada sugerencia:

—Si fuera yo, me enterraría vivo.

Chips se escandalizó.

—¿Enterrarte vivo? ¡Eso es horrible! Te pondrías a chillar y a escarbar en la tierra. Tendría pesadillas.

—Prometo quedarme quieto. De todos modos, me lo merezco. Os he llamado par de cromañones cachas descerebrados.

—¿Ah sí?

—Bueno, ahora sí.

Pex era el más impulsivo de los dos.

—Está bien, señor Digence. ¿Sabe qué vamos a hacer? Vamos a enterrarle vivo.

Mantillo se llevó las manos a las mejillas.

—¡Oh, qué espanto!

—Tú te lo has buscado, tío.

—Lo he hecho, ¿verdad?

Pex cogió una pala sobrante del maletero.

—Nadie me llama sabañón con gachas descentrado.

Mantillo se tumbó obedientemente en su tumba.

—No, apuesto a que nadie te lo llama.

Pex cavó con furia mientras los músculos esculpidos en el gimnasio le estiraban la chaqueta. En pocos minutos, la figura de Mantillo quedó cubierta de tierra por completo.

Chips seguía sintiendo ciertos remilgos.

—Eso ha sido horrible. Horrible. Ese pobre enano.

Pex no se arrepentía.

—Sí, ya, lo estaba pidiendo llamándonos... todo eso.

—Pero ¿¡enterrarlo vivo...!? Es como en esa peli de miedo. Ya sabes, esa que da tanto miedo.

—Creo que la he visto. ¿Esa en la que salen tantas letras al final?

—Sí, esa es. Para serte sincero, esas letras sobraban para mi gusto.

Pex pateó la tierra removida.

—No te preocupes, colega. En esta peli no hay diálogo.

Regresaron al Chevrolet. Chips seguía un poco preocupado.

—¿Sabes? Cuando es de verdad es más real que en una peli.

Pex hizo caso omiso de una señal de prohibido el paso y se incorporó a la autopista.

—Es por el olor. En una peli no hueles nada.

Chips se sorbió los mocos emocionado.

—Seguro que Digence no está cómodo allí dentro.

—No me sorprendería.

—Porque lo vi llorar. Sus hombros se agitaban como si se estuviera riendo, pero tenía que estar llorando. Quiero decir, ¿qué tipo de risa tonta podría entrarte cuando te están enterrando vivo?

—Tenía que estar llorando.

Chips abrió una bolsa de cortezas.

—Sí. Tenía que estar llorando.

Mantillo estaba riéndose tanto que por poco se asfixia con el primer bocado de tierra. ¡Qué par de payasos! Aunque, por suerte para él eran un par de payasos; si no, podrían haber escogido su propio método de ejecución.

Con las mandíbulas desencajadas, Mantillo abrió un túnel

de cinco metros hacia abajo y luego viró al norte, hasta unos almacenes abandonados, donde ponerse a cubierto. Los pelillos de la barba enviaron señales de sonar en todas direcciones. Toda precaución era poca en una zona en obras. Siempre había obstáculos y los Fangosos tenían la costumbre de enterrar cosas en lugares insospechados. Tubos, fosas sépticas y barriles de residuos industriales era con lo único que en su día se había topado al dar un bocado involuntario. Y no existe nada peor que encontrarse con algo inesperado en tu boca, especialmente si se retuerce.

Sentaba bien volver a cavar túneles; los enanos habían nacido para aquello. La tierra tenía la textura adecuada entre sus dedos y pronto se adaptó a su ritmo habitual descartando la porquería entre sus dientes chirriantes, respirando a través de las rendijas de la nariz y expulsando el material de desecho por el otro extremo.

Los pelos antena de Mantillo le informaron de que no había vibraciones en la superficie, de modo que se apresuró a abrirse camino hacia arriba utilizando los últimos vestigios de gas enano para darse impulso.

Holly lo captó a un metro bajo tierra.

—Qué agradable... —dijo.

—¿Qué puedo decir? —se disculpó Mantillo—. Soy una fuerza de la naturaleza. ¿Estuviste presente todo el rato?

—Sí, por si acaso las cosas se desmandaban. Mira que te gusta hacer el numerito.

Mantillo se cepilló la tierra de la ropa.

—Un par de ráfagas de Neutrino me podrían haber ahorrado un rato de excavar.

Holly esbozó una sonrisa que parecía una imitación espeluznante de la de Artemis.

–Eso no entraba en el plan. Y debemos ceñirnos al plan, ¿no?

Envolvió al enano en una tela de camuflaje y lo enganchó a su Lunocinturón.

–Y ahora tranquilita, ¿eh? –dijo Mantillo con preocupación–. Los enanos somos criaturas terrenales y no nos gusta volar, ni siquiera dar saltos demasiado altos.

Holly aceleró el aleteo y se dirigió hacia el centro de la ciudad.

–Seré tan considerada con tus sentimientos como tú lo eres con la PES.

Mantillo palideció. Qué extraño era que aquella elfa diminuta fuera mucho más terrorífica que dos matones de dos metros.

–Holly, si alguna vez he hecho algo que te ofendiera, sin ningún tipo de reservas...

No acabó la frase porque la aceleración repentina devolvió sus palabras garganta abajo.

Spiro Needle

Brutus Blunt acompañó a Artemis a su celda. Era bastante cómoda, con su baño y con su sistema de avituallamiento. Faltaban un par de cosas: ventanas y un picaporte en la puerta.

Blunt le dio unos golpecitos en la cabeza a Artemis.

–No sé qué ocurrió en ese restaurante de Londres, pero si

intentas algo parecido aquí, te sacaré los intestinos y me los comeré. —Hizo rechinar los dientes para dar más fuerza a su amenaza y se inclinó hacia él, susurrándole en la oreja. Artemis oyó entrechocar los dientes en cada sílaba—. No me importa lo que diga el jefe, no vas a ser útil para siempre de modo que, si fuera tú, sería amable conmigo.

—Si fueras yo —respondió Artemis—, entonces yo sería tú, y si yo fuera tú, entonces me escondería en algún lugar muy lejos de aquí.

—¡No me digas...! ¿Y por qué harías eso?

Artemis no respondió de inmediato para que sus palabras causaran mayor efecto.

—Porque Mayordomo viene a por ti. Y está muy enfadado.

Blunt retrocedió unos pasos.

—Imposible, chaval. Vi cómo caía. Vi la sangre.

Artemis sonrió de oreja a oreja.

—No he dicho que esté vivo. Solo he dicho que viene a por ti.

—Estás intentando confundirme. El señor Spiro ya me lo advirtió.

Blunt se dirigió hacia la puerta sin quitarle el ojo de encima a Artemis.

—No te preocupes, Blunt. No lo llevo en el bolsillo. Te quedan horas, tal vez días, antes de que te llegue la hora.

Brutus Blunt cerró la puerta de un portazo, tan fuerte que el marco se estremeció. La sonrisa de Artemis se ensanchó. No hay mal que por bien no venga.

Artemis se metió en la ducha y dejó que el chorro de agua caliente se estrellara contra su frente. A decir verdad, estaba un poco preocupado. Una cosa era concebir un plan en la casa de uno y otra muy distinta ejecutarlo cuando se estaba atrapado en la guarida del león. Y aunque nunca lo admitiría, su confianza se había resentido en los últimos días. Spiro había sido más listo que él en Londres y sin esfuerzo aparente. Había caído de cuatro patas en la trampa del empresario tan inocentemente como un turista en un callejón.

Artemis conocía muy bien su propia capacidad. Era un conspirador, un confabulador, un planificador de actos ruines. No existía mayor emoción que la de ejecutar un plan perfecto. Sin embargo, de un tiempo a aquella parte, las victorias se habían visto mancilladas por la culpa, especialmente tras lo que le había sucedido a Mayordomo. Artemis se había visto tan próximo a perder a su viejo amigo que de solo pensarlo le entraban náuseas.

Las cosas tenían que cambiar. Su padre pronto lo estaría observando con la esperanza de que Artemis eligiera siempre lo correcto. Y si no lo hacía, era muy posible que Artemis padre no le dejara elección posible. Recordó las palabras de su padre: «¿Y qué me dices de ti, Arty? ¿Quieres hacer el camino conmigo? Cuando llegue el momento, ¿aprovecharás la oportunidad de convertirte en un héroe?».

Artemis seguía sin tener la respuesta para aquella pregunta.

Artemis se envolvió en una bata con las iniciales de su captor bordadas. Spiro no solo le recordaba su presencia con las le-

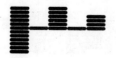

tras doradas, sino también con una cámara de circuito cerrado que se activaba con el movimiento y que seguía a Artemis por toda la habitación.

Artemis se centró en la desafiante tarea de irrumpir en la cámara acorazada de Spiro y recuperar el Cubo B. Había previsto muchas de las medidas de seguridad de Spiro y, en consecuencia, se había preparado. Sin embargo, ni siquiera habría sospechado algunas bastante ingeniosas. Artemis contaba con la tecnología mágica de su lado y también con Potrillo, o al menos eso esperaba. El centauro había recibido órdenes de no inmiscuirse, pero si Holly le presentaba la incursión como una prueba, Artemis estaba seguro de que el centauro no podría resistirse.

Se sentó en la cama y se rascó el cuello con naturalidad. La cubierta de látex del micro había sobrevivido a la ducha tal como Holly le había asegurado que haría. Era tranquilizador saber que no estaba solo en aquella prisión.

Puesto que el micro funcionaba por vibraciones, Artemis no tenía que hablar en alto para transmitir las instrucciones.

—Buenas noches, amigas —susurró de espaldas a la cámara—. Todo marcha según lo planeado si damos por sentado que Mantillo ha sobrevivido. He de advertiros que es posible que los esbirros de Spiro os hagan una visita. Estoy seguro de que su personal ha estado vigilando las calles y creer que mi gente ha sido eliminada debería ofrecerle una sensación de falsa seguridad. El señor Spiro me ha llevado de visita por las instalaciones con toda amabilidad y espero que hayáis grabado todo lo que necesitamos para llevar a cabo nuestra misión. Creo

que el término local para este tipo de operación es «golpe». Esto es lo que quiero que hagáis.

Artemis se lo susurró despacio, enunciando todos los puntos con claridad. Era vital que los miembros de su equipo siguieran las instrucciones al pie de la letra. Si no lo hacían, todo el plan podría estallar como un volcán en erupción y, en esos momentos, él estaba sentado en el borde del cráter.

Pex y Chips estaban de buen humor. De vuelta a la Needle, el señor Blunt no solo les había soltado cinco de los grandes por el trabajito de Mo Digence, sino que también les había encomendado una nueva misión. Las cámaras de seguridad exterior de la Needle habían detectado una furgoneta negra aparcada frente a la puerta principal. Había estado allí las últimas tres horas y, al repasar las cintas de vídeo, vieron que el vehículo había estado dando vueltas al edificio durante una hora en busca de un lugar donde aparcar. El señor Spiro les había advertido que estuvieran atentos a cualquier vehículo sospechoso y aquel lo era como el que más.

—Bajad ahí —les ordenó Blunt desde su silla en la cabina de vigilancia—, y si dentro encontráis algún bicho viviente, preguntadle por qué está viviendo junto a mi edificio.

Aquel era el tipo de orden que Pex y Chips comprendían. Sin preguntas ni chismes complejos. Solo abrir la puerta, asustar a todo bicho viviente y cerrar la puerta. Fácil. Juguetearon en el ascensor, golpeándose en los hombros hasta que los antebrazos les quedaron insensibles.

—Esta noche podemos sacarnos varios de los grandes, socio

–dijo Pex, masajeándose los bíceps para recuperar la circulación de la sangre.

–Seguro –contestó Chips entusiasmado, pensando en todos los DVD de Barney, el popular dinosaurio de la programación infantil, que podría comprarse–. Seguro que esto se merece otra recompensa. Por lo menos cinco de los grandes. Que en total son...

Siguieron unos momentos de silencio durante los cuales ambos contaron con los dedos.

–Pues un montón de pasta –dijo Pex, al fin.

–Un montón de pasta –convino Chips.

Juliet tenía los prismáticos enfocados hacia la puerta giratoria de la Needle. Habría sido más fácil utilizar el Optix del casco mágico, pero, por desgracia, la cabeza le había crecido demasiado durante los dos últimos años. Y aquello no era lo único en lo que había cambiado. Juliet había pasado de ser una chica desgarbada a una atleta machucha. Sin embargo, todavía no era carne perfecta de guardaespaldas; quedaban algunas asperezas por limar. Asperezas de personalidad.

Juliet Mayordomo era una criatura amante de las diversiones, no podía evitarlo. La idea de mantenerse inexpresiva a la espalda de un político dogmático la estremecía. Se moriría de aburrimiento, salvo que Artemis la contratara. Uno nunca se aburría al lado de Artemis Fowl. Sin embargo, aquello no era probable que sucediera. Artemis le había asegurado a todo el mundo que aquel era su último trabajo. Después de Chicago iba a reformarse. Si había un «después de Chicago».

Aquella operación de vigilancia también la aburría. Quedarse sentada sin hacer nada iba en contra de la naturaleza de Juliet. Su talante hiperactivo hizo que se perdiera más de una clase de la Academia de Madame Ko.

—Estate en paz contigo misma —le había dicho la instructora japonesa—. Encuentra ese remanso de paz en tu interior y habítalo.

Juliet, por lo general, tenía que disimular un bostezo cuando Madame Ko comenzaba con el rollo de la sabiduría kung fu. Por otro lado, Mayordomo se lo tragaba todo. Siempre estaba buscando su «remanso de paz» y habitándolo. De hecho, solo salía de su «remanso de paz» para pulverizar a quienquiera que amenazara a Artemis. Tal vez por eso él tenía el tatuaje del diamante azul y ella no.

Dos figuras corpulentas salieron de la Needle. Sonreían y se golpeaban en los hombros.

—Capitana Canija, empieza el baile —dijo Juliet a un walkie-talkie sintonizado en la frecuencia de Holly.

—Comprendido —respondió Holly desde su posición, sobre la Spiro Needle—. ¿Cuántos hostiles?

—Dos. Grandes y tontos.

—¿Necesitas cobertura?

—Negativo. Me encargaré de los dos. Después podrá tener una charla con ellos.

—De acuerdo. Estaré allí en cinco minutos, en cuanto haya hablado con Potrillo. Y, Juliet, no les dejes señales.

—Recibido.

Juliet apagó la radio y se trasladó a la parte de atrás de la furgoneta. Escondió el equipo de vigilancia bajo un asiento

abatible por si acaso los dos matones conseguían dejarla fuera de combate. No era probable, pero su hermano hubiera escondido el equipo incriminatorio por si acaso. Juliet se quitó la chaqueta y se puso una gorra de béisbol hacia atrás. A continuación abrió la puerta trasera y saltó a la calle.

Pex y Chips cruzaron la calle State hacia la furgoneta sospechosa. La verdad es que levantaba bastantes sospechas con sus ventanillas tintadas, aunque aquello no le importaba demasiado a la pareja porque en la actualidad todos los estudiantes atiborrados de testosterona llevaban las ventanillas tintadas.

—¿Tú qué crees? —le preguntó Pex a su compañero.

Chips apretó los puños.

—Creo que no hace falta que nos molestemos en llamar.

Pex asintió con la cabeza. Aquel era el plan que utilizaban por lo general. Chips habría procedido a desencajar la puerta de las bisagras si una señorita no hubiera aparecido por detrás del capó.

—¿Estáis buscando a mi padre? —les preguntó la chica con una perfecta entonación MTV—. La gente siempre lo está buscando, ¿no?, y él nunca está. Papi no está tan aquí... Me refiero a espiritualmente.

Pex y Chips parpadearon al unísono. Ya se sabe que el parpadeo es el «¿Eh?» del lenguaje corporal. Aquella chica era una imponente mezcla entre asiática y caucásica, aunque para el caso podría haberles hablado en chino por las caras que pusieron los gorilas. «Espiritualmente» tenía seis sílabas, por el amor de Dios.

—¿Esta furgoneta es tuya? —le preguntó Chips, tomando la ofensiva.

La chica se retorció la coleta.

—Tanto como cualquiera de nosotros... pueda poseer algo, ¿no? Un mundo, un pueblo, ¿no, tío? Poseer algo es, ¿no?, ya te digo, una ilusión. Tal vez ni siquiera poseamos nuestros cuerpos. Podríamos ser, ¿no?, el sueño de un ser superior.

Pex sufrió un ataque de nervios.

—¿La furgoneta es tuya? —gritó al tiempo que le apretaba el cuello a la chica entre los dedos de la mano.

La chica asintió con la cabeza porque no pasaba suficiente aire por la tráquea para poder hablar.

—Mucho mejor. ¿Hay alguien dentro?

Aquella vez sacudió la cabeza. Pex relajó la presión.

—¿Cuántos más sois en la familia?

La chica respondió con un susurro utilizando tan poco aire como le fue posible.

—Siete. Papá, mamá, dos abuelos y los trillizos: Beau, Mo y Joe. Han ido a buscar sushi.

Pex se animó considerablemente. Trillizos y abuelos, no parecía que fueran a darles demasiados problemas.

—Perfecto, esperaremos. Ábrela.

—¿Sushi? —preguntó Chips—. Eso es pescado crudo. ¿Lo has probado alguna vez, socio?

Pex sujetaba a la chica por el pescuezo mientras ella rebuscaba la llave.

—Sí. Una vez lo compré en el súper.

—¿Estaba bueno?

—Sí, lo dejé en la freidora unos diez minutos. No estaba mal.

La chica descorrió la puerta de la furgoneta y entró. Pex y Chips la siguieron agachándose bajo el marco de la puerta. Pex soltó por un momento el cuello de la chica para subir a la furgoneta. Craso error. Un soldado privado entrenado debidamente jamás permitiría que un prisionero encabezara la marcha hacia el interior de un vehículo no registrado.

La chica tropezó y cayó de rodillas en la alfombrilla del interior.

—Sushi —dijo Pex—. Está bueno con unas patatas fritas.

En ese momento el pie de la chica salió propulsado hacia atrás y lo alcanzó en el pecho. El musculitos cayó redondo al suelo, sin respiración.

—Vaya —dijo la chica, poniéndose en pie—. Ha sido un accidente.

Chips pensó que debía estar teniendo una especie de sueño en duermevela porque no era posible que una princesita del pop clónica pudiera haber tumbado noventa kilos de puro músculo.

—Tú... tú acabas... —farfulló—. Es imposible. No puede ser.

—Sí que puede ser —dijo Juliet, haciendo una pirueta en plan bailarina. El aro de jade de la coleta se balanceó cargado de fuerza centrífuga y golpeó a Chips entre los ojos, como la piedra de una honda. El gorila se tambaleó hacia atrás y aterrizó en el asiento forrado de piel.

Detrás de ella, Pex recobraba la respiración. Los ojos dejaron de darle vueltas y enfocaron a su asaltante.

—Eh —dijo Juliet, inclinándose hacia él—. ¿A que no sabes qué?

—¿Qué? —dijo Pex.

—El sushi no se hace en una freidora —dijo la chica, cogiendo al asesino a sueldo por las sienes con las palmas de las manos. Dejarlo inconsciente fue cuestión de segundos.

Mantillo salió del baño, abotonándose la solapa del trasero de sus pantalones de excavación.

—¿Qué me he perdido? —preguntó.

Holly estaba suspendida a unos cuarenta y cinco metros sobre el centro de Chicago (conocido localmente como el Bucle por la curva de la vía del tren elevado que rodeaba la zona). Se encontraba allí por dos razones: la primera, porque necesitaban un escáner de rayos X en la Spiro Needle para poder elaborar un plano en 3D; y la segunda, porque quería hablar con Potrillo a solas.

Divisó un águila de piedra encaramada en el tejado de un bloque de apartamentos del siglo xx y aterrizó sobre su cabeza. Tendría que levantar el vuelo tras unos minutos o la vibración del escudo comenzaría a pulverizar la piedra.

La voz de Juliet sonó en su auricular.

—Capitana Canija, empieza el baile.

—Comprendido —respondió Holly—. ¿Cuántos hostiles?

—Dos. Grandes y tontos.

—¿Necesitas cobertura?

—Negativo. Me encargaré de los dos. Después podrá tener una charla con ellos.

—De acuerdo. Estaré hay en cinco minutos, en cuanto haya hablado con Potrillo. Y, Juliet, no les dejes señales.

—Recibido.

Holly sonrió. Juliet era una obra de arte. Una astilla del palo Mayordomo. Aunque también era una especie de segundona. Incluso durante una operación de vigilancia no podía dejar de parlotear más de diez segundos; nada que ver con la disciplina de su hermano. Era una adolescente feliz, una cría. No debería estar en aquel negocio, Artemis no debería arrastrarla en sus planes alocados. Sin embargo, el chico irlandés tenía algo que te hacía olvidar tus reservas. En los dieciséis meses pasados, ella había luchado contra un trol por él, había curado a toda su familia, se había zambullido en el océano Glacial Ártico y ahora se estaba preparando para desobedecer una orden directa del comandante Remo.

Abrió un canal de operaciones de la PES.

—Potrillo. ¿Estás ahí?

Durante unos segundos no oyó nada y, de repente, la voz del centauro irrumpió a través del minialtavoz del casco.

—Holly. Espera. Te oigo con interferencias, voy a ajustar la longitud de onda. Háblame. Di algo.

—Probando, probando. Uno, dos. Uno, dos. Los troles traen terribles trastornos con sus traumas.

—Perfecto. Te tengo. Alto y claro. ¿Cómo va por Fangolandia?

Holly oteó la ciudad a sus pies.

—Por aquí no hay fango. Solo cristal, acero y ordenadores. Te gustaría.

—Ah, no. A mí no. Los Fangosos son los Fangosos, no importa si van vestidos con trajes o taparrabos. Lo único bueno de los humanos es la televisión. Lo único que emiten por la CriatuTV son reposiciones. Casi me apena que se haya aca-

bado el juicio de los generales goblin. Culpables de todas todas, gracias a ti. La sentencia es el mes que viene.

El nudo de preocupación que le atenazaba el estómago comenzó a desatarse.

—Culpables. Gracias a los cielos. Por fin las cosas vuelven a la normalidad.

Potrillo ahogó una risita.

—¿A la normalidad? Te has equivocado de trabajo si buscabas normalidad. Ya puedes decirle adiós a la normalidad si no recuperamos el cacharro de Artemis de las manos de Spiro.

El centauro tenía razón. La vida de Holly no había sido normal desde que la habían trasladado de la brigada antivicio a Reconocimiento. Aunque, ¿de verdad quería una vida normal? ¿Acaso no era aquella la razón por la que se fue de antivicio?

—Y la llamada, ¿a qué viene? —preguntó Potrillo—. Ya sientes añoranza, ¿no?

—No —respondió Holly. Y era verdad. No sentía añoranza. La capitana elfa apenas había pensado en Refugio desde que Artemis la había involucrado en su.última intriga—. Necesito tu consejo.

—¿Consejo? ¿De verdad? Esta no será otra forma de pedir ayuda, ¿no? Creo que las palabras del comandante Remo fueron algo así como «Esto es lo que hay», ¿no? Las normas son las normas, Holly.

Holly suspiró.

—Sí, Potrillo. Las normas son las normas. Julius sabe lo que se hace.

—Eso es. Julius sabe lo que se hace —respondió Potrillo, aunque no sonó convincente.

—De todas formas, seguramente no podrías ayudar. El sistema de seguridad de Spiro es muy avanzado.

Potrillo bufó, y hay que oír el bufido de un centauro.

—Sí, ya. ¿Qué tiene? ¿Un par de latas y un perro? Oh, qué miedo.

—Ojalá. En este edificio hay cosas que no había visto en la vida. Cosas ingeniosas.

Una pequeña pantalla de cristal líquido parpadeó en una esquina del visor de Holly. Potrillo estaba transmitiendo una señal visual desde la Jefatura de Policía. Técnicamente era algo que no debería estar haciendo para una operación extraoficial. El centauro era curioso.

—Por cierto, ya sé lo que estás haciendo —dijo Potrillo meneando un dedo.

—No sé a qué te refieres —contestó Holly con inocencia.

—«De todas formas, seguramente no podrías ayudar. El sistema de seguridad de Spiro es muy avanzado» —la imitó el centauro—. Estás tratando de azuzar mi ego. No soy tonto, Holly.

—Vale. Tal vez sí. ¿Quieres que te diga la verdad pura y dura?

—Ah, ¿así que ahora vas a decirme la verdad? Una táctica interesante para ser de la PES.

—La Spiro Needle es una fortaleza. No hay manera de entrar sin ti, incluso Artemis lo admite. No buscamos equipamiento ni poderes mágicos extra, solo consejo por radio y tal vez alguna cosilla con una cámara. Mantén las líneas abiertas, es lo único que te pido.

Potrillo se rascó la barbilla.

—No hay manera de entrar, ¿eh? Incluso Artemis lo admite.

—«No podemos hacerlo sin Potrillo.» Esas fueron sus palabras exactas.

El centauro hizo un esfuerzo para que la vanidad no se reflejara en su rostro.

—¿Tienes alguna grabación?

Holly cogió el miniordenador del cinturón.

—Artemis grabó algo dentro de la Needle. Te lo envío por correo.

—Necesito un plano del edificio.

Holly giró el visor a izquierda y derecha de modo que Potrillo pudiera ver dónde estaba.

—Por eso estoy aquí arriba, para hacer un escaneo de rayos X. Estará en tu ordenador central en diez minutos.

Holly oyó una campanilla en su auricular. Era una alarma de ordenador. Su correo había llegado a la Jefatura de Policía. Potrillo abrió el archivo.

—Códigos en clave, bien. Cámaras, ningún problema. Espera a ver lo que he desarrollado para las cámaras de circuito cerrado. Estoy pasando por los pasillos. La, la, la... Ah, la cámara. En el piso ochenta y cinco. Almohadillas de presión, colchonetas de antibióticos, sensores de movimiento, láseres de detección de temperatura, cámaras térmicas, escáneres de reconocimiento de voz, de retina y de gel para las huellas dactilares... —Hizo una pausa—. Impresionante, para tratarse de un Fangoso.

—Y que lo digas —convino Holly—. Algo más que un par de latas y un perro.

—Fowl tiene razón. Sin mí estáis perdidos.

—Entonces, ¿nos ayudarás?

Potrillo tenía que saborear el momento.

—No prometo nada, pero...

—¿Sí?

—Mantendré una pantalla abierta para ti. Pero si se filtra algo...

—Lo entiendo.

—Sin garantías.

—Sin garantías. Te debo una caja de zanahorias.

—Que sean dos. Y otra de zumo de cucaracha.

—Hecho.

El rostro del centauro se iluminó ante la emoción del reto.

—¿Le echarás de menos, Holly? —le preguntó de súbito.

Aquello pilló a Holly con la guardia bajada.

—¿Echar de menos a quién? —respondió, aunque ya lo sabía.

—A Fowl, ¿a quién si no? Si todo sale según el plan, nos limpiarán de su memoria. Se acabaron los planes alocados o las aventuras en las que te dejas llevar por el instinto. De vuelta a la vida tranquila.

Holly trató de evitar la mirada de Potrillo, aunque la cámara del casco sólo recibía imágenes y el centauro no podía verla.

—No —respondió Holly—. No voy a echarlo de menos.

Sin embargo, sus ojos no podían mentir.

Holly dio varias vueltas a la Needle a distintas alturas hasta que el escáner de rayos X hubo recogido datos suficientes para elaborar un modelo en 3D. Le envió por correo una copia del archivo a Potrillo a la Jefatura de Policía y regresó a la furgoneta.

—Creí haberte dicho que no les dejases señales —dijo mientras se inclinaba sobre los hombres inconscientes.

Juliet se encogió de hombros.

—Eh. No es para tanto, capitana mágica. Me dejé llevar por el calor de la batalla. Lánzales un rayo de chispas azules y como nuevos.

Holly recorrió con un dedo el moratón perfectamente circular de la frente de Chips.

—Debería haberme visto —dijo Juliet—. Plas, plas, y se quedaron KO. No dijeron ni mu.

Holly envió una descarga por su dedo que hizo desaparecer el moratón como un paño húmedo limpiando un cerco de café.

—Podrías haber usado la Neutrino para dejarlos fuera de combate.

—¿La Neutrino? ¿Y qué gracia habría tenido?

La capitana Canija se quitó el casco y miró fijamente a la adolescente humana.

—Se supone que no estamos aquí para divertirnos, Juliet. Esto no es un juego. Creía que ya te habías dado cuenta, considerando lo que le ocurrió a Mayordomo.

La sonrisa de Juliet desapareció.

—Sé que no es un juego, capitana. Tal vez es que es así como yo llevo las cosas.

Holly le sostuvo la mirada.

—Bien, entonces, quizás te has equivocado de trabajo.

—O quizá es que usted lleva demasiado tiempo en esto

—rebatió Juliet—. Según Mayordomo, usted también solía ser un poco alocada.

Mantillo salió del baño. Aquella vez se había estado aplicando una capa de filtro solar. Era medianoche, pero el enano no quería correr riesgos. Si la incursión iba a salir rana, como era muy de esperar, bien podría ser que tuviera que salir huyendo por la mañana.

—¿Qué problema hay, señoras? Si os estáis peleando por mí, no hace falta. Tengo por norma salir solo con las de mi especie.

La tensión disminuyó como un globo desinflándose.

—Sigue soñando, bola de pelo —dijo Holly.

—O teniendo pesadillas, diría yo —añadió Juliet—. Tengo por norma no salir con nadie que viva en un estercolero.

Mantillo permaneció impertérrito.

—No hace falta que lo neguéis, produzco ese efecto en las mujeres.

—No lo dudo —dijo Holly, sonriendo.

La capitana de la PES abrió una mesa plegable y colocó el casco encima. Accionó el modo Proyección y abrió el plano en 3D de la Spiro Needle, que giró en el aire; un entramado de líneas verdes de neón.

—Bien. Aquí está el plano. El Equipo Uno se abrirá camino a través de la pared del piso ochenta y cinco. El Equipo Dos entrará por la puerta del helipuerto. Aquí.

Holly señaló las entradas tocando los puntos correspondientes en la pantalla de su miniordenador. Un parpadeo anaranjado apareció en el plano flotante.

—Potrillo ha accedido a ayudarnos, así que se pondrá en

contacto con nosotros por radio. Juliet, tú llevarás el miniordenador. Puedes utilizarlo para comunicarte con nosotros cuando nos pongamos en marcha. No hagas caso de los símbolos gnómicos; te enviaremos todos los archivos que necesites, aunque será mejor que lleves un auricular, para cerrar los altavoces. Lo último que necesitamos es que los ordenadores se pongan a pitar en el momento menos oportuno. Esa pequeña depresión debajo de la pantalla es un micro. Es sensible a los susurros, así que no hace falta gritar.

Juliet se ató el ordenador del tamaño de una tarjeta de crédito a la muñeca.

—¿Cuáles son los equipos y sus objetivos?

Holly dio un paso hacia la imagen en 3D. Su cuerpo se vio rodeado de luz estroboscópica.

—El Equipo Uno se encargará del sistema de seguridad y cambiará las bombonas de oxígeno de los guardias de la cámara acorazada. El Equipo Dos irá tras la caja. Sencillo. Nos dividiremos en parejas: Mantillo y tú, Artemis y yo.

—Ah, no —protestó Juliet, meneando la cabeza—. Yo voy con Artemis. Es mi jefe. Mi hermano se pegaría a Artemis como si fuera pegamento, así que yo también.

Holly salió del holograma.

—No funcionará. No puedes ni volar ni escalar paredes. Tiene que haber una criatura mágica por equipo. Si no te gusta, discútelo con Artemis cuando lo veas.

Juliet frunció el ceño. Tenía sentido, por supuesto que lo tenía. Los planes de Artemis siempre tenían sentido. Solo entonces comprendió por qué Artemis no le había revelado todo el plan en Irlanda. Sabía que ella pondría objeciones. Ya

era suficientemente malo estar separada de él durante las últimas seis horas. Sin embargo, aún quedaba por delante la fase más difícil de la misión y Artemis no contaría con un Mayordomo a sus espaldas.

Holly volvió a entrar en el holograma.

—Equipo Uno, Mantillo y tú, escalaréis la Needle y entraréis a través del piso ochenta y cinco. Desde allí, colocaréis este bloqueador de vídeo en el cable del circuito cerrado de televisión. —Holly alzó lo que parecía un cable retorcido—. Fibra óptica cargada —explicó—. Permite el pirateo por control remoto de cualquier sistema de vídeo. Una vez colocado, Potrillo podrá enviar la señal desde cualquier cámara del edificio a nuestros cascos. También podrá enviar a los humanos cualquier señal que quiera que vean. Sustituiréis las dos bombonas de oxígeno por nuestra mezcla especial.

Juliet se colocó el bloqueador de vídeo en el bolsillo de la chaqueta.

—Yo entraré por el tejado —continuó Holly—. Desde allí me encaminaré hacia la habitación de Artemis. En cuanto el Equipo Uno nos dé paso, iremos a por el Cubo B.

—Haces que parezca muy sencillo —dijo Juliet.

Mantillo rió.

—Siempre lo hace —dijo—. Y nunca lo es.

Equipo Uno, base de la Spiro Needle

Juliet Mayordomo había sido entrenada en las disciplinas de las artes marciales, había aprendido a ignorar el dolor y la pri-

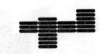

vación de sueño y podía resistir la tortura, tanto física como psicológica. Sin embargo, nada la había preparado para lo que tenía que llevar a cabo para entrar en el edificio.

La Spiro Needle no tenía ninguna pared ciega y en todos los pisos había actividad durante las veinticuatro horas, de modo que se vieron obligados a empezar el ascenso desde la acera. Juliet llevó la furgoneta a la parte de atrás y aparcó en doble fila, tan cerca de la pared como pudo.

Salieron por el techo corredizo, envueltos en la tela de camuflaje de Holly. Juliet iba sujeta a la cintura de Mantillo mediante el Lunocinturón.

Le dio un coscorrón al casco de Mantillo.

—Apestas.

Recibió la respuesta de Mantillo a través del transmisor cilíndrico de la oreja.

—Para ti, tal vez, pero para una enana soy la quintaesencia de la masculinidad. Tú eres la que apestas, Fangosa. Para mí, hueles peor que una mofeta en unos calcetines sucios.

Holly asomó la cabeza por el techo corredizo.

—¡Silencio! —les silbó—. ¡Los dos! Por si lo habéis olvidado, tenemos un programa muy apretado. Juliet, tu querido jefe está atrapado en una habitación ahí arriba esperando a que yo aparezca. Son las cuatro y cinco minutos. Los guardias cambiarán el turno en menos de una hora y todavía tengo que acabar de encantar a este par de zoquetes. Tenemos cincuenta y cinco minutos, así que no los malgastemos discutiendo.

—¿Y por qué no nos subes volando hasta el alféizar?

—Tácticas militares básicas. Si nos dividimos, tendremos

más posibilidades de éxito. Si permanecemos juntos y uno cae, caemos todos. Divide y vencerás.

Aquellas palabras hicieron recapacitar a Juliet. La chica mágica tenía razón, tendría que saberlo. Estaba volviendo a suceder, estaba perdiendo la concentración en un momento crítico.

–Bien. Vamos. Contendré la respiración.

Mantillo se metió ambas manos en la boca y succionó hasta el último vestigio de humedad de sus poros.

–Agárrate –dijo tras haberse sacado las manos del paladar–. Allá vamos.

El enano flexionó sus poderosas piernas y dio un salto de un metro y medio hasta la pared de la Spiro Needle. Juliet iba bamboleándose detrás y habría jurado que se encontraba bajo el agua. El problema del Lunocinturón era que, igual que con la ingravidez, pierdes la coordinación y a veces también el control del estómago. Los Lunocinturones fueron diseñados para transportar objetos inanimados, no criaturas mágicas vivas y mucho menos seres humanos.

Mantillo no había bebido desde hacía varias horas, de modo que sus poros se habían abierto hasta alcanzar el tamaño de agujeritos. Succionaban ruidosamente, agarrándose a la suave superficie exterior de la Spiro Needle. El enano evitó las ventanas tintadas y se ciñó a las vigas metálicas porque, aunque iban envueltos en una tela de camuflaje, todavía quedaban algunas extremidades que asomaban y que alguien podría ver. La tela no proporcionaba a su portador una invisibilidad completa: miles de microsensores entretejidos con el material analizaban y reflejaban el entorno, y la lluvia podía estropearlo todo.

Mantillo escaló veloz adoptando una marcha suave. Sus dedos de doble articulación se retorcían para aferrarse a la más diminuta de las ranuras. Y cuando estas no existían, los poros del enano se adherían a la superficie plana. Los pelos de la barba se extendían en abanico bajo el visor del casco sondeando la fachada del edificio.

Juliet no pudo reprimirse.

—¿Y esa barba? Eso es muy extraño. ¿Qué hace? ¿Está buscando grietas?

—Vibraciones —gruñó Mantillo—. Sensores, corrientes, personas mantenimiento... —Obviamente no iba a dedicar energía alguna a las frases enteras—. Sensor movimiento detecta: estamos acabados. Con o sin tela de camuflaje.

Juliet no culpó a su compañero por ahorrarse aliento. Les quedaba mucho camino por delante. Hacia arriba.

Cuando superaron el cobijo que les proporcionaban los edificios cercanos, el viento hizo acto de presencia. Juliet sintió como si le tiraran de los pies y empezó a agitarse a la altura del cuello del enano como si se tratara de un pañuelo. Rara vez se había sentido tan impotente. La situación estaba mucho más allá de su control; una situación para la que su entrenamiento no valía nada. Su vida estaba por completo en manos de Mantillo.

Los pisos iban pasando en un caos de cristal y acero. El viento tiraba de ellos con unos dedos atenazadores, amenazándolos con salir volando y perderse en la negra noche.

—Aquí arriba hay mucha humedad a causa del viento —dijo jadeando el enano—. No podré agarrarme mucho más tiempo.

Juliet alargó la mano y pasó un dedo por la pared exterior. Estaba perlada de pequeñas gotas de humedad. Por toda la tela de camuflaje saltaban chispas cuando el viento saturado de humedad hacía cortocircuito con sus microsensores y se desprendían fragmentos de la tela metálica. Hacía el efecto de secciones de circuitos suspendidas en la noche. Además, el edificio se estaba balanceando... tal vez lo suficiente como para sacudirse de encima a un enano agotado y a su pasajera.

Al final, los dedos del enano se aferraron al alféizar del piso ochenta y cinco. Mantillo se subió a la estrecha repisa y dirigió el visor hacia el edificio.

—Esta habitación no —dijo—. Mi visor detecta dos sensores de movimiento y un láser. Tenemos que continuar.

Correteó por el alféizar, con pie firme, como una cabra montesa. Después de todo, aquel era su fuerte. Los enanos no se caían de las cosas a menos que los empujaran. Juliet lo siguió con precaución. Ni siquiera la Academia de Madame Ko podría haberla preparado para aquello.

Finalmente, Mantillo alcanzó una ventana que le satisfizo.

—Bien —dijo. Su voz sonó forzada en el auricular de Juliet—. Tenemos un sensor sin pilas. —Los pelos de la barba se aferraron al cristal—. No detecto ninguna vibración, así que no hay nada eléctrico funcionando, ni tampoco están hablando ahí dentro. Parece seguro.

Mantillo dejó caer sobre el cristal endurecido un par de gotas de abrillantador de roca de enanos que licuaron el vidrio en cuestión de segundos dejando un charco de fluido en la alfombra. Con un poco de suerte, no descubrirían el agujero hasta pasado el fin de semana.

—Puaj —exclamó Juliet—. Eso apesta casi más que tú.

Mantillo no se molestó en devolverle el insulto y prefirió entrar con una voltereta hacia la seguridad del interior.

Comprobó el lunómetro en su visor.

—Las cuatro y veinte. Hora humana. Nos hemos retrasado respecto al programa. Vamos.

Juliet saltó a través del agujero de la ventana.

—Típico de los Fangosos —comentó Mantillo—. Spiro se gasta millones en un sistema de seguridad y todo se viene abajo por una pila.

Juliet sacó su Neutrino 2000. Descorrió el seguro y apretó el botón de encendido. La luz pasó del verde al rojo.

—Todavía no estamos dentro —dijo, encaminándose hacia la puerta.

—¡Espera! —silbó Mantillo, cogiéndola por un brazo—. ¡La cámara!

Juliet se quedó paralizada. Había olvidado la cámara. Apenas llevaban un minuto dentro del edificio y ya estaba cometiendo errores. Concéntrate, chica, concéntrate, pensó.

Mantillo apuntó el visor hacia la cámara empotrada. El filtro iónico del casco reveló la zona que abarcaba la cámara en la forma de un haz dorado brillante. No había forma de superarla.

—No hay ningún punto ciego —anunció—. Y el cable de la cámara está detrás de la caja.

—Tendremos que arrimarnos más bajo la tela de camuflaje —dijo Juliet, haciendo una mueca de asco ante la idea.

La imagen de Potrillo apareció en la pantalla del ordenador de su muñeca.

—Es una idea, pero, por desgracia, la tela no funciona con las cámaras.

—¿Por qué no?

—Las cámaras tienen mejores ojos que los humanos. ¿Has visto alguna vez una película en televisión? La cámara descompone los píxeles. Si cruzáis ese pasillo bajo la tela de camuflaje, vais a parecer dos personas detrás de un proyector de pantalla.

Juliet miró fijamente el monitor.

—¿Algo más, Potrillo? ¿Tal vez el suelo va a disolverse en un charco de ácido?

—Lo dudo. Spiro es bueno, pero no es yo.

—¿No puedes poner un bucle en el alimentador del vídeo, poni? —le dijo Juliet al micro del ordenador—. ¿Enviarles una señal falsa durante un minuto?

Potrillo rechinó sus dientes de caballo.

—Qué desconsiderado. No, no puedo enviar un bucle salvo que me encuentre *in situ*, como durante el asedio Fowl. Para eso es el bloqueador de vídeo. Siento que estéis solos.

—Entonces me la cargaré.

—Negatori. Una descarga de la Neutrino sin duda destruiría la cámara, pero muy probablemente también provocaría una reacción en cadena en toda la red. Para eso podrías bailarle una giga a Brutus Blunt.

Juliet le dio una patada al zócalo con frustración. Estaba fallando ante el primer obstáculo. Su hermano sabría qué hacer, pero estaba al otro lado del Atlántico. Un pasillo de apenas seis metros los separaban de la cámara acorazada, aunque, para el caso, como si se tratara de mil metros de cristales rotos.

Entonces se percató de que Mantillo se estaba desabotonando la solapa del trasero.

—Vaya, genial. Ahora el pequeñajo tiene que cambiarse el pañal. Ahora no es el momento.

—Voy a obviar tu sarcasmo —dijo Mantillo, tumbándose en el suelo— porque sé lo que Spiro puede hacerle a la gente que no le gusta.

Juliet se arrodilló a su lado. No demasiado cerca.

—Espero que tu siguiente frase comience con un: «Tengo un plan».

El enano parecía estar apuntando el trasero.

—De hecho...

—Es broma, ¿no?

—En absoluto. Poseo una fuerza considerable a mi disposición.

Juliet no pudo ocultar una sonrisa. Aquel enano le robaba el corazón. Metafóricamente. Mantillo se adaptaba a la situación como lo haría ella.

—Lo único que tenemos que hacer es ladear la cámara unos veinte grados de modo que nos deje el camino libre hasta el cable.

—Y vas a hacerlo con... ¿energía eólica?

—Exacto.

—¿Y qué me dices del ruido?

Mantillo parpadeó.

—Silencioso, pero mortal. Soy un profesional. Lo único que tienes que hacer es apretarme el dedo pequeño del pie cuando te lo diga.

A pesar del arduo entrenamiento en uno de los terrenos

más duros del mundo, Juliet no estaba del todo preparada para participar en una ofensiva eólica.

—¿Tengo que hacerlo? Parece más una operación unipersonal.

Mantillo le echó un vistazo al objetivo y ajustó el trasero en consecuencia.

—Es una ráfaga de precisión. Necesito un tirador que accione el gatillo de modo que yo pueda concentrarme en apuntar. La reflexología es una ciencia de probada eficacia con los enanos. Todas las partes del pie están conectadas a una parte del cuerpo. Y resulta que el dedo pequeño del pie izquierdo está conectado a mi...

—Vale —lo interrumpió Juliet—. Ya me hago una idea.

—Entonces, manos a la obra.

Juliet le quitó la bota a Mantillo. Los calcetines tenían la punta abierta y cinco dedos peludos se agitaban con una destreza que ningún pie humano poseía.

—¿Esta es la única forma?

—A no ser que tengas una idea mejor...

Juliet le agarró el dedo con cuidado y los oscuros pelos rizados se apartaron amablemente para permitirle el acceso a la articulación.

—¿Ahora?

—Espera. —El enano se chupó el índice y comprobó la dirección del aire—. No hay viento.

—Todavía no —murmuró Juliet.

Mantillo afinó la puntería.

—Vale. Aprieta.

Juliet contuvo la respiración y apretó. Y, para hacer honor al momento, tiene que ser descrito a cámara lenta:

Juliet sintió que cerraba los dedos sobre la articulación. La presión provocó una serie de sacudidas pierna arriba. El enano luchó por mantener el objetivo localizado a pesar de los espasmos. La presión se acumuló en el abdomen y estalló a través de la solapa del trasero con una descarga sorda. Juliet solo consiguió relacionar la experiencia con estar agachada junto a un mortero. Un misil de aire comprimido cruzó la habitación mientras unas ondas térmicas lo rodeaban como olas de agua.

—Con demasiado efecto —masculló Mantillo—. Lo he cargado demasiado.

La bola de aire se desvió hacia el techo desprendiéndose de capas como una cebolla.

—A la derecha —rogó Mantillo—. Un poco a la derecha.

El siguiente misil inverosímil impactó contra la pared a un metro del objetivo. Por suerte, el torpedo rozó la caja de la cámara y la hizo girar como un plato sobre un palo. Los intrusos esperaron a que se detuviera, conteniendo la respiración. Al final, la cámara se paró tras varias vueltas.

—¿Y bien? —preguntó Juliet.

Mantillo se sentó y comprobó el haz iónico de la cámara a través del visor.

—Afortunados —respiró—. Muy afortunados. Tenemos una vía libre justo enfrente. —Cerró las humeantes solapas traseras de sus pantalones—. Hacía mucho que no lanzaba un torpedo.

Juliet extrajo el bloqueador de vídeo del bolsillo y lo balanceó delante del ordenador de muñeca para que Potrillo pudiera verlo.

—¿Así que solo tengo que engancharlo alrededor de cualquier cable? ¿Es eso?

—No, Fangosa —suspiró Potrillo, cómodo en su ya habitual papel de genio incomprendido—. Eso es una pieza muy sofisticada de nanotecnología llena de microfilamentos que actúan de receptores, emisores y circuitos. Naturalmente, extrae la energía del propio sistema de los Fangosos.

—Naturalmente —dijo Mantillo, tratando de que no se le cerraran los ojos.

—Tenéis que aseguraros de que queda bien sujeto a uno de los cables de vídeo. Con suerte, el multisensor no tiene que estar en contacto con todos los cables, solo con uno.

—¿Y cuál es el del vídeo?

—Bueno... todos.

Juliet gruñó.

—¿Así que solo tengo que engancharlo a cualquier cable?

—Supongo —admitió el centauro—. Pero sujétalo bien firme. Tienen que penetrar todos los filamentos.

Juliet se estiró, escogió un cable al azar y colocó el bloqueador.

—¿Vale?

Se hizo un silencio mientras Potrillo esperaba la recepción. Bajo la superficie, unas pantallas comenzaron a aparecer imagen a imagen en la pantalla de plasma del centauro.

—Perfecto. Tenemos ojos y oídos.

—Entonces, adelante —dijo Juliet con impaciencia—. Envía el bucle.

Potrillo no tardó ni un minuto en enviar una nueva perorata.

—Esto es mucho más que un bucle, jovencita. Estoy a punto de eliminar por completo patrones de movimiento de las

grabaciones de seguridad. Dicho de otro modo, las imágenes que ven en la cabina de seguridad serán exactamente como deben ser, salvo que vosotros no apareceréis en ellas. De lo único que tenéis que preocuparos es de no quedaros quietos u os haréis visibles. Mantened algo en movimiento, aunque solo sea un dedo.

Juliet comprobó el reloj digital en la pantalla del ordenador.

—Las cuatro y media. Tenemos que darnos prisa.

—Vale. La cabina de seguridad está a un pasillo de aquí. Tomaremos el camino más corto.

Juliet proyectó el plano en el aire.

—Por este pasillo de aquí, dos a la derecha y ya está.

Mantillo se adelantó a la chica y se acercó a la pared.

—He dicho el camino más corto, Fangosa. Piensa literalmente.

La oficina era una suite de ejecutivo con vistas a la ciudad y estanterías de pino del suelo al techo. Mantillo retiró una de las estanterías de pino y le dio unos golpecitos a la pared de detrás.

—Pladur —dijo—. Ningún problema.

Juliet cerró el panel detrás de ellos.

—Nada de escombros, enano. Artemis dijo que no debíamos dejar ningún rastro.

—No te preocupes. Tengo modales a la hora de comer.

Mantillo desencajó las mandíbulas y expandió la cavidad oral hasta la proporción de una pelota de baloncesto. Abrió la boca en un increíble ángulo de ciento setenta grados y le dio un bocado enorme a la pared. Unos dientes como losas pronto redujeron la pared a polvo.

—Un pfoco feco —comentó—. Difífil de tradgá.

Tres bocados más tarde, ya estaban donde querían. Mantillo entró en la siguiente oficina sin dejar caer ni una miga. Juliet lo siguió y volvió a colocar la estantería en su sitio para tapar el agujero.

La siguiente oficina no era tan edificante, el cubil oscuro de un vicepresidente. Ninguna panorámica de la ciudad y estanterías metálicas. Juliet reordenó las estanterías para cubrir la entrada recién excavada. Mantillo se arrodilló junto a la puerta y los pelos de la barba se adhirieron a la madera.

—Fuera hay vibraciones. Seguramente será el compresor. Nada irregular, así que no hay nadie hablando. Diría que estamos a salvo.

—Podríais haberme preguntado —dijo Potrillo por el auricular del casco—. Recibo imágenes de todas las cámaras del edificio. Eso son unas dos mil, por si os interesa.

—Gracias por ponernos al día. Bueno, ¿vía libre?

—Sí. Sorprendentemente, sí. Nadie en las proximidades, salvo un guardia en el mostrador del vestíbulo.

Juliet extrajo dos bombonas grises de la mochila.

—Bien. Ahora es cuando yo me gano mi pan. Tú quédate aquí. Esto no debería llevarme más de un minuto.

Juliet abrió la puerta y se deslizó sigilosamente por el pasillo sobre sus botas con suela de goma. Estaba alumbrado mediante unas tiras luminosas en la alfombra al estilo de los aviones, si no, la única iluminación hubiera procedido de las luces de emergencia sobre las puertas de salida de socorro.

El plano del ordenador de muñeca le dijo que aún le que-

daban veinte metros antes de llegar a la oficina de seguridad. Después de aquello, solo cabía esperar que el aparador de las bombonas no estuviera cerrado. ¿Y por qué debería estarlo? Las bombonas de oxígeno no eran objetos de alto riesgo. Al menos estaba bien cubierta por si a algún miembro de seguridad se le ocurría estar haciendo la ronda.

Juliet se deslizó por el pasillo como una pantera; la alfombra ahogaba sus pisadas. Al alcanzar la última esquina, se tumbó en el suelo y asomó la nariz.

Vio el suelo de la sala de seguridad. Tal como Pex había revelado bajo el *encanta*, las bombonas de oxígeno de los guardias de la cámara acorazada estaban encajadas en una rejilla frente al panel de control.

Solo había un vigilante de guardia y estaba ocupado viendo un partido de baloncesto en una televisión portátil. Juliet se arrastró sobre la barriga hasta que se encontró justo debajo de la rejilla. El vigilante estaba de espaldas a ella, concentrado en el partido.

—¿Qué demonios...? —exclamó el guardia de seguridad, que apenas tenía la altura de una nevera. Había visto algo en uno de los monitores.

—¡Muévete! —susurró Potrillo en el auricular de Juliet.

—¿Qué?

—¡Muévete! Estás apareciendo en los monitores.

Juliet meneó un dedo del pie. Había olvidado no dejar de moverse. Mayordomo no lo hubiera olvidado.

Sobre su cabeza, el guardia empleó el viejo método de la reparación rápida: golpeó la caja de plástico del monitor. La figura borrosa desapareció.

—Una interferencia —murmuró—. Maldito satélite de televisión.

Juliet notó que una gota de sudor le recorría el puente de la nariz. La joven Mayordomo se incorporó lentamente y deslizó dos bombonas de oxígeno en la rejilla. Aunque «bombonas de oxígeno» era un poco inexacto, porque no era exactamente oxígeno lo que había en las bombonas.

Comprobó la hora en el reloj. De todos modos, podía ser que ya fuera demasiado tarde.

Equipo Dos, sobre la Spiro Needle

Holly estaba suspendida a seis metros por encima de la Spiro Needle, esperando la luz verde. No se sentía a gusto con aquella operación, había demasiadas variables. Si no fuera tan crucial para el futuro de la civilización mágica, se habría negado a participar.

Su humor no mejoraba a medida que se adentraba la noche. El Equipo Uno estaba demostrando ser una pareja de aficionados, discutiendo como un par de adolescentes. Aunque, para ser justos con Juliet, esta apenas había abandonado la adolescencia. Sin embargo, la época de la infancia de Mantillo no salía ni en las enciclopedias.

La capitana Canija siguió su progreso a través del visor del casco, estremeciéndose ante cada nuevo acontecimiento. Al final, y a pesar de todos los obstáculos, Juliet consiguió dar el cambiazo a las bombonas.

—Luz verde —dijo Mantillo, tratando de sonar todo lo mi-

litar que podía–. Repito, luz verde para eso del código rojo de la operación encubierta.

Holly cortó la comunicación de Mantillo en la mitad de las risitas nerviosas del enano. Potrillo podía abrir una pantalla en su visor si había una crisis.

Debajo de ella, la Spiro Needle apuntaba hacia el firmamento como si fuera el cohete más grande del mundo. Una niebla baja se había asentado en su base, añadiéndose a la imagen espectral. Holly recogió las alas para descender y se dejó caer suavemente hacia el helipuerto. Recuperó el archivo visual de la entrada de Artemis a la Spiro Needle en su visor y la pasó a cámara lenta en el momento en que Spiro introducía el código de acceso de la puerta del tejado.

–Gracias, Spiro –dijo sonriendo mientras marcaba el código.

La puerta se abrió neumáticamente. Unas luces automáticas parpadearon a lo largo de la escalera. Había una cámara cada seis metros y ningún punto ciego. Aquello no le preocupaba a Holly ya que las cámaras humanas no podían detectar a una elfa bajo su escudo... salvo que fueran de las de alta velocidad en cuanto a fotogramas por segundo. Y aun así, los fotogramas tenían que ser vistos uno a uno para captar un atisbo de los seres mágicos. Solo un humano lo había conseguido, un irlandés que en el momento en que lo descubrió tenía doce años.

Holly flotó escaleras abajo y activó un filtro de argón para láseres en su visor. Todo el edificio podía estar cruzado de haces de láser y ella no se daría cuenta hasta que hiciera saltar la alarma. Incluso una elfa escudada posee suficiente masa para

detener un haz de modo que no llegue a su sensor, aunque solo sea un milisegundo. La visión se tornó de un morado nublado, pero no había haces. Estaba segura de que las cosas cambiarían cuando llegaran a la cámara acorazada. Holly continuó su vuelo hasta el ascensor de suelo de acero bruñido.

—Artemis está en la ochenta y cuatro —le informó Potrillo—. La cámara acorazada, en la ochenta y cinco; el ático de Spiro, en la ochenta y seis, donde estamos ahora.

—¿De qué están hechas las paredes?

—Según el espectrómetro, los tabiques son, en su gran mayoría, de yeso y madera. Menos los que rodean las habitaciones clave, que están reforzados de acero.

—Déjame adivinar: la habitación de Artemis, la cámara acorazada y el ático de Spiro.

—Justo en el blanco, capitana. Pero no desesperes, he buscado el camino más corto. En estos momentos tienes que estar recibiéndolo en el casco.

Holly esperó un momento hasta que un icono en forma de pluma parpadeó en la esquina de su visor informándole de que tenía un mensaje.

—Abrir mensaje —dijo al micro del casco, pronunciando con claridad.

Una matriz de líneas verdes se superpuso enfrente de la visión normal. Su camino estaba marcado mediante una gruesa línea roja.

—Sigue el láser, Holly. A prueba de tontos. No te ofendas.

—No me he ofendido, por ahora. Pero si no funciona, me sentiré más ofendida de lo que te puedas imaginar.

El láser rojo conducía directamente hacia el interior del

ascensor. Holly flotó hasta la caja metálica y descendió hasta la planta ochenta y cinco. El láser que le servía de guía la condujo fuera del ascensor y a lo largo del pasillo.

Comprobó la puerta de una oficina a su izquierda. Cerrada. Ninguna sorpresa.

—Voy a tener que quitarme el escudo para abrir esa cerradura. ¿Estás seguro de que mi patrón está borrado del vídeo?

—Por supuesto —le aseguró Potrillo.

Holly podía imaginar el mohín infantil de sus labios. Se quitó el escudo y cogió una Omniherramienta del cinturón. El sensor de la Omniherramienta enviaría una fotografía de rayos X de la cerradura al chip y seleccionaría la herramienta adecuada. Incluso llevaba a cabo la apertura. Por descontado, la Omniherramienta solo funcionaba con cerraduras de llave, unas cerraduras que, a pesar de su poca fiabilidad, los Fangosos seguían utilizando.

En menos de cinco segundos la puerta se abrió ante ella.

—Cinco segundos —dijo Holly—. Tengo que cambiarle la pila a este chisme.

La línea roja del visor cruzaba por el centro de la oficina y luego bajaba en picado en un ángulo recto, a través del suelo.

—Déjame adivinar: Artemis está ahí abajo.

—Sí. Dormido a juzgar por las imágenes que recibo de la iriscam.

—Dijiste que la celda estaba recubierta de acero reforzado.

—Cierto. Pero en el techo o en las paredes no hay sensores de movimiento, de modo que lo único que tienes que hacer es abrirte camino a través del techo.

Holly sacó su Neutrino 2000.

—Ah, ¿eso es todo?

Escogió el lugar junto a un aparato de aire acondicionado de pared y retiró la alfombra. Bajo aquella, el suelo era duro y metálico.

—Ni rastro, ¿recuerdas? —dijo Potrillo por el auricular—. Es crucial.

—Ya me preocuparé de eso después —contestó Holly, ajustando el aire acondicionado en el modo de extracción—. Ahora, tengo que sacarlo de ahí. Vamos según lo programado.

Holly ajustó la salida de la Neutrino y concentró el haz de modo que cortara el suelo metálico. Un humo acre que se levantó del corte profundo y fundido fue inmediatamente succionado hacia la noche de Chicago mediante el aparato de aire acondicionado.

—Artemis no es el único con un poco de cerebro por aquí —gruñó Holly mientras el sudor le corría por la cara, a pesar del control de temperatura del casco.

—El aire acondicionado evita que se dispare la alarma de incendios. Muy bueno.

—¿Está despierto? —preguntó Holly dejando el último centímetro de medio metro cuadrado sin cortar.

—Con los ojos abiertos como platos; un láser taladrando el techo tiene ese efecto en las personas.

—Bien —dijo la capitana Canija, cortando la sección final. El cuadrado metálico se retorció en su último filamento de acero.

—¿Eso no va a hacer mucho ruido? —preguntó Potrillo.

Holly observó cómo caía la sección.

—Lo dudo —respondió.

CAPÍTULO X:
DEDOS Y PULGARES

CELDA DE ARTEMIS FOWL, SPIRO NEEDLE

 ARTEMIS estaba meditando cuando el primer impacto del láser se abrió camino a través del techo. Se levantó de la postura del loto, se puso el suéter y colocó algunos almohadones en el suelo. Momentos después, un cuadrado metálico cayó al suelo y los cojines ahogaron el impacto. El rostro de Holly apareció por el agujero.

Artemis señaló los cojines.

—Sabía que lo haría.

La capitana de la PES asintió.

—Trece años y ya eres previsible.

—Supongo que utilizaste el aire acondicionado para aspirar el humo.

—Exacto. Creo que vamos a acabar conociéndonos muy bien.

Holly desenrolló una cuerda pitón del cinturón y la dejó caer hacia la habitación.

–Haz un lazo al final con la abrazadera y súbete. Yo te subiré.

Artemis así lo hizo, y en cuestión de segundos estaba trepando a través del agujero.

–¿Tenemos al señor Potrillo de nuestra parte? –preguntó.

Holly le tendió a Artemis un pequeño auricular cilíndrico.

–Pregúntaselo tú.

Artemis se colocó el milagro de la nanotecnología.

–Bien, Potrillo. Me dejas estupefacto.

En el subsuelo, en Ciudad Refugio, el centauro se frotó las manos. Artemis era el único que en realidad comprendía sus diatribas.

–Esto te va a encantar, Fangoso. No solo te he borrado del video, no solo he borrado la caída del techo, sino que además he creado un Artemis virtual.

Artemis se mostró intrigado.

–¿Un sim? ¿De verdad? ¿Cómo lo has hecho?

–Muy fácil, la verdad –dijo Potrillo con modestia–. Tengo archivadas cientos de películas humanas. Tomé prestada la escena del confinamiento en la celda de Steve McQueen en *La gran evasión* y cambié la ropa.

–¿Y la cara?

–Tenía algunas grabaciones digitales del interrogatorio de tu última visita a Refugio. Uní las dos y... *voilà!* Nuestro Artemis simulado puede hacer todo lo que le pida cuando se lo pida. En este momento, el sim está durmiendo, pero de aquí a una media hora podría ordenarle que fuera al baño.

Holly enrolló la cuerda pitón.

—El milagro de la ciencia moderna. La PES destina millones a tu departamento, Potrillo, y lo único que puedes hacer es mandar Fangosos al baño.

—Deberías ser amable conmigo, Holly. Te estoy haciendo un gran favor. Si Julius supiera que te estoy ayudando, se pondría furioso.

—Que es exactamente la razón por la que lo estás haciendo.

Holly se acercó a la puerta con sigilo y abrió un resquicio. El pasillo estaba en silencio salvo por el zumbido de las cámaras y de los fluorescentes. Una parte del visor de Holly mostró miniimágenes transparentes de las cámaras de seguridad de Spiro. Había seis vigilantes haciendo la ronda en aquella planta. Holly cerró la puerta.

—Bien, continuemos. Tenemos que llegar hasta Spiro antes del cambio de guardia.

Artemis colocó la alfombra sobre el agujero del suelo.

—¿Ya has localizado sus dependencias?

—Justo encima de nosotros. Tenemos que subir y escanearle la retina y el pulgar.

Una idea cruzó el rostro de Artemis por un segundo.

—Los escáneres. Sí, cuanto antes mejor.

Holly nunca había visto aquella expresión en el rostro del humano. ¿Culpabilidad? ¿Podía ser?

—¿Hay algo que no me hayas contado? —le preguntó.

La expresión desapareció y fue sustituida por la habitual falta de emoción.

—No, capitana Canija, nada. ¿De verdad crees que es el mejor momento para un interrogatorio?

Holly movió un dedo amenazadoramente.

–Artemis, si me metes en líos ahora, en medio de una operación, no voy a olvidarlo.

–No te preocupes –respondió Artemis con ironía–. Yo sí.

El apartamento de Spiro estaba dos plantas más arriba, sobre la celda de Artemis. Parecía lógico que también contara con todas las medidas de seguridad. Por desgracia, a Jon Spiro no le hacía gracia que alguien le espiara, de modo que no había ninguna cámara en aquella parte del edificio.

–Típico –murmuró Potrillo–. A los megalómanos ávidos de poder no les gusta que nadie vea sus trapicheos.

–Creo que alguien se está contradiciendo –dijo Holly, enviando un haz condensado de su Neutrino hacia el techo.

Una sección de techo flotante se fundió como hielo en una tetera dejando a la vista el acero. Unas gotas de metal fundido corroyeron la alfombra cuando el láser se abrió paso a través del suelo de arriba. Cuando el agujero tuvo el diámetro suficiente, Holly apagó el haz y asomó la cámara del casco por el espacio vacío.

No apareció nada en la cámara.

–Cambio a infrarrojos.

Una retahíla de trajes apareció a la vista. Debían de ser blancos.

–El armario. Estamos en el armario.

–Perfecto –dijo Potrillo–. Ponlo a dormir.

–Está dormido. Son las cinco menos diez de la mañana.

–Bien, pues entonces asegúrate de que no se despierta.

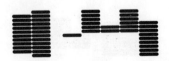

Holly devolvió la cámara a su guía. Extrajo una cápsula plateada del cinturón y la insertó dentro del agujero. Potrillo le facilitó una explicación a Artemis.

—La cápsula es un Adormecedor, por si te lo preguntabas.

—¿Gaseoso?

—No. Ondas cerebrales.

Artemis sintió curiosidad.

—Sigue.

—Básicamente busca patrones de ondas cerebrales y las replica. Cualquiera que se encuentre en las inmediaciones permanece en el estado en que esté hasta que la cápsula se disuelve.

—¿Sin dejar rastro?

—Ninguno. Y sin efectos secundarios. Me paguen lo que me paguen, no es suficiente.

Holly cronometró un minuto en el reloj de su visor.

—Bien. Está KO, siempre que no estuviera despierto cuando el Adormecedor entró. Vamos.

La habitación de Spiro era tan blanca como sus trajes salvo por el agujero chamuscado del armario. Holly y Artemis subieron por el agujero y fueron a parar a una alfombra blanca de pelo largo y a unas puertas corredizas de madera blanca. Las atravesaron y entraron en una habitación que refulgía en la oscuridad, llena de muebles futuristas. Blancos, por supuesto. Luces direccionales blancas y cortinas blancas.

Holly se entretuvo unos instantes observando un cuadro que dominaba una de las paredes.

—¡Oh, dame un respiro! —dijo.

Era un óleo completamente blanco. Había una placa de cobre debajo en la que se leía: «Fantasma blanco».

Spiro descansaba en el centro de un futón gigantesco, perdido entre las dunas de sus sábanas de seda. Holly las retiró y lo hizo rodar hasta que quedó boca arriba. Incluso mientras dormía, el rostro del hombre reflejaba maldad, como si sus sueños fueran igual de perversos que su pensamientos cuando estaba despierto.

—Un tipo encantador —dijo Holly, utilizando su pulgar para levantar el párpado izquierdo de Spiro.

La cámara del casco escaneó el ojo y almacenó la información en el chip. Sería sencillo proyectar el archivo en el escáner de la cámara y burlar el ordenador.

El escaneo del pulgar no sería tan sencillo porque el dispositivo era un escáner de gel, los diminutos sensores buscarían los surcos y las líneas reales del pulgar de Spiro. Una proyección no serviría. Tendría que ser en 3D. A Artemis se le había ocurrido que podrían utilizar una venda de látex memoriado, un componente estándar de cualquier maletín de primeros auxilios de la PES y el mismo látex utilizado para pegar el micro a su cuello. Lo único que tenían que hacer era envolver el pulgar de Spiro en un vendaje durante unos segundos y tendrían un molde del dedo. Holly extrajo un vendaje del cinturón y rasgó una tira de quince centímetros.

—No funcionará —avisó Artemis.

A Holly se le cayó el alma a los pies. Ya estaba, aquello era lo que Artemis no le había contado.

—¿Qué no funcionará?

—El látex memoriado. No burlará el escáner de gel.

Holly saltó del futón.

—No tengo tiempo para esto, Artemis. No «tenemos»

tiempo para esto. El látex memoriado conseguirá una copia perfecta, hasta de la última molécula.

Artemis miraba al suelo.

—Un modelo perfecto, cierto, pero al revés. Como el negativo de una foto. Los surcos deberían ser líneas.

—¡D'Arvit! —se le escapó a Holly.

El Fangoso tenía razón. Pues claro que la tenía. El escáner leería el látex como una huella totalmente diferente. La sangre le subió a las mejillas tras el visor.

—Tú lo sabías, Fangoso. Lo sabías desde el principio.

Artemis no se molestó en negarlo.

—Me sorprende que nadie más cayera en la cuenta.

—¿Y para qué mentir?

Artemis dio la vuelta a la cama, hacia el otro extremo y cogió la mano derecha de Spiro.

—Porque no hay modo de burlar el escáner de gel. Tiene que leer el pulgar real.

Holly resopló.

—¿Y qué quieres que haga? ¿Que se lo corte y que nos lo llevemos?

El silencio de Artemis lo dijo todo.

—¿Qué? ¿Quieres que le corte el pulgar? ¿Estás loco?

Artemis esperó con paciencia a que el arranque de ira pasara.

—Escúchame, capitana, solo es una medida temporal. El pulgar puede volverse a unir, ¿no?

Holly alzó las palmas de las manos como para detenerlo.

—Artemis, cállate. Cierra la boca. Y pensaba que habías cambiado... El comandante tenía razón, la naturaleza humana no cambia.

—Cuatro minutos —insistió Artemis—. Tenemos cuatro minutos para entrar en la cámara acorazada y volver. Spiro ni se enterará.

Cuatro minutos era el tiempo límite que prescribía el manual para la curación. Después de eso no había garantías de que el pulgar aguantara. La piel se uniría, pero los músculos y las terminaciones nerviosas lo rechazarían.

Holly creyó que el casco se le encogía.

—Artemis, te voy a matar, así que dame una explicación.

—Piensa, Holly. No me quedaba otra opción que mentir sobre el plan. ¿Habrías estado de acuerdo si te lo hubiera dicho antes?

—No. ¡Y ahora tampoco lo estoy!

El rostro de Artemis refulgía como las paredes de tan pálido que estaba.

—Tienes que hacerlo, capitana. No hay otra solución.

Holly despidió a Artemis como si se tratara de una mosca cojonera y le habló al micro del casco.

—Potrillo, ¿tú lo has oído? Esto es de locos.

—Parece de locos, Holly, pero si no recuperamos esa tecnología, podríamos perder mucho más que un pulgar.

—No puedo creerlo. ¿De qué parte estás, Potrillo? Ni siquiera me atrevo a pensar en las repercusiones legales de todo esto.

El centauro ahogó una risita.

—¿Repercusiones legales? Estamos un poco lejos de los sistemas judiciales, capitana. Esta operación es secreta. Sin informes y sin autorización. Si esto se filtra, nos echarán a todos del trabajo. Un pulgar más o menos no va a cambiar demasiado las cosas.

Holly accionó el control de temperatura del casco y dirigió una ráfaga de aire fría hacia su frente.

—¿Estás seguro de que podemos hacerlo, Artemis?

Artemis hizo unos cuantos cálculos mentales.

—Sí. Estoy seguro. Y de todas formas, no nos queda más remedio que intentarlo.

Holly se dirigió hacia el otro extremo del futón.

—No puedo creer que ni siquiera lo esté considerando. —Alzó la mano de Spiro con suavidad. Spiro no reaccionó, tan solo dejó escapar un murmullo somnoliento. Tras los párpados, los ojos de Spiro bailaban en fase de sueño REM.

Holly extrajo su arma. En teoría era perfectamente factible cortar un dedo y luego volverlo a unir con magia. Nadie saldría perjudicado y muy probablemente la inyección de magia borraría algunas manchas de la mano de Spiro, pero aquel no era el objetivo. Se suponía que la magia no debía utilizarse de aquel modo. Artemis estaba manipulando de nuevo a las Criaturas Mágicas en su propio provecho.

—Haz de quince centímetros —le dijo Potrillo al oído—. Frecuencia muy alta. Necesitamos un corte limpio. Y ponle una inyección mágica mientras lo haces. Eso te dará unos dos minutos más de margen.

Por alguna razón, Artemis estaba estudiando la parte de atrás de las orejas de Spiro.

—Mmm... —murmuró—. Inteligente.

—¿Qué? —susurró Holly—. ¿Ahora qué?

Artemis dio un paso atrás.

—Nada importante. Continúa.

Un resplandor rojo se reflejó en el visor de Holly cuando

un haz de láser corto y concentrado surgió de la punta de la Neutrino.

—Un corte —dijo Artemis—. Limpio.

Holly lo miró.

—No, Fangoso. Ni una palabra. Especialmente si se trata de un consejo.

Artemis retrocedió. Algunas batallas se ganaban en la retirada.

Ayudándose de su pulgar e índice izquierdos, Holly dibujó un círculo alrededor del pulgar de Spiro y envió una pulsación suave de magia hacia la mano humana. En cuestión de segundos, la piel se estiró, las arrugas desaparecieron y recuperó el tono muscular.

—Filtro —le dijo al micro—. Rayos X.

El filtro bajó y, de repente, todo se volvió transparente, incluso la mano de Spiro. Los huesos y las articulaciones eran claramente visibles bajo la piel. Solo necesitaban la huella dactilar, de modo que cortaría entre los nudillos. Ya sería lo bastante complicado volverlo a unir bajo presión como para añadir una articulación compleja a la ecuación.

Holly tomó aliento y lo contuvo. El Adormecedor actuaría con mayor eficacia que cualquier anestésico. Spiro no sentiría ni la más mínima punzada de dolor. Hizo el corte. Un corte suave que fue cicatrizándose a medida que se realizaba. No se derramó ni una gota de sangre.

Artemis envolvió el pulgar en un pañuelo del cajón de Spiro.

—Buen trabajo —dijo—. Vamos, el tiempo corre.

Artemis y Holly volvieron a dejarse caer por el agujero del armario hasta la planta ochenta y cinco. En aquel piso había casi dos kilómetros de pasillo y seis vigilantes patrullándolo por parejas. Las rondas estaban especialmente programadas para que una pareja nunca perdiera de vista la puerta de la cámara acorazada. El pasillo de la cámara tenía unos cientos de metros de largo y les llevó unos ochenta segundos recorrerlo. Al final de aquellos ochenta segundos, la siguiente pareja de vigilantes apareció doblando la esquina. Por fortuna, aquella madrugada veían las cosas bajo otra luz.

Potrillo les dio pie.

—Bien, nuestros chicos se están aproximando por la esquina.

—¿Estás seguro de que son ellos? Esos gorilas son todos iguales. Cabeza pequeña y cuello inexistente.

—Estoy seguro. Sus distintivos brillan con claridad.

Holly había colocado a Pex y a Chips un sello que solían utilizar los de inmigración para los visados invisibles. Los sellos emitían un brillo naranja cuando los miraban a través de un filtro de infrarrojos.

Holly empujó a Artemis por la puerta, delante de ella.

—Bien, adelante. Y nada de comentarios sarcásticos.

La advertencia no era necesaria. Incluso Artemis Fowl no se sentía con ánimo para los sarcasmos en un momento tan delicado de la operación.

Avanzó por el pasillo en dirección a los dos mamuts de los guardias de seguridad. Sus chaquetas exhibían sendos bultos bajo las axilas. Pistolas, sin duda. De las grandes; con un montón de balas.

—¿Estás segura de que están bajo los efectos del *encanta*? —le preguntó a Holly, quien se suspendía en el aire, sobre su cabeza.

—Por supuesto. Sus mentes estaban tan en blanco que fue como escribir con una tiza sobre una pizarra; pero puedo dejarlos KO si lo prefieres.

—No —jadeó Artemis—. Ningún rastro. No debe de quedar ningún rastro.

Pex y Chips estaban cada vez más cerca, discutiendo los méritos de varios personajes ficticios.

—El capitán Garfio es la leche —comentaba Pex—. Le patearía ese culo morado a Barney el dinosaurio diez veces de diez.

Chips suspiró.

—No entiendes lo de Barney. Se trata de valores, no de patear culos.

Pasaron junto a Artemis sin verlo. ¿Y por qué iban a verlo? Holly los había encantado para que no notaran nada fuera de lo normal en aquella planta salvo si se les indicaba expresamente.

La cabina de seguridad se abría ante ellos. Les quedaban aproximadamente cuarenta segundos antes de que la siguiente pareja de guardias doblara la esquina. La pareja no encantada.

—Más o menos medio minuto, Holly. Ya sabes lo que tienes que hacer.

Holly encendió las bobinas térmicas de su traje de modo que estuvieran exactamente a la misma temperatura que la habitación. Aquello engañaría el entramado de láseres que cruzaban la entrada de la cámara acorazada. A continuación,

imprimió a sus alas un aleteo suave. Una corriente de aire en vertical demasiado fuerte podría activar la almohadilla de presión. Continuó el camino cogiendo impulso en la pared en la que el casco le informó que no había sensores escondidos. La almohadilla de presión tembló a causa del desplazamiento del aire, pero no lo suficiente como para activar el sensor. Artemis observaba el progreso con impaciencia.

–Deprisa, Holly. Veinte segundos.

Holly gruñó algo impublicable, y se arrastró hasta una distancia de la puerta en que podía tocarla alargando el brazo.

–Archivo de Vídeo Spiro 3 –dijo, y el ordenador del casco emitió la grabación de Jon Spiro introduciendo el código de la puerta de la cámara acorazada.

Imitó sus acciones y, en el interior de la puerta de acero, seis pistones reforzados se retiraron permitiendo que la puerta de contrapeso se balanceara sobre las bisagras al abrirse. Todas las alarmas exteriores se apagaron de forma automática. La puerta secundaria permaneció cerrada con tres luces rojas encendidas en el panel. Solo quedaban tres barreras. La almohadilla de gel, el escáner de retina y la activación de voz.

Aquel tipo de operación era demasiado complicada para las órdenes verbales. Se sabía que los ordenadores de Potrillo habían malinterpretado las órdenes, aún cuando el centauro insistiera en que se trataba de un error mágico. Holly retiró la tira de velcro de su muñeca que cubría el panel de comandos del casco.

Primero, proyectó una imagen en 3D del ojo de Spiro a una altura de un metro setenta. El escáner de retina envió un haz giratorio para que leyera el ojo virtual. Por lo visto lo sa-

tisfizo porque desbloqueó la primera cerradura. Una de las luces rojas cambió a verde.

El siguiente paso fue buscar el archivo de voz adecuado para burlar la comprobación de voz. El equipo era muy sofisticado y no se lo podía engañar con una grabación. Es decir, con una grabación humana. Los micros digitales de Potrillo hacían copias que no podían distinguirse de la voz real. Incluso las lombrices, cuyos cuerpos están recubiertos de orejas, podían verse atraídas por un susurro de apareamiento de lombriz con el equipo de grabación de Potrillo. En aquellos momentos estaba en negociaciones por la patente con una agencia de recolección de bichos.

Holly hizo que el archivo sonara a través de los altavoces del casco.

—Jon Spiro. Soy el jefe, así que ábrete y rapidito.

La alarma número dos se desconectó. Otra luz verde.

—Perdona, capitana —dijo Artemis con cierto atisbo de nerviosismo en la voz—. Casi no nos queda tiempo.

Desenvolvió el pulgar y pasó junto a Holly, hacia el círculo rojo del suelo. Artemis apretó el pulgar en el escáner. Un gel verde comenzó a irradiarse entre los surcos cercenados del dedo. El display de la alarma se puso verde. Había funcionado. Por supuesto que lo había hecho; después de todo, el pulgar era genuino.

Sin embargo, no ocurrió nada más. La puerta no se abrió.

Holly le dio un puñetazo a Artemis en el hombro.

—¿Bien? ¿Estamos dentro?

—Por lo visto no. Por cierto, los puñetazos no me ayudan a concentrarme.

Artemis miró la consola. ¿Qué se le había pasado por alto? Piensa, chico, piensa. Haz trabajar a esas famosas neuronas, se dijo. Se inclinó hacia la puerta secundaria y cambió el peso de su pierna izquierda. Bajo él, el plato rojo chirrió.

—¡Claro! —exclamó Artemis. Agarró a Holly y la estrechó con fuerza.

—No es solo un indicador rojo —le explicó con prisas—. Es sensible al peso.

Artemis tenía razón. La masa combinada de ambos se acercó lo suficiente a la de Spiro como para engañar a la balanza. Obviamente un dispositivo mecánico; un ordenador jamás hubiera sido burlado. La puerta secundaria se deslizó sobre la guía a sus pies.

Artemis tendió el pulgar a Holly.

—Adelante —dijo—. A Spiro se le acaba el tiempo. Enseguida me reuniré contigo.

Holly cogió el pulgar.

—¿Y si no es así?

—Entonces pasaremos al Plan B.

Holly asintió despacio.

—Esperemos que no tengamos que hacerlo.

—Esperémoslo.

Artemis entró en la cámara acorazada. Hizo caso omiso de la fortuna en joyas y bonos al portador y se dirigió derecho hacia la prisión de plexiglás del Cubo cuyo paso bloqueaban dos guardias de seguridad mastodónticos. Ambos llevaban máscaras de oxígeno y estaban anormalmente quietos.

—Perdónenme, caballeros, ¿a alguno de ustedes dos le importaría si cojo prestado el Cubo del señor Spiro?

Ninguno respondió. Al menos no con algo más que la ascensión de una ceja. Aquello lo producía sin duda alguna el gas paralizante de las bombonas de oxígeno preparado a partir del veneno de un nido de arañas peruanas. El gas era similar en su composición química a un ungüento utilizado por los nativos sudamericanos como anestésico.

Artemis introdujo el código que Potrillo le iba recitando al oído y las cuatro paredes del estuche de plexiglás descendieron en la columna mediante unos motores silenciosos y dejaron el Cubo B al descubierto. Alargó una mano para coger la caja...

Habitación de Spiro

Holly subió hasta el armario de la habitación de Spiro. El industrial yacía en la misma posición en que lo había dejado; la respiración seguía siendo regular y acompasada. El cronómetro en el visor de Holly marcaba las 4.57 de la madrugada y seguía contando. Justo a tiempo.

Holly desenvolvió el pulgar con cautela y lo alineó con el resto del dedo. La mano de Spiro estaba fría y tenía un tacto enfermizo. Utilizó el filtro de aumento de su visor para agrandar el pulgar seccionado. Hizo que las dos mitades coincidieran al máximo.

–Cúrate –dijo, y las chispas mágicas emergieron desde las puntas de sus dedos y se hundieron entre las dos mitades del pulgar de Spiro.

Unas chispas de luz azul cosieron la dermis y la epidermis

y una piel nueva irrumpió a través de la vieja para curar la herida. El pulgar comenzó a vibrar y empezó a brotar vapor de los poros hasta que se formó una bruma alrededor de la mano de Spiro. El brazo del hombre se estremeció con violencia y una sacudida le recorrió el pecho huesudo. La espalda de Spiro se arqueó hasta que Holly creyó que iba a romperse y, a continuación, se derrumbó en la cama. Durante todo aquel proceso, los latidos del corazón del mafioso no se perturbaron.

Unas cuantas chispas perdidas saltaron por el cuerpo de Spiro como piedras en un estanque en dirección hacia la zona de detrás de las orejas, justo donde Artemis había estado mirando. Curioso. Holly estiró una de las orejas lo que reveló una cicatriz en forma de media luna que rápidamente borró la magia. Detrás de la otra oreja había otra cicatriz idéntica.

Holly utilizó el visor para agrandar una de aquella.

—Potrillo. ¿Qué crees que significa esto?

—Cirugía —contestó el centauro—. Tal vez nuestro amigo Spiro se ha hecho un lifting. O tal vez...

—O tal vez no es Spiro —acabó Holly, cambiando al canal de Artemis—. Artemis. No es Spiro. Es un doble. ¿Me oyes? Responde, Artemis.

Artemis no respondió. Tal vez porque no quería o tal vez porque no podía.

La cámara acorazada

Artemis alargó una mano hacia el cubo, y una pared falsa se deslizó hacia atrás con un silbido. Detrás estaban Jon Spiro y

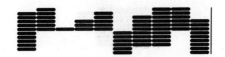

Brutus Blunt. La sonrisa de Spiro era tan ancha que podría haberse tragado una raja de sandía. Aplaudió y sus joyas tintinearon.

—Bravo, señor Fowl. Algunos de nosotros pensamos que no conseguiría llegar tan lejos.

Blunt extrajo un billete de cien dólares de la cartera y se lo tendió a Spiro.

—Muchas gracias, Brutus. Espero que esto te enseñe a no apostar contra la casa.

Artemis asintió con la cabeza, pensativamente.

—Lo de la habitación era un doble.

—Sí. Costa, mi primo. Tenemos la misma forma de la cabeza. Uno o dos cortes y somos como un par de gotas de agua.

—De modo que configuró el escáner de gel para que aceptara su huella.

—Solo por una noche. Quería ver hasta dónde llegarías. Eres un muchacho sorprendente, Arty. Nadie había conseguido llegar hasta la cámara acorazada y te sorprendería saber cuántos profesionales lo han intentado. Queda demostrado que mi sistema de seguridad tiene algunos problemas técnicos, algo que los de seguridad ya se encargarán de subsanar. De todas formas, ¿cómo has conseguido entrar aquí? No parece que Costa haya venido contigo.

—Secreto profesional.

Spiro bajó de una pequeña plataforma.

—No importa. Repasaremos las cintas. Seguro que hay un par de cámaras que no has podido burlar. Una cosa es segura: no lo has hecho sin ayuda. Regístralo, Brutus, a ver si lleva un auricular.

Blunt tardó menos de cinco segundos en encontrarlo. Lo extrajo con aire triunfal y machacó el diminuto cilindro bajo la bota.

Spiro suspiró.

—No me cabe duda, Brutus, de que esa pequeña maravilla de la electrónica valía más de lo que lo harás tú en toda tu vida. No sé por qué todavía te conservo. De verdad que no lo sé.

Blunt hizo una mueca. Aquella dentadura era acrílica y estaba medio llena de un aceite azulado. Su sonrisa era una macabra máquina de hacer olas.

—Lo siento, señor Spiro.

—Pues aún lo sentirás más, amigo Dientes —dijo Artemis—, porque Mayordomo está de camino.

Blunt retrocedió un paso de forma involuntaria.

—No creas que esas paparruchas me asustan. Mayordomo está muerto. Lo vi caer.

—Caer, tal vez, pero ¿lo viste morir? Si no recuerdo mal, después de que dispararas a Mayordomo, él te disparó a ti.

Blunt se tocó las suturas de la sien.

—Un disparo con suerte.

—¿Con suerte? Mayordomo está muy orgulloso de su puntería. Yo no le diría eso a la cara.

Spiro rió encantado.

—El muchacho está jugando contigo, Brutus. Trece años y ya te hace dar vueltas como una peonza. Un poco más de nervio, hombre; se supone que eres un profesional.

Blunt trató de recobrar la compostura, pero el fantasma de Mayordomo se cernía sobre su expresión.

Spiro levantó el Cubo B del cojín.

—Esto es divertido, Arty. Todos estos tira y afloja de hombre duro que no significan nada. Vuelvo a ganar yo, te he vencido. Todo esto no ha sido más que un juego para ti, una diversión. Tu pequeña operación ha sido muy instructiva, aunque patética. Sin embargo, has de reconocer que se ha terminado. ¡Estás solo y yo no tengo tiempo para más jueguecitos!

Artemis suspiró, el vivo retrato de la derrota.

—Todo esto ha sido una lección, ¿verdad? Solo para enseñarme quién era el jefe.

—Exacto. Hay gente que tarda un tiempo en aprenderlo. Por lo que veo, cuanto más inteligente es el enemigo, mayor es el ego. Tenías que saber que no eras rival para mí antes de que vayas a hacer lo que te pida. —Spiro colocó una mano huesuda sobre el hombro del chico irlandés. Artemis sintió el peso de sus joyas—. Y ahora escúchame con atención, chaval: quiero que abras el Cubo, se acabaron las tonterías. Jamás he conocido a un loco de la informática que no dejara una puerta trasera por donde poder entrar. O lo abres ahora mismo o voy a dejar de verle la gracia a todo eso y, créeme, eso no te gustaría.

Artemis cogió el Cubo B con las dos manos y miró la pantalla plana. Aquella era la parte delicada del plan. Spiro tenía que creer que se había vuelto a demostrar más hábil que Artemis Fowl.

—Hazlo, Arty. Hazlo ahora.

Artemis se pasó una mano por los labios secos.

—Muy bien. Necesito un minuto.

Spiro le dio unas palmaditas en el hombro.

—Soy un hombre generoso. Tómate dos. —Le hizo una señal a Blunt con la cabeza—. No te alejes, Brutus. No quiero
que nuestro amiguito vuelva a gastarnos más bromas.

Artemis se sentó a la mesa de acero inoxidable y expuso
las entrañas del Cubo. Manipuló rápidamente un complicado
manojo de fibras ópticas y extrajo un cable al mismo tiempo.
El bloqueador de la PES. Después de menos de un minuto,
dejó el Cubo.

Los ojos de Spiro se abrieron desmesuradamente de emoción mientras unas imágenes de riquezas ilimitadas danzaban
en su cerebro.

—Buenas noticias, Arty, solo quiero oír buenas noticias.

Artemis parecía más apocado, como si por fin la conscien-
cia de la situación en la que se encontraba se hubiera abierto
camino a través de su arrogancia.

—Lo he reiniciado. Ya funciona, pero...

Spiro agitó las manos. Las pulseras tintinearon como el
cascabel de un gato.

—¡Pero! Será mejor que ese «pero» sea una memez.

—No es nada. Apenas vale la pena mencionarlo. He tenido
que volver a la versión 1.0; la versión 1.2 estaba configurada
para oír estrictamente mis patrones de voz. La 1.0 es menos
segura, por no decir un poco más temperamental.

—Temperamental. Eres una caja, no mi abuela, Cubo.

—¡No soy una caja! —dijo Potrillo, la nueva voz del Cubo
gracias al bloqueador extraído—. Soy una maravilla de la inteligencia artificial. Vivo, ergo aprendo.

—¿Ve lo que quería decir? —dijo Artemis con timidez.

El centauro iba a estropearlo. No debía levantar las sospechas de Spiro todavía.

Spiro miró fijamente el Cubo como si se tratara de un subordinado.

—¿Es que ahora vas a darme una lección?

El Cubo no respondió.

—Tiene que dirigirse a él por su nombre —le explicó Artemis—. Si no, contestaría cualquier pregunta que sus sensores alcanzaran a captar.

—¿Y cómo se llama?

En aquellas ocasiones, Juliet solía emplear la frase «Holaaa, ¿hay alguien ahí?». Artemis nunca utilizaría semejante expresión coloquial, pero no le vendría mal en aquellas circunstancias.

—Se llama Cubo.

—Vale, Cubo. ¿Vas a darme una lección?

—Te daré lo que la capacidad de mi procesador pueda darte.

Spiro se frotó las manos con regocijo infantil y las joyas desprendieron destellos como las olas del mar a la puesta del sol.

—Vale, vamos a probar el chisme este. Cubo, ¿puedes decirme si hay algún satélite que esté controlando este edificio?

Potrillo se mantuvo en silencio unos segundos. Artemis se lo imaginaba recibiendo la información del rastreo del satélite en una pantalla.

—En estos momentos solo uno aunque, a juzgar por los rastros iónicos, este edificio ha sido alcanzado por más rayos que el *Halcón Milenario*.

Spiro le lanzó una mirada a Artemis.

—El chip de personalidad es defectuoso —le explicó el chico—. Por eso dejé de fabricarlo. Se puede arreglar en cualquier momento.

Spiro asintió con la cabeza. No deseaba que su propio genio de la lámpara maravillosa desarrollara la personalidad de un gorila.

—¿Qué me dices de ese grupo, la PES, Cubo? —le preguntó—. Me vigilaban en Londres. ¿Lo están haciendo ahora?

—¿La PES? Es el satélite de una cadena de televisión libanesa —dijo Potrillo siguiendo las instrucciones de Artemis—. Concursos en su mayoría. No llega tan lejos.

—Vale, olvidémoslo, Cubo. Tengo que saber el número de serie de ese satélite.

Potrillo consultó una pantalla.

—Esto... Déjame ver. Estados Unidos, registrado a nombre del gobierno federal. Número ST1147P.

Spiro apretó los puños.

—¡Sí! Correcto. Resulta que ya tengo esa información. Cubo, has pasado la prueba.

El multimillonario se puso a bailar por el laboratorio con una serie de aspavientos infantiles por culpa de tanta codicia.

—¡Te lo digo yo, Arty, esto me ha quitado muchos años de encima! Me siento como si llevara esmoquin y fuera al baile de final de curso.

—Ya veo.

—No sé por dónde empezar. ¿Debería hacer negocios o robarles los suyos a los demás?

Artemis forzó una sonrisa.

—El mundo es su ostra.

Spiro le dio unos golpecitos suaves al Cubo.

—Exacto. Eso es exactamente lo que es. Y voy a hacerme con absolutamente todas las perlas que me ofrezca.

Pex y Chips se presentaron en la puerta de la cámara acorazada con las pistolas desenfundadas.

—¡Señor Spiro! —tartamudeó Pex—. ¿Es esto alguna especie de simulacro?

Spiro rió.

—Ah, mira, aquí viene la caballería con siglos de retraso. No, no es un simulacro. ¡Y me encantaría saber cómo es que este jovencito de aquí ha conseguido burlaros!

Los gorilas miraron a Artemis como si acabara de aparecer de la nada. Algo que, para sus mentes encantadas, era cierto.

—No lo sabemos, señor Spiro. No lo hemos visto. ¿Quiere que nos lo llevemos fuera y que tenga un accidente?

Spiro rió, una risotada brusca y desagradable.

—Tengo una nueva palabra para vosotros dos, berzotas: «prescindible». En estos momentos, vosotros lo sois y él no. ¿Lo cogéis? Así que quedaos donde estáis y que parezca que dais miedo, si no os sustituiré por dos gorilas afeitados.

Spiro miró la pantalla del Cubo como si no hubiera nadie más en la habitación.

—Creo que aún me quedan unos veinte años de vida. Después de eso, el mundo puede irse al carajo por lo que a mí respecta. No tengo ni familia ni herederos. No siento necesidad alguna de construir nada para el futuro. Voy a dejar seco este planeta y con este Cubo puedo hacer lo que me venga en gana con quien me venga en gana.

—Yo sé qué es lo primero que haría —dijo Pex. Sus ojos parecían sorprendidos de que las palabras estuvieran saliendo de su boca.

Spiro se quedó helado. No estaba acostumbrado a ser interrumpido en pleno discurso.

—¿Qué es lo que harías, mequetrefe? —dijo—. ¿Comprarte un restaurante de costillas a la parrilla?

—No —respondió Pex—. Yo les daría duro a esos tipos de Phonetix. Llevan años metiendo las narices en Industrias Spiro.

Fue un momento de alta tensión. No solo porque Pex hubiera tenido una idea, sino porque de hecho era una buena idea.

Aquello encendió una chispa en los ojos de Spiro.

—Phonetix. Mis mayores competidores. Odio a esos tipos. Nada podría reportarme mayor satisfacción que destruir a ese atajo de anormales de segunda. Pero ¿cómo?

Le había llegado el turno a Chips.

—He oído que están trabajando en un comunicador que es alto secreto. Batería de larga vida o algo así.

Había algo que no le cuadraba a Spiro. ¿Primero Pex y ahora Chips? Lo siguiente sería que habían aprendido a leer. Sin embargo...

—Cubo —dijo Spiro—, quiero que accedas a la base de datos de Phonetix. Copia los esquemas de todos los proyectos que tienen en marcha.

—No poder hacerlo, jefe hombre. Phonetix está operando con un sistema cerrado y no hay ninguna conexión a internet o similar en el departamento de I+D. Tengo que estar *in situ*.

La euforia de Spiro desapareció. Se volvió hacia Artemis.

—¿De qué está hablando?

Artemis tosió para aclararse la garganta.

—El Cubo no puede escanear los sistemas cerrados salvo que el omnisensor esté tocando el ordenador o, como mínimo, cerca de este. Phonetix está tan paranoica con los piratas informáticos que el laboratorio de investigación y desarrollo está completamente cerrado al exterior y enterrado varios pisos debajo de pura roca. Ni siquiera tienen correo electrónico. Lo sé porque he tratado de piratearlos varias veces.

—Pero el Cubo escaneó el satélite, ¿no?

—El satélite está emitiendo. Y si está emitiendo, el Cubo puede rastrearlo.

Spiro jugueteó con los eslabones de su nomeolvides.

—De modo que tendría que ir a Phonetix.

—No se lo recomiendo —le avisó Artemis—. Sería arriesgarse demasiado por una simple venganza personal.

Blunt dio un paso al frente.

—Déjeme ir, señor Spiro. Yo le traeré esos planos.

Spiro masticó un puñado de suplementos vitamínicos que extrajo de un dispensador que llevaba en el cinturón.

—Bonita idea, Brutus. Buen trabajo. Pero soy reacio a dejar el control del Cubo a nadie más. ¿Quién sabe qué tentaciones podrían asaltarlo? Cubo, ¿puedes eliminar el sistema de seguridad de Phonetix?

—¿Un enano puede hacerle un agujero a sus pantalones?

—¿Qué ha dicho?

—Esto... Nada. Terminología técnica. No lo entenderías. Ya he eliminado el sistema de Phonetix.

—¿Y qué me dices de los guardias, Cubo? ¿Puedes eliminarlos?

—Pan comido. Puedo activar por control remoto las medidas de seguridad internas.

—¿Que son...?

—Tanques de gas dentro de los conductos de ventilación. Gas adormecedor. Por cierto, ilegal, según las leyes estatales de Chicago. Aunque inteligente, sin efectos secundarios, imposible de detectar. El intruso se despierta dos horas más tarde en el calabozo.

Spiro rió socarronamente.

—Esos paranoicos de Phonetix... Adelante, Cubo, déjalos fuera de combate.

—Hasta mañanita —dijo Potrillo con un alborozo que parecía demasiado real.

—Bien. Ahora, Cubo, lo único que se interpone entre nosotros y los planos de Phonetix es un ordenador codificado.

—No me hagas reír. No se ha inventado una unidad de tiempo lo suficientemente corta para calcular lo que me llevará descifrar el disco duro de Phonetix.

Spiro se enganchó el Cubo a su cinturón.

—¿Sabes qué? Este tipo me está empezando a gustar.

Artemis hizo un último intento que sonó sincero para tratar de contener la situación.

—Señor Spiro, no creo que sea una buena idea.

—Por supuesto que no lo crees —rió Jon Spiro, tintineando hasta la puerta—. Por eso te voy a llevar conmigo.

Laboratorios de Investigación y Desarrollo de Phonetix. Polígono industrial de Chicago

Spiro escogió una limusina Lincoln de su garaje. Era un modelo de los noventa con matrícula falsa que utilizaba a menudo para darse a la fuga. Era suficientemente vieja para pasar desapercibida y aunque la policía se quedara con la matrícula, aquello no les conduciría a ninguna parte.

Blunt aparcó frente a la entrada principal del laboratorio de I+D de Phonetix. Desde allí se divisaba un guardia de seguridad sentado en el mostrador detrás de una puerta giratoria de cristal. Brutus extrajo unos prismáticos plegables de la guantera. Enfocó al guardia.

–Durmiendo como un bebé –anunció.

Spiro le dio una palmada en el hombro.

–Bien. Tenemos menos de dos horas. ¿Podemos hacerlo?

–Si este Cubo es tan bueno como dice que es, entonces podemos estar fuera en quince minutos.

–Es una máquina –dijo Artemis con frialdad–. No uno de sus socios atiborrados de esteroides.

Blunt lo miró por encima del hombro. Artemis iba sentado en el asiento trasero apretujado entre Pex y Chips.

–De repente te has puesto muy gallito.

Artemis se encogió de hombros.

–¿Qué puedo perder? Después de todo, las cosas no pueden ponerse peor.

Junto a la puerta giratoria había otra normal. El control remoto del Cubo activó el portero automático y admitió a la banda de intrusos en el vestíbulo. No sonó ninguna alarma y ninguna patrulla de guardias de seguridad aparecieron a la carrera para detenerlos.

Spiro se adelantó por el pasillo a grandes zancadas envalentonado por su reciente amigo tecnológico y por la idea de sacar a Phonetix de una vez por todas del negocio. El ascensor de seguridad no opuso mayor resistencia al Cubo que una valla opondría a un tanque y pronto Spiro y compañía se dirigían ocho plantas hacia abajo, hacia los laboratorios enterrados.

—Vamos bajo tierra —rió Pex—. Abajo, hacia donde están los huesos de los dinosaurios. ¿Sabíais que tras millones de años las boñigas de dinosaurio se convierten en diamantes?

Por lo general, un comentario de aquel estilo hubiera constituido una ofensa digna de un par de tiros, pero Spiro estaba de buen humor.

—No, no lo sabía, Pex. Tal vez debería pagarte el salario en boñigas.

Pex decidió que a sus finanzas le iría mejor si mantenía la boca cerrada a partir de entonces.

El laboratorio estaba protegido por un escáner digital. Ni siquiera de gel. Fue muy sencillo para el Cubo escanear la huella de la placa y luego volverla a proyectar en el sensor. Ni siquiera contaban con un código numérico de refuerzo.

—Fácil —graznó Spiro—. Debería haber hecho esto hace muchos años.

—Un poco de reconocimiento estaría bien —dijo Potrillo,

incapaz de ocultar su resentimiento–. Después de todo, yo os he hecho entrar y he desarmado a los guardias.

Spiro alzó el Cubo frente a él.

–Que no te convierta en un amasijo de tornillos, Cubo, es mi forma de agradecértelo.

–Muchas gracias –masculló Potrillo.

Brutus Blunt comprobó el tablero de los monitores de seguridad. Por todo el edificio los guardias yacían inconscientes, uno con un sándwich medio mordido en la boca.

–Tengo que admitirlo, señor Spiro. Esto es maravilloso. Phonetix incluso va a tener que pagar la multa por lo del gas adormecedor.

Spiro alzó la vista al techo. Algunas luces rojas de las cámaras parpadeaban en las sombras.

–Cubo, ¿vamos a tener que asaltar la habitación del vídeo a la salida?

–De eso nada, monada –dijo Potrillo, el actor del método–. He borrado vuestros patrones del vídeo.

Artemis iba suspendido por las axilas entre Pex y Chips.

–Traidor –murmuró–. Te di la vida, Cubo. Soy tu creador.

–Sí, bueno, tal vez me hiciste demasiado parecido a ti, Fowl. *Aurum potestas est.* El oro es poder. Solo estoy haciendo lo que me enseñaste.

Spiro le dio unas cariñosas palmaditas al Cubo.

–Adoro a este tipo. Es como el hermano que nunca tuve.

–Creía que tenía un hermano –dijo Chips, confundido, algo no demasiado desconocido para él.

–Bien –dijo Spiro–, es como el hermano que me gusta.

El servidor de Phonetix estaba ubicado en el centro del laboratorio. Un disco duro monolítico con cables tipo pitón que se extendían hasta varias terminales.

Spiro desenganchó a su nuevo mejor amigo del cinturón.

—¿Dónde te pongo, Cubo?

—Déjame junto a la tapa del servidor y mi omnisensor hará el resto.

Spiro así lo hizo y, en cuestión de segundos, los esquemas comenzaron a parpadear en la diminuta pantalla del Cubo B.

—Los tengo —graznó Spiro apretando los puños en señal de triunfo—. Este es el último insidioso correo electrónico con los valores de las acciones que recibo de estos tipos.

—Descarga completada —dijo Potrillo con petulancia—. Tenemos todos los proyectos Phonetix de la siguiente década.

Spiro acunó el Cubo contra su pecho.

—Precioso. Puedo lanzar nuestra versión del teléfono Phonetix antes de que lo hagan ellos y ganarme unos milloncejos extra antes de soltar el Cubo.

Las cámaras de seguridad atraían toda la atención de Brutus.

—Eh, señor Spiro. Creo que aquí tenemos un código rojo.

—¿Un código rojo? —gruñó Spiro—. ¿Y eso qué significa? Ya no eres soldado, Blunt. Habla como Dios manda.

El neozelandés le dio unos golpecitos a la pantalla como si eso fuera a cambiar lo que estaba viendo.

—Quiero decir que tenemos un problema. Uno de los grandes.

Spiro agarró a Artemis por los hombros.

—¿Qué has hecho, Fowl? ¿Es esto alguna especie de...?

No terminó de pronunciar la acusación. Spiro había notado algo.

—Tus ojos. ¿Qué le ocurre a tus ojos? No son iguales.

Artemis le dedicó una de sus mejores sonrisas de vampiro.

—Son para verte mejor, Spiro.

En el vestíbulo de Phonetix, el guardia de seguridad dormido recobró el sentido de repente. Era Juliet. Echó un vistazo por debajo del borde de una gorra prestada para asegurarse de que Spiro no había dejado a nadie en el pasillo.

Tras la captura de Artemis en la cámara acorazada, Holly la había llevado volando hasta Phonetix para iniciar el Plan B.

Por supuesto, no había habido ningún gas adormecedor. De hecho, solo había dos guardias: uno estaba en el baño y el otro, haciendo la ronda en los pisos superiores. Aun así, Spiro no podía saberlo. Estaba ocupado contemplando a la familia de sims de seguridad de Potrillo roncando por todo el edificio gracias a un bloqueador de vídeo en el sistema de Phonetix.

Juliet descolgó el teléfono del mostrador y marcó tres números: 9... 1... 1.

Spiro extendió dos dedos con cuidado hacia el ojo de Artemis y extrajo la iriscam. La estudió de cerca y descubrió el microcircuito en la parte cóncava.

—Esto es electrónico —susurró—. Increíble. ¿Qué es?

Artemis parpadeó y una lágrima rodó por su mejilla.

—No es nada. Nunca ha estado aquí. Igual que yo.

El rostro de Spiro se contrajo de puro odio.

—Has estado aquí, Fowl, de donde nunca saldrás.

Blunt le dio unas palmaditas a su jefe en el hombro. Un gesto de familiaridad imperdonable.

—Jefe, señor Spiro. Tiene que ver esto.

Juliet se quitó la chaqueta de guardia de seguridad de Phonetix. Debajo llevaba un uniforme del departamento de operaciones especiales de la policía de Chicago, los SWAT. Las cosas podían ponerse peliagudas en el laboratorio de I+D y su trabajo consistía en asegurarse de que Artemis no saliera malparado. Se escondió detrás de un pilar del vestíbulo y esperó las sirenas.

Spiro miró los monitores de seguridad del laboratorio. Las imágenes eran distintas. Ya no había guardias dormitando por el edificio. En su lugar, las pantallas mostraban una cinta de Spiro y sus esbirros irrumpiendo en Phonetix. Con una diferencia crucial: no había rastro de Artemis en la pantalla.

—¿Qué está sucediendo, Cubo? —le espetó Spiro—. Dijiste que nos borrarías a todos de las cintas.

—Mentí. Debe de ser la personalidad criminal que estoy desarrollando.

Spiro estrelló el Cubo contra el suelo, pero este permaneció intacto.

—Polímero duro —le informó Artemis, recogiendo el microordenador—. Casi irrompible.

—No como tú —respondió Spiro.

Artemis parecía una marioneta entre Pex y Chips.

—¿Todavía no lo entiendes? Todos aparecéis en la cinta. El Cubo estaba trabajando para mí.

—Fantástico. Así que aparecemos en la cinta. Lo único que tengo que hacer es una visita a la cabina de seguridad y llevarme las grabaciones.

—No va a ser tan sencillo.

Spiro todavía creía que había una salida.

—¿Y por qué no? ¿Quién va a detenerme? ¿El pobrecito de ti?

Artemis señaló las pantallas.

—No. Los pobrecitos de ellos.

El Departamento de Policía de Chicago se trajo todo lo que tenía y unas cuantas cosas más que pidió prestadas. Phonetix era el mayor empleador de personal de la ciudad, por no decir uno de las primeras cinco suscriptoras de la Fundación Benéfica de la Policía. Cuando la llamada al 911 entró, el sargento de guardia la transmitió a todas las unidades de la ciudad.

En menos de cinco minutos, había veinte agentes uniformados y un equipo de los SWAT al completo ante las puertas de Phonetix. Dos helicópteros sobrevolaban el edificio y había ocho francotiradores apostados en los tejados de los edificios adyacentes. Nadie iba a escapar de allí, a menos que fuera invisible.

El guardia de seguridad de Phonetix había vuelto de hacer su ronda y acababa de ver a los intrusos en los monitores. Poco después, se percató de la presencia del grupo de agen-

tes de policía de Chicago dando unos golpecitos en la puerta con los cañones de sus pistolas.

Accionó el portero automático para dejarlos entrar.

—Estaba a punto de llamaros, chicos —dijo—. Hay una panda de intrusos en la cámara acorazada. Deben de haber hecho un túnel o algo así porque por aquí no han pasado.

El guardia de seguridad que estaba en el baño se sorprendió aún más. Estaba acabando la sección de deportes del *Herald Tribune* cuando dos hombres de semblante muy serio con chalecos antibalas irrumpieron en el cubículo.

—Identificación —gruñó uno, quien por lo visto no tenía tiempo para frases enteras.

El guardia de seguridad alzó su tarjeta plastificada con una mano temblorosa.

—No se mueva —le avisó el agente de policía. No tuvo que repetírselo.

Juliet salió de detrás del pilar y se unió a las filas del equipo de los SWAT. Apuntó con la pistola y rugió como el mejor de ellos y, al instante, se integró en el grupo. El asalto fue interrumpido por un pequeño problema. Solo había un punto de acceso al laboratorio: el ascensor.

Dos agentes abrieron las puertas con una palanca.

—Tenemos un problema —dijo uno—. Si cortamos la electricidad, entonces no podemos hacer que el ascensor suba hasta aquí. Si llamamos primero el ascensor, entonces avisamos a los intrusos de que estamos aquí.

Juliet se abrió paso hasta el frente.

—Disculpe, señor. Déjeme bajar por los cables. Vuelo las puertas y ustedes cortan la electricidad.

El comandante ni siquiera lo consideró.

—No. Demasiado peligroso. Los intrusos tendrían tiempo de sobra de descargar sus cargadores contra el ascensor. Por cierto, ¿y tú quién eres?

Juliet cogió un pequeño mosquetón de su cinturón, lo enganchó al cable del ascensor y saltó al hueco.

—Soy nueva —dijo, desapareciendo en la oscuridad.

En el laboratorio, Spiro y compañía estaban hipnotizados por los monitores. Potrillo había dejado que las pantallas mostraran lo que en realidad estaba sucediendo en los pisos superiores.

—Los SWAT —dijo Blunt—. Helicópteros. Armamento pesado. ¿Qué está pasando?

Spiro se daba palmetazos en la frente repetidamente.

—Una encerrona. Todo esto no ha sido más que una encerrona. Y supongo que Mo Digence también trabajaba para ti, ¿no?

—Sí. Y Pex y Chips también, aunque no lo sabían. Usted nunca habría venido hasta aquí si hubiera sido yo el que lo hubiera sugerido.

—Pero ¿cómo? ¿Cómo lo has hecho? No es posible.

Artemis miró los monitores.

—Obviamente, sí lo es. Sabía que me estaría esperando en la cámara acorazada de la Spiro Needle. Después de todo, lo único que tenía que hacer era utilizar su odio hacia Phonetix para engañarle y hacerle venir hasta aquí, fuera de su entorno.

–Si yo caigo, tú también.

–Error. Yo nunca he estado aquí. Las cintas lo demostrarán.

–¡Pero estás aquí! –bramó Spiro con los nervios deshechos. Todo su cuerpo se estremecía y de su boca salían espumarajos que dibujaban una amplia trayectoria–. Tu cuerpo sin vida lo demostrará. Dame la pistola, Brutus. Voy a dispararle.

Blunt no pudo ocultar su chasco, pero acató las órdenes. Spiro apuntó el arma con manos temblorosas. Pex y Chips se apartaron de inmediato. El jefe no era famoso por su puntería precisamente.

–Me lo has quitado todo –gritó–. Todo.

Artemis estaba extrañamente tranquilo.

–No lo entiendes, Jon. Ya te lo he dicho, yo no estoy aquí. –Hizo una pausa para retomar aliento–. Y una cosa más sobre mi nombre. Tenías razón, por lo general Artemis, en Londres, es nombre de chica, el nombre de la diosa griega de la caza. Pero de vez en cuando surge un hombre con tal talento para la caza que se gana el derecho de utilizarlo. Yo soy ese hombre. Artemis el cazador. Y te he cazado a ti.

Y dicho aquello, desapareció.

Holly había estado sobrevolando a Spiro y compañía desde que habían abandonado la Spiro Needle. Había obtenido el permiso para entrar en el edificio de Phonetix minutos antes, cuando Juliet había llamado para informarse sobre las visitas guiadas.

Juliet había adoptado su mejor voz cursi para el guardia de seguridad.

—Eh, señor, ¿puedo traerme a mi amiga invisible?

—Claro, corazón —contestó el guía—. Tráete la mantita invisible también, si quieres y eso te hace feliz.

Estaban dentro.

Holly sobrevolaba a la altura del techo siguiendo el progreso de Artemis desde las alturas. El plan del Fangoso estaba minado de peligros. Si Spiro decidía dispararle en la Spiro Needle, entonces todo se había acabado.

Pero no, como Artemis había predicho, Spiro había optado por regodearse tanto como le fuera posible, disfrutando del esplendor de su propio genio demente. Aunque, por supuesto, no era su propio genio. Era el de Artemis. El chico había orquestado toda la operación desde el principio hasta el fin. Incluso había sido idea suya encantar a Pex y a Chips. Era crucial que fueran ellos quienes propusieran la idea de invadir Phonetix.

Holly estaba preparada cuando la puerta del ascensor se abrió. Tenía el arma cargada y los objetivos seleccionados. Sin embargo, no podía entrar en acción; tenía que esperar la señal.

Artemis lo alargó, melodramático hasta el final. Y entonces, justo cuando Holly estaba a punto de desoír sus órdenes y comenzar a disparar, Artemis habló.

—Yo soy ese hombre. Artemis el cazador. Y te he cazado a ti.

«Artemis el cazador.» La señal.

Holly apretó el estrangulador manual de su equipo de

vuelo y descendió. Se detuvo a menos de un metro del suelo. Enganchó a Artemis a una cuerda enrollable de su Lunocinturón y dejó caer una tela de camuflaje frente a él. Para todos los que se encontraban en la habitación, pareció como si el chico se hubiera esfumado.

—Vamos allá —dijo la elfa, aunque Artemis no podía oírla, y abrió el estrangulador hasta el tope.

En menos de un segundo se encontraron a salvo sobre los cables y los conductos que corrían por el techo.

Bajo ellos, Jon Spiro perdió la razón.

Spiro parpadeó. ¡El chico había desaparecido! ¡Desaparecido! No podía ser cierto. ¡Él era Jon Spiro! ¡Nadie se burlaba de Jon Spiro!

Se volvió hacia Pex y Chips, gesticulando como un loco con la pistola.

—¿Dónde está?

—¿Eh? —dijeron los guardaespaldas al unísono. Sin ensayarlo.

—¿Dónde está Artemis Fowl? ¿Qué habéis hecho con él?

—Nada, señor Spiro. Nosotros solo estábamos aquí, sujetándolo por los hombros.

—Fowl dijo que estabais trabajando para él. Así que entregádmelo.

A Pex le daba vueltas la cabeza, una operación que se parecía mucho a una licuadora mezclando cemento.

—Cuidado, señor Spiro, las pistolas son peligrosas. Especialmente el final del agujero.

–Esto no se ha acabado, Artemis Fowl –bramó Spiro al techo–. Te encontraré. Nunca me rindo. Tienes la palabra de Jon Spiro. ¡Palabra!

Comenzó a disparar al azar y los monitores y los conductos de ventilación acabaron agujereados. Una de las balas pasó rozando a Artemis.

Pex y Chips no acababan de comprender qué ocurría, pero decidieron que sería buena idea unirse a la diversión. Sacaron las pistolas y comenzaron a disparar por todo el laboratorio.

Blunt no participó. Consideró que su contrato había finalizado. Spiro no tenía escapatoria, era una de aquellas situaciones de sálvese quien pueda. Se acercó hasta la pared del panel metálico y comenzó a desmantelarlo con un destornillador eléctrico. Una sección cayó de su marco. Detrás había un espacio de unos cinco centímetros lleno de cables y, a continuación, puro cemento. Estaban atrapados.

A sus espaldas, oyó la campanilla de la puerta del ascensor.

Juliet estaba agachada en el hueco del ascensor.

–Vía libre –dijo Holly en su auricular–, pero Spiro está disparando por todo el laboratorio.

Juliet frunció el ceño. Su jefe estaba en peligro.

–Déjalos fuera de combate con tu Neutrino.

–No puedo. Si Spiro está inconsciente cuando llegue la policía, podría alegar que era una encerrona.

–De acuerdo. Voy a entrar.

–Negativo. Espera a los SWAT.

—No. Tú quítales las pistolas, yo me ocuparé del resto.

Mantillo le había dado a Juliet un frasco de abrillantador de roca de enano. Vertió un poco sobre el techo del ascensor y se fundió como mantequilla en una sartén. Juliet saltó a la caja y se agachó por si Blunt decidía descargar una ráfaga contra el ascensor.

—A la de tres.

—Juliet.

—Entraré a la de tres.

—De acuerdo.

Juliet alargó la mano hacia el botón de apertura.

—Uno.

Holly sacó la Neutrino y fijó los cuatro blancos en el sistema de selección de objetivos de su visor.

—Dos.

Se libró del escudo para asegurar el objetivo, la vibración podría desviar el disparo. Por unos segundos tendría que ocultarse detrás de la tela de camuflaje con Artemis.

—Tres.

Juliet pulsó el botón.

Holly hizo cuatro disparos.

Artemis disponía de menos de un minuto para su siguiente movimiento. Menos de un minuto mientras Holly fijaba el objetivo y desarmaba a Spiro y compañía. Las circunstancias distaban mucho de ser ideales en medio de todo el griterío, los disparos y el caos general. Sin embargo, ¿qué mejor momento para dar el último paso del plan? Un paso fundamental.

En el momento que Holly se libró del escudo para disparar, Artemis deslizó un teclado de plexiglás de la base del Cubo B y comenzó a teclear. En cuestión de segundos, se había introducido en las cuentas bancarias de Spiro, en las treinta y siete, ubicadas en entidades que se encontraban desde la isla de Man hasta las Caimán. Los números de las cuentas aparecieron en la pantalla. Tenía acceso a todos los fondos secretos.

El Cubo hizo rápidamente una suma de los fondos totales: dos mil ochocientos millones de dólares estadounidenses, sin contar lo que contenían las cajas de seguridad a las que no podía acceder por la red. Dos mil ochocientos millones de dólares. Suficiente para devolver a los Fowl su puesto entre las cinco familias irlandesas más ricas del mundo.

Justo cuando estaba a punto de completar la transacción, Artemis recordó las palabras de su padre. Su padre, recuperado gracias a la magia de las Criaturas...

«¿Y qué me dices de ti, Arty? ¿Quieres hacer el camino conmigo? Cuándo llegue la ocasión, ¿aprovecharás la oportunidad de convertirte en un héroe?»

¿En realidad necesitaba miles de millones de dólares?

Por supuesto que sí. *Aurum potestas est.* El oro es poder.

«¿De verdad? ¿Desaprovecharás la oportunidad de convertirte en un héroe? ¿De hacer que las cosas sean distintas?»

Puesto que no podía gruñir en voz alta, Artemis entornó los ojos y rechinó los dientes. Bueno, si iba a ser un héroe, sería uno bien pagado. Rápidamente dedujo un honorario de un diez por ciento de los dos mil ochocientos millones y luego envió el resto a Amnistía Internacional de manera que la

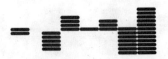

transacción fuera irreversible por si acaso se lo pensaba dos veces.

Artemis todavía no había acabado. Quedaba una buena acción que realizar. El éxito de aquella aventura dependía de si el grado de distracción de Potrillo observando el espectáculo era suficiente como para no darse cuenta de que Artemis entraba en su sistema.

Abrió la página de la PES e introdujo el localizador de códigos de entrada para descubrir la contraseña. Le llevó diez preciosos segundos por carácter, pero pronto estuvo navegando por las micropáginas de la PES. Artemis encontró lo que necesitaba en los Perfiles criminales. El informe completo del arresto de Mantillo Mandíbulas. Desde allí fue coser y cantar seguir el rastro electrónico hasta la orden original de registro de la morada de Mantillo. Artemis cambió la fecha del registro al día posterior del arresto de Mantillo. Aquello significaba que todos los arrestos subsiguientes y sus condenas quedaban invalidadas. Un buen abogado lo sacaría de la cárcel en un abrir y cerrar de ojos.

—Todavía no he acabado contigo, Mantillo Mandíbulas —susurró, desconectándose y enganchando el Cubo al cinturón de Holly.

Juliet entró con tal velocidad que apenas se distinguieron sus piernas. El aro de jade botaba tras ella como un anzuelo al final de una caña de pescar.

Sabía que Mayordomo nunca se arriesgaría de aquella manera. Tendría un plan práctico y seguro, razón por la que él

tenía un tatuaje en forma de diamante azul y ella no. Bueno, tal vez no lo quisiera. Tal vez quería vivir su propia vida.

Evaluó la situación en cuestión de segundos. La puntería de Holly era excepcional. Los dos gorilas se frotaban las manos chamuscadas y Spiro pataleaba como un niño malcriado. Solo Blunt estaba en el suelo, buscando su pistola.

Aunque el guardaespaldas estaba de cuatro patas, seguía mirándola a la altura de sus ojos.

—¿No me vas a dar la oportunidad de levantarme? —le preguntó.

—No —contestó Juliet, restallando el aro de jade como la piedra que alcanzó a Goliat. Impactó en el puente de la nariz de Blunt, se lo rompió y lo dejó ciego durante un par de minutos. Tiempo de sobra para que la policía de Chicago bajara por el hueco del ascensor.

Blunt estaba fuera de juego. Juliet había esperado sentir cierta satisfacción, pero lo único que sentía era tristeza. No había ningún tipo de regocijo en la violencia.

Pex y Chips se creyeron en la obligación de hacer algo. Si conseguían reducir a la chica, tal vez el señor Spiro los recompensaría. Rodearon a Juliet con los puños en alto. Juliet movió un dedo ante ellos.

—Lo siento, chicos. A dormir.

Los guardaespaldas no le hicieron ningún caso y estrecharon el cerco del círculo.

—He dicho que a dormir.

Ninguna respuesta.

—Tienes que utilizar exactamente las mismas palabras con que los encanté para que respondan —le dijo Holly al oído.

Juliet suspiró.

—Si no hay más remedio. Está bien, caballeros: Barney dice que a dormir.

Pex y Chips se pusieron a roncar antes de caer al suelo.

Aquello solo dejaba a Spiro, aunque estaba demasiado ocupado farfullando como para resultar una amenaza. Seguía farfullando cuando el equipo de los SWAT le puso las esposas.

—Hablaré contigo en la base —dijo el capitán del equipo con seriedad a Juliet—. Eres un peligro para tus compañeros y para ti misma.

—Sí, señor —respondió Juliet compungida—. No sé qué me pasó, señor.

Miró hacia arriba. Una ligera ola de calor parecía estar encaminándose hacia el hueco del ascensor. El jefe estaba a salvo.

Holly enfundó el arma y volvió a accionar el escudo.

—Hora de irnos —dijo. El volumen de su amplificador estaba bajado al mínimo.

Holly envolvió la tela de camuflaje con fuerza alrededor de Artemis asegurándose de que no asomara ninguna pierna. Era imperativo que salieran mientras el ascensor estuviera vacío. Una vez que los forenses y la prensa llegaran allí, hasta el más leve estremecimiento en el aire podría ser captado por una cámara.

A medida que atravesaban la habitación por los aires, arrastraban a Spiro por el laboratorio. Por fin había conseguido calmarse.

—Esto es una encerrona —insistió con su tono de voz más inocente—. Mis abogados van a destrozaros.

Artemis no pudo evitar hablarle al oído al tiempo que pasaban por encima de él.

—Adiós, Jon —le susurró—. Nunca te metas con un genio.

Spiro le aulló al techo como un lobo enloquecido.

Mantillo estaba esperándolos al otro lado de la calle, frente a las puertas de Phonetix con el motor de la furgoneta al ralentí, como un piloto de Fórmula 1. Estaba sentado detrás del volante con un mono naranja y con un taco de madera atado a un pie. El otro extremo del taco estaba pegado al acelerador.

Juliet estudió el sistema con nerviosismo.

—¿No deberías desatarte el pie por si necesitas pisar el freno?

—¿Freno? —rió Mantillo—. ¿Para qué voy a usar el freno? Ni que fuera a hacer un examen de conducción...

En la parte posterior de la furgoneta, Artemis y Holly buscaron los cinturones de seguridad al mismo tiempo.

CAPÍTULO XI:
EL HOMBRE INVISIBLE

MANSIÓN FOWL

 LLEGARON a Irlanda sin mayor incidente, aunque lo cierto es que Mantillo Mandíbulas trató de escapar quince veces de la custodia de Holly, incluida una en el jet Lear en que lo descubrieron en el lavabo con un paracaídas y una botella de pulidor de roca de enanos. Desde ese momento, Holly no lo perdió de vista.

Mayordomo los esperaba en la puerta principal de la mansión Fowl.

—Bienvenidos a casa. Me alegro de ver que todos seguís vivos. Ahora tengo que irme.

Artemis le puso una mano en el brazo.

—Viejo amigo, no estás en condiciones de ir a ninguna parte.

Mayordomo estaba decidido.

—Es la última misión, Artemis. No tengo elección. De todas formas, he estado practicando el método Pilates. Me encuentro mucho más ágil.

—¿Blunt?

—Sí.

—Pero si está preso... —protestó Juliet.

Mayordomo negó con la cabeza.

—No, ya no.

Artemis se dio cuenta de que su guardaespaldas no estaba dispuesto a renunciar.

—Por lo menos llévate a Holly, te servirá de ayuda.

Mayordomo le guiñó el ojo a la elfa.

—Ya contaba con ella.

La policía de Chicago había metido a Brutus Blunt en una furgoneta con una pareja de agentes. Pensaron que con dos sería suficiente, ya que el delincuente iba esposado. Más tarde cambiaron de opinión, cuando descubrieron que los esposados a bordo de la furgoneta eran los agentes y que no quedaba rastro alguno del sospechoso. Por citar el informe del sargento Iggy Lebowsky: «El tipo consiguió separar las esposas como si fueran eslabones de una cadena de papel. Se nos echó encima como una locomotora. No tuvimos escapatoria».

Pero Brutus Blunt no se fue de rositas. Su orgullo había sufrido un duro golpe en la Spiro Needle. Sabía que el relato de su humillación pronto circularía entre el mundillo de los guardaespaldas. Tal como lo incluyó Pork Belly LaRue en la página web de los Soldados de Alquiler: «Brutus burlado por un simple mocoso». Muy a su pesar, Brutus era consciente de las mofas que le esperaban cada vez que entrara en una habi-

tación llena de bravucones... A menos que se vengara del insulto con el que Artemis Fowl le había obsequiado.

El guardaespaldas sabía que solo contaba con unos minutos antes de que Spiro revelara su dirección a la policía de Chicago, así que se preparó unas cuantas dentaduras de recambio y tomó la lanzadera hacia el aeropuerto internacional de O'Hare.

Blunt se alegró al descubrir que las autoridades no le habían congelado todavía su tarjeta de crédito de la empresa y la utilizó para comprar un billete de primera clase en un Concorde de la British Airways con destino a Heathrow, Londres. Desde allí, entraría en Irlanda a bordo de un ferry Rosslare y se haría pasar por uno más de los quinientos turistas que visitaban la tierra de los duendes.

No era un plan especialmente complicado y habría salido bien de no haber sido por un detalle: el agente encargado del control de pasaportes en Heathrow resultó ser Sid Commons, el ex boina verde que había trabajado de guardaespaldas junto a Mayordomo en Montecarlo. En el mismo instante en que Blunt abrió la boca, las voces de alarma empezaron a sonar en la memoria de Commons: el caballero que tenía ante sí encajaba a la perfección con la descripción que Mayordomo le había enviado por fax. Incluidos aquellos dientes tan peculiares: un líquido aceitoso de color azul y agua, nada menos. Commons pulsó un botón bajo el mostrador y, en cuestión de segundos, una brigada de personal de seguridad despojó a Blunt de su pasaporte y lo detuvo.

El oficial en jefe de seguridad extrajo su teléfono móvil en cuanto el detenido fue encerrado con llave. Marcó un número internacional. El timbre del teléfono sonó dos veces.

—Residencia de los Fowl.

—¿Mayordomo? Soy Sid Commons, desde Heathrow. Ha pasado por aquí un hombre en el que tal vez estés interesado. Luce una curiosa dentadura, tatuajes en el cuello y tiene acento de Nueva Zelanda. El detective inspector Justin Barre envió hace unos días desde Scotland Yard una descripción por fax; dice que tal vez seas capaz de identificarlo.

—¿Todavía lo tienes? —le preguntó el guardaespaldas.

—Sí, está en una de nuestras celdas. Le están sometiendo a un interrogatorio.

—¿Cuánto tardarán?

—Como máximo, un par de horas. Pero si es un profesional tal y como aseguras, el interrogatorio no servirá para nada. Y para poder entregárselo a Scotland Yard nos hará falta una confesión.

—Te veré en el vestíbulo de llegadas, bajo la pantalla que anuncia las salidas, dentro de treinta minutos —concluyó Mayordomo, cortando la conexión.

Sid Commons se quedó mirando su móvil. ¿Cómo era posible que Mayordomo se personara allí en treinta minutos desde Irlanda? No tenía importancia. La cuestión era que Mayordomo le había salvado la vida un montón de veces en Montecarlo varios años atrás y había llegado el momento de saldar la deuda.

Treinta y dos minutos más tarde, Mayordomo apareció en el vestíbulo de llegadas.

Sid Commons lo observó mientras se estrechaban la mano.

—Te veo diferente. Más viejo.

—Las batallas están pudiendo conmigo —le respondió Mayordomo, con la palma de la mano en el pecho jadeante—. Creo que es hora de jubilarse.

—¿Serviría de algo que te preguntara cómo has llegado hasta aquí?

Mayordomo se arregló la corbata.

—Pues no. Es mejor que no lo sepas.

—Ya veo.

—¿Dónde está nuestro hombre?

Commons lo guió hacia la parte trasera del edificio, pasando de largo junto a la multitud de turistas y taxistas.

—Es por aquí. No vas armado, ¿verdad? Ya sé que somos amigos, pero no puedo aceptar armas de fuego aquí dentro.

Mayordomo se abrió la chaqueta.

—Confía en mí. Ya conozco las normas.

Subieron dos pisos en un ascensor de seguridad y continuaron por un pasillo poco iluminado. Le pareció recorrer kilómetros y kilómetros.

—Ya estamos —afirmó Sid de repente mientras señalaba un rectángulo de cristal—. Es aquí dentro.

En realidad, el cristal funcionaba como espejo por un lado y como ventana por el otro. Mayordomo vio a Brutus Blunt sentado ante una mesa pequeña, tamborileando con los dedos sobre el tablero de fórmica.

—¿Es ese? ¿Ese es el hombre que te disparó en Knightsbridge?

Mayordomo asintió. Era él, la misma expresión indolente, las mismas manos que apretaron el gatillo.

—El hecho de que lo identifiques ya es algo, pero sigue siendo tu palabra contra la suya y, para serte sincero, no pareces muy convencido.

Mayordomo posó una mano en el hombro de su amigo.

—Me imagino...

Commons ni siquiera le dejó terminar la frase.

—No, no puedes entrar. Ni hablar. Significaría mi despido fulminante y, de todas formas, aunque consiguieras arrancarle una confesión, nunca la sostendría ante el tribunal.

Mayordomo asintió.

—Lo entiendo. ¿Te importa que me quede? Quiero ver cómo acaba.

Commons mostró entusiasmo, aliviado al ver que Mayordomo no lo presionaba.

—No hay ningún problema. Quédate el tiempo que te apetezca, pero tengo que ir a buscarte una tarjeta de visitante.

Se alejó a pasos agigantados por el pasillo y luego se volvió.

—No entres, Mayordomo. Si lo haces, lo habremos perdido para siempre. Y además, todo esto está lleno de cámaras.

Mayordomo esbozó una sonrisa tranquilizadora. No era algo que hiciera muy a menudo.

—No te preocupes, Sid. No entraré en esa habitación.

Commons respiró aliviado.

—Bien, muy bien. Es solo que a veces, esa mirada...

—Ahora soy otra persona. He madurado.

Commons rió.

—Eso habrá que verlo...

Dobló la esquina, sus carcajadas resonaban por el pasillo. En cuanto se hubo marchado, Holly apareció, despojándose del escudo protector, junto a la pierna de Mayordomo.

—¿Cámaras? —susurró el guardaespaldas casi sin mover los labios.

—Ya he revisado los rayos iónicos. Está claro que he llegado hasta aquí.

Sacó de la mochila una tela de camuflaje y la depositó en el suelo. Luego, enrolló una cinta de vídeo alrededor de un cable clavado en el exterior de la pared de la celda.

—Listo —dijo mientras escuchaba la voz de Potrillo en su oído—. Ya estamos dentro. Potrillo ha eliminado nuestras figuras del vídeo. Ahora ya estamos a salvo de cámaras y micros. ¿Sabes lo que tienes que hacer?

Mayordomo asintió. Ya habían pasado por aquello pero, como buen soldado, Holly sentía la necesidad de asegurarse.

—Voy a volver a protegerme con el escudo. Dame un segundo para que me mueva, luego ponte la tela por encima y a lo tuyo. Te doy dos minutos, como máximo, hasta que vuelva tu amigo. A partir de ahí, es tu problema.

—Entendido.

—Buena suerte —le deseó Holly, mientras titilaba hasta desaparecer del espectro visible.

Mayordomo aguardó un segundo, luego dio dos pasos a la izquierda. Tomó la tela y se la enrolló por la cabeza y los hombros. Ahora resultaba invisible para cualquier persona con la que se cruzase, pero si alguien se detenía en su camino por el pasillo, cabía la posibilidad de que descubriera alguna parte del cuerpo del guardaespaldas que sobresalía del camuflaje. Era mejor darse prisa. Descorrió el pestillo de la puerta de la celda y se deslizó dentro.

Brutus Blunt no estaba demasiado preocupado; aquello había sido un simple tropiezo. Por el amor de Dios, ¿cuánto tiempo iban a arrestarlo por llevar una dentadura postiza tan original? Seguro que no mucho. Tal vez denunciara al gobierno británico por causarle un trauma y se retirara a su casa en Nueva Zelanda.

La puerta se abrió treinta centímetros y volvió a cerrarse. Brutus suspiró. Era un viejo truco de interrogatorio: dejar sudar al prisionero unas cuantas horas y luego abrir la puerta para que creyera que llegaba la ayuda. Al no entrar nadie, el prisionero caía en una desesperación aún mayor. Cada vez más cerca del límite.

—Brutus Blunt —suspiró una voz procedente de la nada.

Blunt dejó de tamborilear y se levantó de golpe.

—¿Qué es esto? —exclamó en tono despectivo—. ¿Hay altavoces?

—He venido a buscarte —le explicó la voz—. He venido a devolverte el favor.

Brutus Blunt conocía aquella voz. Había soñado con aquello desde Chicago, desde que el chico irlandés le advirtiera que Mayordomo iba a volver. Vale, era ridículo; los fantasmas no existen. Sin embargo, algo en la mirada de Artemis Fowl hacía que uno creyera todo lo que le decía.

—¿Mayordomo? ¿Eres tú?

—Ah —exclamó la voz—, me recuerdas.

Brutus respiró hondo, estremecido. Intentó serenarse.

—No sé qué es lo que pasa aquí, pero no voy a caer. ¿Qué se supone, que voy a ponerme a lloriquear como un bebé porque habéis dado con algo que se parece a uno de mis...? ¿A alguien que conozco?

—No es un truco, Brutus. Estoy aquí.

—Claro. Y si estás ahí, ¿por qué no te veo?

Blunt recorrió la sala ampliamente con la mirada. Allí no había nadie más. Nadie. Estaba seguro, pero había una zona de aire en la esquina que parecía desviar la luz, como una especie de espejo flotante.

—Ah, ya me has descubierto.

—No he descubierto nada de nada —le espetó Blunt—. Lo único que veo es una masa de aire caliente, tal vez procedente de un conducto de ventilación o algo así.

—¿De verdad? —insistió Mayordomo, quitándose el camuflaje.

A Blunt le pareció que se había materializado de la nada. El guardaespaldas se puso en pie de golpe, haciendo que la silla saliera despedida contra la pared.

—¡Dios! ¿Qué eres?

Mayordomo dobló un poco las rodillas. Se preparaba para la acción. Ciertamente, había envejecido y era más lento, pero la magia de las Criaturas había incrementado su capacidad de reacción y también tenía mucha más experiencia que Blunt. A Juliet le habría gustado llevar a cabo aquel trabajo en su lugar, pero había cosas que uno tenía que terminar personalmente.

—Soy tu guía, Brutus. He venido a llevarte a casa. Hay mucha gente que espera para verte.

—¿A... a ca... casa? —tartamudeó Blunt—. ¿Qué quieres decir?

Mayordomo avanzó un paso.

—Ya sabes lo que quiero decir, Brutus. A casa. El lugar al que siempre te has dirigido. Al que a tantos has enviado, incluido a mí.

Brutus lo señaló con su dedo tembloroso.

—Mantente alejado de mí. Ya te maté una vez y puedo volver a hacerlo.

Mayordomo rió. Aquel sonido no resultaba agradable.

—En eso te equivocas, Brutus. No puedes matarme dos veces. De todas formas, la muerte no es un gran problema, si la comparas con lo que viene después.

—Lo que viene después...

—Hay un infierno, Brutus —le explicó Mayordomo—. Yo lo he visto y, créeme, tú también lo verás.

Blunt estaba convencido; después de todo, Mayordomo había aparecido de la nada.

—No lo sabía —sollozó—. No creía que fuera así. Nunca te habría disparado, Mayordomo. Tan solo acataba las órdenes de Spiro. Ya lo oíste, yo no era más que el hombre de metal, lo que siempre he sido.

Mayordomo le colocó una mano en el hombro.

—Te creo, Brutus. Solo cumplías órdenes.

—Sí.

—Pero no es suficiente. Tienes que limpiar tu conciencia. Si no, tendré que llevarte conmigo.

Blunt tenía los ojos enrojecidos y llenos de lágrimas.

—¿Cómo? —imploró—. ¿Cómo puedo hacerlo?

—Confesando tu culpa a las autoridades. Cuéntaselo absolutamente todo o volveré a buscarte.

Blunt asintió con avidez. La cárcel era mucho mejor que la otra opción.

—Recuerda que te estaré vigilando. Es tu única oportunidad de salvación. Si no la aprovechas, volveré.

La dentadura de Blunt se le salió de la boca y rodó por el suelo.

—No de pdeocupess. Confedaré, te lo pdometo.

Mayordomo levantó la tela de camuflaje y se ocultó por completo.

—Ten cuidado con lo que haces o tendrás que pagarlo en el infierno.

Mayordomo salió al pasillo y se embutió la tela en la chaqueta. Pocos segundos después, Sid Commons reapareció con una tarjeta de seguridad.

Vio a Brutus atónito, de pie en su celda.

—¿Qué has hecho, Mayordomo? —le preguntó.

—Oye, yo no he sido. Compruébalo en tus cintas de vídeo. Se ha vuelto loco y habla solo. No hace más que gritar que quiere confesar.

—¿Que quiere confesar? ¿Así, sin más?

—Ya sé que suena raro, pero es tal como ha ocurrido. Yo que tú, avisaría a Justin Barre, de Scotland Yard. Tengo la sensación de que lo que diga Blunt servirá para aclarar un montón de casos pendientes.

Commons se lo quedó mirando, receloso.

—¿Por qué tengo la sensación de que sabes más de lo que cuentas?

–Regístrame si quieres... –le propuso Mayordomo–, pero las sensaciones no son ninguna prueba y tus propias cintas de seguridad probarán que no he puesto un pie en esa sala.

–¿Estás seguro?

Mayordomo contempló la masa de aire resplandeciente por encima del hombro de Sid Commons.

–Segurísimo –concluyó.

CAPÍTULO XII:
LIMPIEZA DE MEMORIA

MANSIÓN FOWL

 EL viaje de vuelta desde Heathrow solo les llevó una hora gracias a una turbulencia particularmente fuerte y al viento del este sobre las colinas de Gales. Cuando Holly y Mayordomo finalmente tomaron tierra en la mansión Fowl, la PES estaba ocupada arrastrando el equipo para la limpieza de memoria por la arboleda, ocultos bajo el manto de la noche.

Mayordomo se desenganchó del Lunocinturón y se apoyó contra el tronco de un abedul plateado.

—¿Estás bien? —le preguntó Holly.

—Bien —contestó el guardaespaldas masajeándose el pecho—. Es este tejido de Kevlar. Muy útil si te disparan una bala de pequeño calibre, pero un tormento cada vez que respiro.

Holly enfundó las alas mecánicas.

—A partir de ahora, a llevar una vida tranquila.

Mayordomo observó que un piloto de la PES trataba de

aparcar su lanzadera en el garaje doble, empujando ligeramente el Bentley para hacerse sitio.

—¿Una vida tranquila? —murmuró encaminándose hacia el garaje—. Ojalá.

En cuanto Mayordomo hubo terminado de aterrorizar al duendecillo, se dirigió hacia el estudio. Artemis y Juliet le estaban esperando. Juliet lo abrazó con tanta fuerza que apenas le dejó aire en los pulmones.

—Estoy bien, hermanita. Las Criaturas Mágicas lo han arreglado de modo que pueda vivir hasta los cien años. Todavía seguiré por aquí para no quitarte el ojo de encima.

Artemis fue al grano.

—¿Cómo te ha ido, Mayordomo?

Mayordomo abrió un escondite en la pared, detrás de un aparato de aire acondicionado.

—Bastante bien. Tengo todo lo de la lista.

—¿Qué me dices de lo de aduanas?

Mayordomo dejó seis pequeños viales sobre el escritorio cubierto con un paño.

—Mi contacto en Limerick siguió tus instrucciones al pie de la letra. En todos los años que lleva en este negocio, nunca había hecho nada parecido. Se encuentran en una solución especial para detener la corrosión. Las capas son tan finas que una vez que entren en contacto con el aire comienzan a oxidarse, de modo que sugiero que no nos las pongamos hasta el último momento.

—Excelente. Con toda seguridad seré el único que las necesitará, pero, por si acaso, deberemos ponérnoslas todos.

Mayordomo alzó el medallón de oro por el cordón de cuero.

—Copié tu diario y los archivos mágicos en un minidisco láser y luego le imprimí una capa de pan de oro. No supera-ría un escrutinio minucioso, lo siento, pero un baño de oro hubiera destruido la información del disco.

Artemis se colgó el disco al cuello.

—Tendrá que valer. ¿Colocaste las pistas falsas?

—Sí. Envié un correo electrónico que aún tenemos que descargar y contraté unos cuantos megabytes en una página de almacenamiento en internet. También me tomé la liber-tad de enterrar una cápsula del tiempo en el laberinto.

Artemis asintió.

—Bien. No había pensado en eso.

Mayordomo aceptó el halago, pero no lo creyó. Artemis pensaba en todo. Juliet habló por primera vez.

—¿Sabes, Artemis? Tal vez sería mejor que esos recuerdos no existieran y darles un respiro a los seres mágicos.

—Esos recuerdos forman parte de lo que soy —respondió Artemis.

Examinó los viales de la mesa y escogió dos.

—Bien, ha llegado el momento de ponérnoslas. Estoy se-guro de que las Criaturas Mágicas están impacientes por lim-piar nuestras mentes.

El personal técnico de Potrillo escogió la sala de conferen-cias para desplegar un complejo entramado de electrodos y cables de fibra óptica. Cada uno de los cables estaba conec-

tado a una pantalla de plasma que convertía las ondas cerebrales en información binaria. En otras palabras, Potrillo podría leer los recuerdos humanos como si se tratara de un libro y extraer lo que no debiera estar ahí. Posiblemente la parte más increíble de todo el procedimiento era que el propio cerebro humano sugeriría recuerdos alternativos para rellenar los vacíos.

—Podríamos realizar la limpieza de memoria con un equipo de campo —explicó Potrillo una vez que tuvo a los pacientes reunidos—, pero los equipos de campo se utilizan para limpiezas completas. Borraría todo lo ocurrido durante los últimos dieciséis meses. Eso podría acarrear algunas complicaciones serias para vuestro desarrollo emocional, por no hablar ya del CI. Así que, mejor utilizamos un equipo de laboratorio y sencillamente borramos los recuerdos relacionados con las Criaturas Mágicas. Obviamente, tendremos que borrar los días que pasaste en compañía mágica por completo. No podemos arriesgarnos.

Artemis, Mayordomo y Juliet estaban sentados alrededor de la mesa. Unos gnomos del equipo técnico les limpiaron las sienes con desinfectante.

—He estado pensando en algo —dijo Mayordomo.

—No me lo digas —le interrumpió Potrillo—. Lo de la edad, ¿verdad?

Mayordomo asintió.

—Mucha gente me tiene por un cuarentón. No puedes borrarle eso a todos.

—Cuando tú vas yo vuelvo, Mayordomo. Vamos a hacerte un lifting mientras estés inconsciente. Nos desharemos de un

poco de esa piel muerta. Incluso nos hemos traído a un cirujano plástico para que te ponga una inyección Dewer en la frente y te alise esas arrugas.

—¿Dewer?

—Grasa —concretó el centauro—. La extraemos de una zona y la implantamos en otra.

Mayordomo no pareció muy entusiasmado con la idea.

—Esa grasa, no me la extraeréis del trasero, ¿verdad?

Potrillo se removió incómodo.

—Bueno, no la extraeremos de tu trasero.

—Explícate.

—Las investigaciones nos han demostrado que de todas las razas mágicas, los enanos poseen la mayor longevidad. Hay un minero en Poll Dyne del que se dice que llegó a más de doscientos años. ¿No has oído la expresión «más suave que el culito de un enano»?

Mayordomo se sacó de encima de un palmotazo a un técnico que estaba intentando colocarle un electrodo en la cabeza.

—¿Me estás diciendo que esa grasa del trasero de un enano me la vais a inyectar en la cabeza?

Potrillo se encogió de hombros.

—El precio de la juventud. Hay duendecillos en la zona oeste de Refugio que pagarían una fortuna por un tratamiento Dewer.

Mayordomo masculló a través de los dientes apretados.

—No soy un duendecillo.

—También nos hemos traído un poco de gel para darle color al cabello que decidas dejarte crecer en el futuro y un

poco de tinte de pigmento para cubrir la corrupción celular del pecho —continuó el centauro, apurado—. Para cuando te despiertes, tu exterior volverá a parecer joven, aun cuando tu interior sea viejo.

—Ingenioso —dijo Artemis—. Esperaba algo parecido.

Holly entró con Mantillo pisándole los tobillos. El enano llevaba esposas y parecía muy apenado por sí mismo.

—¿De verdad que esto es necesario —lloriqueó— después de todo lo que hemos pasado juntos?

—Me juego la placa —replicó Holly—. El comandante dijo que volviera contigo o que no lo hiciera.

—¿Qué tengo que hacer? Ya he donado la grasa, ¿no?

Mayordomo entornó los ojos.

—Por favor, no.

A Juliet se le escapó una risita.

—No te preocupes, Dom. No recordarás nada.

—Noquéame —dijo Mayordomo—. Deprisa.

—No hay de qué —farfulló Mantillo, tratando de rascarse el trasero.

Holly le quitó las esposas, pero no se alejó del enano.

—Quería despedirse, así que aquí estamos. —Le dio un empujón a Mantillo con el hombro—. Venga, despídete.

Juliet le guiñó un ojo.

—Adiós, Apestoso.

—Hasta más ver, Fétida.

—No masques ninguna pared de cemento.

—No le encuentro la gracia —dijo Mantillo con expresión dolida.

—¿Quién sabe? Tal vez nos volvamos a ver algún día.

Mantillo les hizo un gesto hacia los técnicos que estaban ocupados encendiendo sus discos duros.

—Si lo hacemos, gracias a esta gente, será la primera vez.

Mayordomo se arrodilló hasta quedar a la altura del enano.

—Cuídate, pequeño amigo. Aléjate de los goblins.

Mantillo se estremeció.

—No hace falta que lo digas.

El rostro del comandante Remo apareció en una pantalla desplegable que había dispuesto un agente de la PES.

—¿Tal vez querríais casaros? —ladró—. ¡No sé para qué tantas mandangas si dentro de diez minutos ni siquiera recordaréis el nombre del convicto!

—Tenemos al comandante en línea —dijo un técnico, un poco innecesariamente.

Mantillo miró fijamente a la cámara de botón montada en la pantalla.

—Julius, por favor. ¿No te das cuenta de que todos estos humanos me deben la vida? Es un momento muy emotivo para ellos.

El cutis rosado de Remo estaba exagerado por la mala recepción.

—Me trae sin cuidado tu momento emotivo. Estoy aquí para asegurarme de que la limpieza se lleva a cabo sin complicaciones. Si conozco bien a nuestro amigo Fowl, seguro que tiene algún as escondido en la manga.

—En serio, comandante —dijo Artemis—, tanta sospecha duele.

Sin embargo, el adolescente irlandés no pudo reprimir una sonrisa. Todo el mundo sabía que escondería objetos para reactivar recuerdos residuales. Era trabajo de la PES encontrarlos. La batalla final.

Artemis se levantó y se acercó a Mantillo Mandíbulas.

—Mantillo. De todas las Criaturas Mágicas, es de ti del que más voy a echar de menos sus servicios. Nos hubiera esperado tal futuro juntos...

Mantillo pareció algo lloroso.

—Cierto. Con tu cerebro y mis talentos especiales...

—Por no decir vuestra mutua carencia de ética —intervino Holly.

—... ningún banco del planeta hubiera estado a salvo —terminó el enano—. Una oportunidad perdida.

Artemis hizo todo lo que pudo para parecer sincero. Era crucial para el siguiente paso del plan.

—Mantillo, sé que arriesgaste la vida al traicionar a la familia Antonelli, así que me gustaría darte algo.

La imaginación de Mantillo se agitó ante la visión de fondos de fideicomiso y cuentas en el extranjero.

—No hace falta, de verdad. Aunque fue un acto de valentía increíble y me expuse a un peligro mortal.

—Exacto —dijo Artemis desatándose el medallón de oro del cuello—. Sé que no es demasiado, pero significa mucho para mí. Iba a quedármelo, pero luego me di cuenta de que dentro de unos minutos no significará absolutamente nada. Me gustaría que te lo quedaras y creo que a Holly también. Un pequeño recuerdo de nuestras aventuras.

—Eh —exclamó Mantillo sopesando el medallón—, media onza de oro. Genial. Has hecho saltar la banca, ¿eh, Artemis?

Artemis cogió las manos del enano.

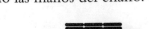

—No todo gira alrededor del dinero, Mantillo.

Remo estaba estirando el cuello, tratando de ver más.

—¿Qué es eso? ¿Qué le ha dado al convicto?

Holly cogió el medallón y lo sostuvo frente a la cámara.

—Es solo una medalla de oro, comandante. Yo misma se la di a Artemis.

Potrillo estudió la pequeña medalla.

—De hecho, con esto matamos dos lombrices de un tiro. El medallón podría haber accionado algún recuerdo residual. Bastante improbable, pero posible.

—¿Y la otra lombriz?

—Mantillo tendrá algo con lo que entretenerse en prisión.

Remo lo rumió durante un momento.

—Está bien. Que se lo quede. Ahora meted al convicto en una lanzadera y sigamos con esto. Tengo una reunión con el Consejo de aquí a diez minutos.

Holly acompañó a Mantillo fuera y Artemis se percató de que realmente le entristecía ver alejarse al enano. Aunque más que aquello, lo que le entristecía era que el recuerdo de su amistad pudiera perderse para siempre.

Los técnicos se abalanzaron sobre ellos como moscas sobre la carroña. En cuestión de segundos, los humanos tenían electrodos acoplados a sus sienes y muñecas. Cada juego de electrodos iba a un transformador neurológico que a su vez se conectaba a una pantalla de plasma donde parpadeaban los recuerdos. Potrillo estudió las imágenes.

—Demasiado pronto —anunció—. Calibradlas a dieciséis meses atrás. De hecho, que sea a tres años atrás. No quiero que Artemis vuelva a planear su rapto inicial.

–Bravo, Potrillo –lo alabó Artemis con amargura–. Esperaba que eso se te pasara.

El centauro le guiñó un ojo.

–Eso no es todo lo que no se me ha escapado.

En la pantalla desplegable, la boca pixelada de Remo se ensanchó en una sonrisa.

–Díselo, Potrillo. No puedo esperar a ver la cara del humano.

Potrillo consultó un archivo en su miniordenador.

–Hemos comprobado tu correo y ¿adivinas qué?

–Dímelo.

–Encontramos un archivo mágico en la bandeja de entrada. También llevamos a cabo una búsqueda en internet en general y ¡quién lo iba a decir!, alguien con tu dirección de correo electrónico ha alquilado megabytes de almacenaje. Más archivos mágicos.

Artemis no parecía arrepentido.

–Tenía que intentarlo. Estoy seguro de que lo entiendes.

–¿Algo más que quieras contarnos?

Artemis abrió los ojos de par en par, el súmmum de la inocencia.

–Nada. Sois demasiado inteligentes para mí.

Potrillo extrajo un laserdisc de una caja de herramientas y lo introdujo en la disquetera de un ordenador conectado a la red que había encima de la mesa.

–Bien, por si acaso, voy a detonar una carga de datos en tu ordenador. El virus dejará intactos tus archivos salvo que pertenezcan a las Criaturas Mágicas. No solo eso, sino que el virus controlará tu sistema durante los próximos seis meses,

solo para asegurarse de que, de algún modo, no hubieras conseguido salirte con la tuya.

—Y me estás diciendo todo esto porque, de todas formas, no voy a recordar nada.

Potrillo avanzó un pequeño cuatripaso y dio una palmada.

—Exacto.

Holly entró por la puerta arrastrando una cápsula metálica tras ella.

—Mira lo que han encontrado enterrado en el laberinto. —Abrió la tapa y volcó el contenido de la cápsula sobre la alfombra tunecina. Varios discos y copias de seguridad del diario de Artemis cayeron sobre la estera. Potrillo examinó un disco.

—¿Algo más que se te haya olvidado comentarnos?

Artemis ya no estaba tan gallito. Estaba perdiendo sus contactos con el pasado uno a uno.

—Se me olvidó.

—Ya, bueno. ¿Algo más?

Artemis volvió a su silla y cruzó los brazos.

—Y si digo que no, me creeréis, supongo.

Remo rió tan fuerte que parecía que la pantalla se agitara.

—Oh, sí, Artemis. Confiamos plenamente en ti. ¿Cómo no íbamos a hacerlo después de todo por lo que han tenido que pasar las Criaturas Mágicas por tu culpa? Si no te importa, nos gustaría hacerte algunas preguntas bajo el *encanta*, y esta vez no te pondrás unas gafas de sol.

Dieciséis meses atrás, Artemis había evitado con éxito la mirada hipnótica de Holly gracias a unas gafas con vidrio de espejos. Fue la primera vez que había superado a los seres mágicos en astucia. Y no iba a ser la última.

–Bien, pues adelante.

–Capitana Canija –ladró Remo–. Ya sabe qué tiene que hacer.

Holly se quitó el casco y se masajeó la punta de las orejas para recobrar la circulación.

–Voy a encantarte y a hacerte algunas preguntas. No es la primera vez que hacemos esto, así que ya sabes que el procedimiento no es doloroso. Te recomiendo que te relajes; si tratas de resistirte, podría provocar pérdidas de memoria e incluso algún daño cerebral.

Artemis levantó la mano.

–Un momento. Si no me equivoco, cuando despierte de esto todo habrá acabado.

Holly sonrió.

–Sí, Artemis. Esto es una despedida, para siempre.

Artemis consiguió mantener la compostura a pesar de las emociones que lo recorrían por dentro.

–Bien, entonces, tengo algunas cosas que decir.

Remo se mostró interesado a su pesar.

–Un minuto, Fowl. Luego, buenas noches.

–Muy bien. Primero de todo, gracias. Estoy rodeado de mi familia y amigos gracias a las Criaturas Mágicas. Ojalá no tuviera que olvidar eso.

Holly reposó una mano en su hombro.

–Es mejor así, Artemis. Créeme.

–Y en segundo lugar, quiero que todos recordéis la primera vez que nos conocimos. ¿Recordáis esa noche?

Holly se estremeció. Recordó al frío individuo que la había atacado en el punto de encuentro mágico al sur de Irlan-

da. El comandante Remo nunca olvidaría cuando escapó de la explosión de un ballenero por los pelos de sus barbas y la primera noticia que Potrillo había tenido de Artemis había sido una grabación de las negociaciones para la liberación de Holly. Había sido una Criatura despreciable.

—Si os lleváis esos recuerdos e influencias de las Criaturas Mágicas —continuó Artemis—, podría volver a ser aquella persona. ¿Es eso lo que de verdad queréis?

Era una idea aterradora. ¿Eran las Criaturas Mágicas las responsables del cambio de Artemis? ¿Y volverían a ser responsables de devolverlo a su yo anterior?

Holly se volvió hacia la pantalla.

—¿Es posible? Artemis ha hecho un largo camino. ¿Tenemos derecho a destruir todo ese progreso?

—Tiene razón —añadió Potrillo—. Nunca creí que diría esto, pero en cierto modo me gusta el nuevo modelo.

Remo abrió otra ventana en la pantalla.

—La Hermandad de Psicólogos ha elaborado este informe de probabilidad para nosotros. Dicen que las posibilidades de reversión son escasas. Fowl seguirá recibiendo estímulos positivos de su familia y los Mayordomo.

—¿La Hermandad de Psicólogos? —objetó Holly—. ¿Argon y sus amigotes? ¿Y se puede saber en qué momento exactamente hemos comenzado a confiar en esos hechiceros?

Remo abrió la boca para gritar, pero se lo pensó mejor. Algo que no ocurría todos los días.

—Holly —dijo casi con suavidad—, el futuro de nuestra cultura está en juego. Lo principal es que el futuro de Artemis no es asunto nuestro.

La boca de Holly dibujó una mueca de tristeza.

—Si eso es cierto, entonces somos tan malos como los Fangosos.

El comandante decidió volver a su estilo habitual de comunicación.

—Escúchame, capitana —rugió—. Estar al mando significa tomar decisiones difíciles. No estar al mando significa cerrar la boca y hacer lo que se te ordene. Ahora, encanta a esos humanos antes de que perdamos la comunicación.

—Sí, señor. Lo que usted diga, señor.

Holly se colocó delante de Artemis y se aseguró de tener contacto visual con él.

—Adiós, Holly. No te volveré a ver, aunque estoy seguro de que tú a mí sí.

—Relájate, Artemis. Respira hondo.

Cuando Holly volvió a hablar, su voz resonaba en tonos graves y contraltos. Las frecuencias hipnóticas del *encanta*.

—Vaya jugarreta que le hicimos a Spiro, ¿eh?

Artemis sonrió adormecido.

—Sí. La última aventura. Se acabó lo de hacer daño a la gente.

—¿Cómo urdiste todos esos planes?

Artemis sintió que sus labios perdían fuerza.

—Habilidad natural, supongo. Transmitida de generación en generación Fowl.

—Me juego lo que quieras a que harías cualquier cosa para retener los recuerdos de los seres mágicos.

—Casi cualquier cosa.

—Así que, ¿qué has hecho?

Artemis sonrió.

—He gastado algunas bromas.

—¿Qué tipo de bromas? —insistió Holly.

—Es un secreto. No puedo decírtelo.

Holly añadió unas cuantas frecuencias graves de más a su voz.

—Dímelo, Artemis. Será nuestro secreto.

Una vena palpitó en la frente de Artemis.

—¿No se lo dirás a nadie? ¿No se lo dirás a los seres mágicos?

Holly miró con culpabilidad la pantalla. Remo le hizo un gesto para que continuara.

—No se lo diré. Quedará entre nosotros dos.

—Mayordomo escondió una cápsula en el laberinto.

—¿Y?

—Me envié un correo electrónico. Pero esperaba que Potrillo lo encontrara. Es para que baje la guardia.

—Muy ingenioso. ¿Hay alguna cosa que no esperes que él encuentre?

Artemis sonrió con astucia.

—Escondí un archivo en una página de almacenamiento de internet. La carga de datos de Potrillo no lo afectará. La compañía de la página me reenviará un recordatorio de aquí a seis meses. Cuando recupere la información, esta accionará los recuerdos residuales y, posiblemente, vuelva a recordarlo todo.

—¿Algo más?

—No. La página de almacenamiento es nuestra última esperanza. Si el centauro la encuentra, entonces el mundo mágico se habrá perdido para siempre.

La imagen de Remo se fracturó en la pantalla.

—Bien. La conexión se está perdiendo. Déjalos sin sentido y hazles una limpieza. Graba todo el proceso. No creeré que Artemis está fuera del partido hasta que vea la grabación.

—Comandante. Tal vez debería hacerle algunas preguntas más.

—Negativo, capitana. El propio Fowl lo ha dicho: la página de almacenamiento era su última esperanza. Conéctalos y pásales el programa.

La imagen del comandante desapareció en ondas electro-estáticas.

—Sí, señor. —Holly se volvió hacia el equipo técnico—. Ya habéis oído al elfo. Vamos. La salida del sol será de aquí a un par de horas. Os quiero a todos antes bajo tierra.

Los técnicos comprobaron que las conexiones de los electrodos estuvieran bien hechas y luego desenvolvieron tres juegos de anteojos para dormir.

—Yo lo haré —dijo Holly cogiendo las máscaras.

Colocó la goma elástica por encima de la coleta de Juliet.

—¿Sabes qué? —dijo—. La protección personal es un negocio muy frío. Tienes la sangre demasiado caliente para ello.

Juliet asintió lentamente.

—Trataré de no olvidarlo.

Holly le colocó los oculares con suavidad.

—No te quitaré el ojo de encima.

Juliet sonrió.

—Nos vemos en mis sueños.

Holly oprimió un pequeño botón en la máscara para dormir y una combinación de luces hipnóticas junto con el se-

dante administrado mediante los sellos dejó inconsciente a Juliet en menos de cinco segundos.

Mayordomo era el siguiente. El equipo técnico había añadido una largada más de goma elástica a la máscara para que pudiera abarcar su coronilla afeitada.

—Asegúrate de que Potrillo no se vuelve loco con ese limpiador de mentes —le pidió el guardaespaldas—. No quiero despertarme con cuatro décadas de vacío en la cabeza.

—No te preocupes —le dijo Holly con voz tranquilizadora—. Potrillo sabe lo que se hace, por lo general.

—Bien. Recuerda, si las Criaturas Mágicas necesitan ayuda en algún momento, estoy disponible.

Holly apretó el botón.

—Lo recordaré —le susurró.

Artemis era el último de la fila. En su estado hipnótico, casi parecía calmado. Por una vez, ninguna arruga surcaba su frente y, si no lo conocieras, casi podía ser un humano normal de trece años.

Holly se volvió hacia Potrillo.

—¿Estás seguro de esto?

El centauro se encogió de hombros.

—¿Qué alternativa nos queda? Las órdenes son las órdenes.

Holly colocó la máscara sobre los ojos de Artemis y oprimió el botón. Segundos después, el adolescente se derrumbó en la silla. De inmediato, varias líneas de texto gnómico comenzaron a aparecer en la pantalla a su espalda. En los días de Fronda, el gnómico se escribía en espirales. Sin embargo, leer en espiral producía migraña a la mayoría de los seres mágicos.

—Adelante borrado —ordenó Potrillo—. Pero haz una copia.

Algún día, cuando tenga algunas semanas libres, voy a averiguar por qué es como es este chico.

Holly observó la vida de Artemis escrita en símbolos verdes en la pantalla.

—Creo que esto no va a salir bien —comentó—. Si fue capaz de encontrarnos una vez, podría hacerlo de nuevo. Especialmente si se convierte en el monstruo que solía ser.

Potrillo introdujo órdenes en un teclado ergonómico.

—Tal vez. Pero la próxima vez, estaremos preparados.

Holly suspiró.

—Qué lástima, porque casi habíamos llegado a hacernos amigos.

El centauro bufó.

—Seguro. Tan amigos como lo puedes ser de una víbora.

Holly cerró de pronto la visera de su casco y ocultó sus ojos.

—Tienes razón, claro. Nunca hubiéramos podido ser amigos. Fueron las circunstancias las que nos unieron, nada más.

Potrillo le dio unas palmaditas en el hombro.

—Esa es mi chica. Arriba esas orejas. ¿Adónde vas?

—A Tara —respondió Holly—. Voy a volar. Necesito aire fresco.

—No tienes permiso para volar —objetó Potrillo—. Remo te pedirá la placa.

—¿Por qué? —repuso Holly, encendiendo sus alas—. Se supone que no estoy aquí, ¿recuerdas?

Y se fue, volando en un bucle perezoso por la entrada del vestíbulo. Salvó la puerta principal por unos centímetros y se encaminó hacia el firmamento nocturno. Por un segundo, su

esbelto contorno se perfiló recortado contra la luna llena y a continuación desapareció, alejándose con una vibración del espectro visible.

Potrillo la vio marcharse. Criaturas emotivas, los elfos. En cierto sentido eran los peores agentes de Reconocimiento. Se dejaban llevar por sus emociones a la hora de tomar decisiones. Sin embargo, Remo jamás despediría a Holly, porque la elfa había nacido para patrullar. Y, de todos modos, ¿qué otro agente de la PES salvaría a las Criaturas Mágicas si Artemis Fowl las volvía a encontrar alguna vez?

Mantillo esperaba en la cabina de la lanzadera sintiéndose desamparado. Trató de sentarse en el banquillo con cuidado de no tocarlo con su delicado trasero. Una tarea ardua.

Las cosas no pintaban nada bien, todo sea dicho. Después de todo lo que había hecho para la PES, iban a encerrarlo durante una década como mínimo. Y solo por robar unos míseros lingotes de oro. Además, no parecía muy probable que fuera a tener una oportunidad para escapar. Estaba rodeado por barrotes de acero y haces de láser, y permanecería así hasta que la lanzadera atracara en Ciudad Refugio. Después de aquello, una excursioncita hasta la Jefatura de Policía, una vista sumaria y de camino a un centro de alta seguridad hasta que la barba se le volviera gris. Que lo haría si le obligaban a pasar más de cinco años sin pisar un túnel.

Pero todavía había una esperanza. Una pequeña lucecita al final del túnel. Mantillo se obligó a esperar a que todos los técnicos hubieran sacado su equipo de la lanzadera. A conti-

nuación, abrió la mano derecha con naturalidad y se frotó las sienes con el pulgar y el índice. Lo que en realidad estaba haciendo era leer la nota diminuta escondida en la palma, la que Artemis Fowl le había deslizado cuando se habían estrechado las manos. La nota decía:

Todavía no he terminado contigo, Mantillo Mandíbulas. A tu vuelta, dile a tu abogado que compruebe la fecha de la orden de registro de tu cueva. Cuando estés libre, mantente limpio durante un par de años. Luego, tráeme el medallón. Juntos seremos imparables.

Tu amigo y benefactor,
Artemis Fowl II

Mantillo arrugó la nota. La hizo un cilindro entre los dedos y se la metió en la boca. Las muelas del enano destruyeron la prueba en un santiamén.

Mantillo se sorbió los mocos. Todavía no había llegado el momento de destapar el corcho del vino de gusano de roca Eskailiano. La revisión de su caso podía llevar meses, posiblemente años. No obstante, había esperanza.

El enano apretó los dedos alrededor del medallón de Artemis. Juntos, serían imparables.

EPÍLOGO

Diario de Artemis Fowl. Disco 1. Codificado

HE decidido llevar un diario. De hecho, me sorprende que la idea no se me hubiera pasado antes por la cabeza. Un intelecto como el mío debería quedar documentado de modo que las futuras generaciones de Fowl pudieran aprovechar mis brillantes ideas.

Por descontado, he de ser muy prudente con este documento. Tan valioso como pueda llegar a ser para mis descendientes, aún podría serlo más para los agentes de la ley que siempre están tratando de reunir pruebas en mi contra.

Es incluso más importante que lo mantenga en secreto respecto a mi padre. No es el mismo desde que escapó de Rusia. Está obsesionado con la nobleza y el heroísmo, conceptos abstractos en el mejor de los casos. Por lo que a mí respecta, la nobleza y el heroísmo no se aceptan en la mayoría de los bancos mundiales. La fortuna familiar está en mis manos y la defenderé del modo que siempre he hecho, mediante maquinaciones ingeniosas. La mayoría de estas maquinaciones serán ilegales. Las mejores siempre lo son. El beneficio real se encuentra en las sombras que proyecta la ley.

Sin embargo, he decidido por respeto a los valores de mis padres, cambiar mi criterio en cuanto a la elección de las víctimas. La ecología mundial vería con buenos ojos que ciertas empresas fueran a la bancarrota, de modo que he decidido ayudarla. Nada de crímenes sin víctimas, sino crímenes en los que apenas se derramen lágrimas por las partes afectadas. Esto no significa que me haya convertido en un Robin Hood débil de nuestros días. Nada más lejos de la realidad. Mi intención es la de obtener beneficios sustanciales de mis crímenes.

Mi padre no es el único que ha cambiado. Mayordomo se ha hecho mayor casi de la noche a la mañana. Su aspecto sigue siendo el de siempre, pero está mucho más lento, por mucho que trate de ocultarlo. No obstante, no voy a sustituirlo. Ha sido un empleado leal y su experiencia en cuestiones de inteligencia será inestimable. Tal vez Juliet me acompañe cuando la protección personal sea necesaria, aunque ahora diga que la vida en la protección personal no está hecha para ella. La semana que viene tiene que viajar a Estados Unidos para hacer una prueba con un equipo de lucha libre. Por lo visto ha escogido «la Princesa de Jade» como nombre artístico. Espero que no la cojan, aunque lo dudo. Después de todo es una Mayordomo.

Por descontado, también tengo algunas empresas pendientes que puedo llevar a cabo sin la ayuda de un guardaespaldas. En los últimos años he desarrollado un software que puede desviar fondos de varias cuentas bancarias a la mía. Tendré que ir actualizando el software para ir un paso por delante de las brigadas contra el crimen. La versión 2.0 estará lista en seis meses. Además, también cuento con mi talento en la falsificación de arte. En el pasado me he decantado por los impresionistas, pero ahora, por alguna razón, me siento atraído por una temática más fantástica como las Criaturas Mágicas dibujadas por Pascal Hervé en sus series Mundo Mágico. Sin em-

bargo, tengo que suspender temporalmente estos proyectos, puesto que hoy he descubierto que soy la víctima de una conspiración.

El día ha comenzado de manera extraña. Cuando desperté, tuve la sensación de una debilidad instantánea. Un segundo antes de abrir los ojos, me sentí contento, había olvidado mi instinto de acumular riquezas. Nunca me había sucedido antes. Tal vez fue un estado residual de algún sueño mágico, o tal vez se trate de que la nueva actitud positiva de mi padre es contagiosa. Sea cual sea la causa, en el futuro tengo que ir con cuidado para evitar estos lapsus. Con mi padre tal como está, no es el momento de que yo pierda la resolución. Tengo que mantenerme tan decidido como siempre. El crimen es el camino hacia el futuro de los Fowl. Aurum potestas est.

Minutos después, se me presentó un misterio mayor. Mientras me estaba lavando la cara en el baño, un objeto diminuto me cayó de uno de los ojos. Tras un examen profundo en el laboratorio, descubrí que era una lentilla de color semicorroída. Pero no solo eso, sino que se le había añadido una capa reflectante detrás de la lentilla de color. Ingenioso. Sin duda el trabajo de un profesional. Sin embargo, ¿con qué propósito? Es extraño, pero aunque no sé nada de esta lentilla o de cómo llegó a mi ojo, siento que la respuesta está en mi mente. Escondida entre las sombras.

Es fácil imaginar mi sorpresa cuando Juliet y Mayordomo también descubrieron sendas lentillas reflectantes en sus ojos. Esas lentillas son tan ingeniosas que bien las habría podido inventar yo, de modo que este adversario desconocido no puede ser subestimado.

Perseguiré al culpable hasta su cubil, que no quepa duda de eso. Ninguna pista quedará sin ser comprobada. Mayordomo tiene un contacto en Limerick, un experto en el campo de las lentes y la ópti-

ca. *Podría reconocer el trabajo del intruso. Mayordomo ya está de camino hacia allí mientras escribo esto.*

Y de este modo, un nuevo capítulo comienza en la vida de Artemis Fowl II. En cuestión de días, mi padre regresará con su nueva conciencia. Pronto me enviarán a un internado donde tendré acceso a un ordenador patético y a un laboratorio aún más patético. Mi guardaespaldas parece demasiado viejo para los cometidos físicos y hay un adversario desconocido implantando objetos extraños en mi propia persona.

Problemas insolubles, podría pensarse. Una persona normal y corriente cerraría el negocio y se escondería del mundo. Sin embargo, yo no soy una persona normal y corriente. Soy Artemis Fowl, el último de la dinastía del crimen Fowl, y no me apartarán de mi camino. Encontraré al que implantó las lentillas y pagará por su presunción. Y una vez que me vea libre de estas molestias, llevaré a cabo mis planes sin trabas. Desencadenaré una oleada de crímenes jamás vista hasta la fecha. El mundo recordará el nombre de Artemis Fowl.

ESTE LIBRO HA SIDO IMPRESO
EN LOS TALLERES DE
A&M GRÀFIC, S. L.
SANTA PERPÈTUA DE MOGODA (BARCELONA)

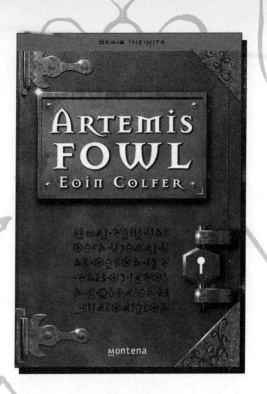

Si eres uno de los pocos que todavía no me conoce, sepas que todo empezó cuando descubrí que existe un mundo subterráneo habitado por Criaturas Mágicas, un mundo poderoso que tiene algo que a mí me gusta mucho: oro y una tecnología que ni siquiera los Fangosos —así nos llaman ellos— podríamos soñar.

Conseguí dar con ellos y, lo que todavía es mejor idear un plan para que parte de su tesoro fuera mío. Verás, el imperio criminal que había fundado mi padre necesitaba de fondos para volver a ser el número I y yo estaba dispuesto a todo para conseguirlo.

montena

Eoin Colfer

Artemis Fowl

Encuentro en el Ártico

montena

¿Todavía sigues ahí? A estas alturas, ya sabes que no soy una persona —por favor, lo de niño dejémoslo para los adultos ignorantes— normal. Después de conseguir el oro que necesitaba, tenía otra prioridad: rescatar a mi padre, secuestrado en algún lugar del frío Antártico. No fue fácil, pero pude chantajear al mundo subterráneo para que me ayudarán porque, como decimos los humanos «En todas partes cuecen habas» y ellos no lo estaban pasando demasiado bien: así que hicimos un pacto de caballeros...

–Regístrame si quieres... –le propuso Mayordomo–, pero las sensaciones no son ninguna prueba y tus propias cintas de seguridad probarán que no he puesto un pie en esa sala.

–¿Estás seguro?

Mayordomo contempló la masa de aire resplandeciente por encima del hombro de Sid Commons.

–Segurísimo –concluyó.

—Confesando tu culpa a las autoridades. Cuéntaselo absolutamente todo o volveré a buscarte.

Blunt asintió con avidez. La cárcel era mucho mejor que la otra opción.

—Recuerda que te estaré vigilando. Es tu única oportunidad de salvación. Si no la aprovechas, volveré.

La dentadura de Blunt se le salió de la boca y rodó por el suelo.

—No de pdeocupess. Confedaré, te lo pdometo.

Mayordomo levantó la tela de camuflaje y se ocultó por completo.

—Ten cuidado con lo que haces o tendrás que pagarlo en el infierno.

Mayordomo salió al pasillo y se embutió la tela en la chaqueta. Pocos segundos después, Sid Commons reapareció con una tarjeta de seguridad.

Vio a Brutus atónito, de pie en su celda.

—¿Qué has hecho, Mayordomo? —le preguntó.

—Oye, yo no he sido. Compruébalo en tus cintas de vídeo. Se ha vuelto loco y habla solo. No hace más que gritar que quiere confesar.

—¿Que quiere confesar? ¿Así, sin más?

—Ya sé que suena raro, pero es tal como ha ocurrido. Yo que tú, avisaría a Justin Barre, de Scotland Yard. Tengo la sensación de que lo que diga Blunt servirá para aclarar un montón de casos pendientes.

Commons se lo quedó mirando, receloso.

—¿Por qué tengo la sensación de que sabes más de lo que cuentas?

camuflaje. Era mejor darse prisa. Descorrió el pestillo de la puerta de la celda y se deslizó dentro.

Brutus Blunt no estaba demasiado preocupado; aquello había sido un simple tropiezo. Por el amor de Dios, ¿cuánto tiempo iban a arrestarlo por llevar una dentadura postiza tan original? Seguro que no mucho. Tal vez denunciara al gobierno británico por causarle un trauma y se retirara a su casa en Nueva Zelanda.

La puerta se abrió treinta centímetros y volvió a cerrarse. Brutus suspiró. Era un viejo truco de interrogatorio: dejar sudar al prisionero unas cuantas horas y luego abrir la puerta para que creyera que llegaba la ayuda. Al no entrar nadie, el prisionero caía en una desesperación aún mayor. Cada vez más cerca del límite.

—Brutus Blunt —suspiró una voz procedente de la nada.

Blunt dejó de tamborilear y se levantó de golpe.

—¿Qué es esto? —exclamó en tono despectivo—. ¿Hay altavoces?

—He venido a buscarte —le explicó la voz—. He venido a devolverte el favor.

Brutus Blunt conocía aquella voz. Había soñado con aquello desde Chicago, desde que el chico irlandés le advirtiera que Mayordomo iba a volver. Vale, era ridículo; los fantasmas no existen. Sin embargo, algo en la mirada de Artemis Fowl hacía que uno creyera todo lo que le decía.

—¿Mayordomo? ¿Eres tú?

—Ah —exclamó la voz—, me recuerdas.

Dobló la esquina, sus carcajadas resonaban por el pasillo. En cuanto se hubo marchado, Holly apareció, despojándose del escudo protector, junto a la pierna de Mayordomo.

—¿Cámaras? —susurró el guardaespaldas casi sin mover los labios.

—Ya he revisado los rayos iónicos. Está claro que he llegado hasta aquí.

Sacó de la mochila una tela de camuflaje y la depositó en el suelo. Luego, enrolló una cinta de vídeo alrededor de un cable clavado en el exterior de la pared de la celda.

—Listo —dijo mientras escuchaba la voz de Potrillo en su oído—. Ya estamos dentro. Potrillo ha eliminado nuestras figuras del vídeo. Ahora ya estamos a salvo de cámaras y micros. ¿Sabes lo que tienes que hacer?

Mayordomo asintió. Ya habían pasado por aquello pero, como buen soldado, Holly sentía la necesidad de asegurarse.

—Voy a volver a protegerme con el escudo. Dame un segundo para que me mueva, luego ponte la tela por encima y a lo tuyo. Te doy dos minutos, como máximo, hasta que vuelva tu amigo. A partir de ahí, es tu problema.

—Entendido.

—Buena suerte —le deseó Holly, mientras titilaba hasta desaparecer del espectro visible.

Mayordomo aguardó un segundo, luego dio dos pasos a la izquierda. Tomó la tela y se la enrolló por la cabeza y los hombros. Ahora resultaba invisible para cualquier persona con la que se cruzase, pero si alguien se detenía en su camino por el pasillo, cabía la posibilidad de que descubriera alguna parte del cuerpo del guardaespaldas que sobresalía del